深度遊戲

曾紀鑫 著

1

金海來找時，適值下班時分，我夾了包，正準備走出《七彩虹》雜誌辦公室。

「真巧，再晚一步，你就找不到我的人了。」我站在門口，做了一個邀請的手勢說，「進來吧，進來坐一會兒。」

金海往裏跨了一步說：「坐就不坐了，跟我一起走吧。」

「去哪？」我禁不住大聲問道。

「瞧你這副樣子，怕我把你當人質，或是吃了不成？」他笑得很勉強，一副心事重重的樣子。

我連忙解釋道：「沒別的意思，主要是晚上有一個約會。」

「又是跟哪個漂亮小妞去跳舞？」

「我哪有這樣的豔福！一個愛好文學的經理寫了幾首破詩，讓我為他斧正斧正。我想跟他做筆交易，保證為他『斧正』到發表的水準，他則為我們雜誌放點血，贊助一點印刷費。」

「這事又不急，你改日跟他去談吧。」

「可是……我已經跟他約好了呀……」

「可以再約嘛。」

「你的事……可不可以緩一緩？我的意思是……只要不在今日，哪天都成。」

「我的事很急！」

「到底出了什麼事急成這樣？」

「我都想要自殺了！」

我一愣：「金海，你莫嚇我呀，我這人心臟本來就不好，要是嚇出了心臟病，可要你負責喲！」

他望了我一眼，苦笑道：「曾哥，我說的可是真話呀！」

既然是真話，說明問題已經相當嚴重了，我可不能眼睜睜地看著一個活生生的好朋友去自殺而不管不問見死不救呀，看來我只有放棄跟那位經理的約會了。

「救人一命，勝造七級浮屠。」我說，「今日你這條命我算是救定了。」「那就跟我走吧。」

「好的，我這就跟你走。」

我拿過辦公桌前的話機，給那位愛好文學的經理撥了一個電話，便與金海一前一後地走上大街。

放眼望去，無數的人與車在一幢幢高樓大廈的狹窄空間流來流去，就像滔滔江水在兩岸堤壩的束縛下左衝右突裹挾而前。時值黃昏，太陽的餘暉被高樓所遮掩，眼前的一切顯得灰朦朦的。

金海低著個頭走得很急，我緊緊地跟在他身後。

走了一程，他悶著一句話也沒有說。

又走了一程，他仍是沒有開腔。

我忍不住了，加大步子，與他走成並排，然後問道：「金海，你到底約我去哪？」

「咱們去吃大排檔吧。」他悶聲悶氣地說。

「這就是你所謂的急事？」我的心頭湧起一股上當受騙的感覺。

「吃飯不過是一種形式，關鍵在於談話的內容。」

此話不無道理，且看他到底談些什麼內容。

又走了一程，來到一個名叫「老地方」的酒店，金海說：「到了。」

我不禁吁了一口長氣，彷彿被急流沖得暈頭轉向的泅渡者終於站在了堅實的大地上。

所謂的「大排檔」，就是在店門外搭幾個帳篷，篷內擺放一些桌子椅子，食客們錯落有致地邊吃邊喝邊談，於是就在街頭形成了一種景觀，這景觀就被人稱作了「大排檔」。大排檔沒有包廂費服務費之類雜七雜八的費用，挺經濟挺實惠的；再則，坐在外面比室內要開闊得多，感覺要舒服一些；不過，你在邊吃邊喝邊談的同時，也就成了被人觀賞的風景，當然，你也可以將他人作為一道景觀毫無顧忌地看來又看去。

天氣燠熱難耐，地面潑了涼水，濕濕的，也少了一些飄浮的灰塵。

屬於大排檔的時間在晚上，從夜幕降臨到深夜兩三點，生意都十分紅火。

也許是時間尚早的緣故，顧客零零落落，本屬劃拳鬥酒喧囂無比的所在，顯得十分清靜。

見我們來到，老闆樂顛顛地跑了過來，非常熱情地敬煙，報出一長串菜譜，最後說道：「喜歡什麼菜，請儘管說，我們保證滿足顧客的要求。」

金海說：「曾哥，你點吧。」

我說：「我隨便，還是你點吧。」

「今天我請客，非你點菜不可！」

「哪能要你請呢？你就那麼幾個破工資，一下子花光了，剩下的日子怎麼辦？我好歹要比你多幾個稿費呢。」

「不管怎麼說，我一頓客還是請得起的。既然約你來，就不要推七阻八了。」

我還想說什麼，金海眉頭一皺，板了臉道：「你再說，我可就要發火了。」

於是，我就不再推辭，隨便點了幾個菜，要了兩瓶冰鎮啤酒。

菜單剛下，早已備好的涼菜就端了上來。

啤酒也隨之而來，便一人一瓶地喝了起來。

金海抱著瓶子仰脖喝了一長口，喉嚨咕噥咕噥好一陣響。

一陣牛飲過後，他搛了一塊涼黃瓜嚼得脆響，邊嚼邊道：「曾哥，這日子，我他媽的實在是過不下去了！」

「到底怎麼啦？」我邊問邊拈了一片豬耳朵放在嘴裏嚼著。

他歎一口氣道：「今天市教委搞突然襲擊，來我們崇文小學抽籤檢查，算我運氣差，抽到了我的頭上。結果呢？唉！我的情況你也是曉得的，一沒備課，二沒認真批改作業……」

我打斷道：「你講課不是挺牛皮的麼？你班上的教學品質不是挺高的麼？」

他鼻孔發出嗤的一聲響：「上面搞檢查，注重的是形式，這你知道得比我更清楚。領導們主要看你備了多少節課，教案是否詳案，看你批改了多少次作業，評語下得怎樣……他們主要根據這些形式化的東西來打分，至於教學品質，一下子也檢查不出個所以然來，於是就不管不問。而我最討厭的，就是這些形式化的東西，因此呀，這次的教學檢查，我肯定是一塌糊塗……」

我勸慰道：「你本來就不看重教書這一行麼，檢查差點就差點嘛，這又算得了什麼呢？」

「話雖這麼說，可我畢竟是靠教師這一職業獲取報酬生存於世，在沒有找到更好的生活方式之前，我還不想放棄這一行當。可今天，我似乎有了一種窮途末路的感覺……」金海說著，頭垂了下來，幾乎要觸著桌面了，全身像沒了骨頭似的癱在椅子上。在我印象中，他還從來沒有這樣疲軟無力、心灰意冷過。

我勸他：「不就次把檢查嗎？難道把你開除不成？想開點吧金海，不過小事一樁呢，你就不要自己折磨自己了。」

金海說：「表面看來，這事的確沒有什麼，可是，馬校長想以這事為由頭，跟我一起算總賬！並且，他已經放出口風來了。」

「什麼口風？」我問。

「他說我影響了學校的聲譽，要嚴肅處理。」

「不就幾節課沒備，幾次作業沒批改嗎？看他能把你怎麼樣！」

「問題的關鍵不在這裏。」金海搖頭歎息。

「那你說說到底在哪裏？」

金海掏出一包「大重九」香煙，拆開，抽出兩支。遞一支給我，自己銜了一支，點燃，深深地吸了一口，猛然將煙霧一氣噴出，感覺似乎舒暢了許多，然後說道：「問題的關鍵在於，其一，以我的性格和為人，不會聽憑馬某人任意宰割，必將起而爭之，這將使矛盾更加激化，結果難以逆料；其二，透過這件事，使我對教書這一職業更加厭倦，簡直厭倦透頂了，我……我……」

金海難過得說不下去了，我趕緊勸慰道：「金海，不要愁眉苦臉的，還是想開一點吧。」

「我何嘗不想想開一點呢？可心裏一時怎麼也想不開呀！曾哥，我心底有一種預感……」

「什麼預感？」我趕緊問道。

「我覺得我已經走到了人生的緊要關口，在前面等待著我的，也許是一道萬丈深淵，也許是柳暗花明又一村。」他說著，叫過服務小姐，又要了兩瓶啤酒。他撬開瓶蓋，嗤地一聲響，冒出一股白沫，遞一瓶給我，自己又開了一瓶。「我有一些想法和打算，今天邀你來，就是想聽聽你的意見，請你幫我出出主意。」

「你說吧，只要切實可行，我會盡力支持你的！」

「我需要的就是你這句話，只要有朋友支持，我就沒有孤獨感了，就會信心十足了。」說到這裏，他頓了頓，拈了一粒花生米，放在嘴裏嚼來嚼去道，「崇文小學，我是怎麼也待不下去了，必須另找出路才是。可我這人又沒有什麼養身糊嘴的特長，唉，出路到底在哪裏呢？曾哥，說句內心話，我真是太羨慕你了。」

「我有什麼值得你羨慕的？」

「在咱們文學圈裏，就你一個人還弄出了點水響，搞出了點名堂。我要是像你這樣拿稿費出版了幾部長篇小說，也就不愁生路了，就立馬辭職做個自由撰稿人，把自己關在屋子裏天天寫小說，一個勁地發表、出版，賺錢過日子……可我又沒有這樣的才能，文學對我來說，充其量不過是一種愛好罷了……」

我說：「也不儘然，只要勤奮、刻苦一些，也許能搞出點名堂來的。」

「你就莫寬慰我了，我到底有幾斤幾兩，自己心裏清楚得很呵。」

「金海，我的意思，並不是要你辭職閉門寫作過日子，而是勸你不要頹廢。」

「我不頹廢，不頹廢，真的，我半點都不頹廢。魚有魚路，蝦有蝦路，叫花子討米要飯也是一條出路呢，上帝把我造在世上，總不至於不管不顧讓我活活餓死吧！唉，只是呢，往日那些氣衝霄漢的雄心壯志，都叫生活給磨平了。現如今，我也沒有多大的奢望，只求有一碗飯吃，吃得像樣一點，吃得不慪氣，吃得自在一些，就心滿意足了。」

「可這並不是一件容易的事啊。」

「所以我在努力，為了這並不遠大的目標而努力。」金海說著，又叫服務小姐拿了兩瓶啤酒。我的頭已經有點暈暈乎乎的感覺，再喝就很難受了，就叫金海將這兩瓶啤酒給退回去算了。

金海說：「拿了怎能退？咱們兩個大男人，難道還怕兩瓶啤酒不成？」見他興致頗高，不便違拂他的盛情，我就說好吧，既然已經拿來，那就乾掉算了，不過這是最後兩瓶，再也不能要了。金海說你這人怎麼這麼囉嗦呀，咱們先將這兩瓶乾掉再說！我說我實在是不能再喝了，你酒量比我大，再喝你就單獨一人喝吧。金海說好好好，我就一人喝，不就多喝幾瓶啤酒嗎？有什麼了不起的，難道天還塌下來不成！

兩人就酒的問題爭執一番，又回到了先前的話題。

「現在，擺在我面前的出路有兩條，」金海說，「一條是謹小慎微，像個乖乖兒一樣地夾緊尾巴做人，繼續待在崇文小學做一個良民；另一條，則是下定決心，丟掉雞肋，徹底擺脫學校的束縛，辭去教職，另謀生路。」

我也希望金海活得自在一些，人生本來就短促，若像契訶夫筆下的套中人一樣窩窩囊囊地活一輩子，那不是太對不起這美麗短暫的人生了嗎？於是就鼓勵他道：「走過去，前面是個天！」

「可是，我能幹些什麼呢？」金海不無困惑地說道，「是去特區深圳、海南闖蕩，還是繼續留在江城尋找出路？」

我說：「彭毅去了海南，據說混得很不錯。可你比不得他，他是搞美術的，美術的實用性很強，到處都能夠討碗飯吃，所以可以趁著前幾年的『海南潮』放心大膽地去闖蕩一番。而你就不行，搞文字工作的去那兒沒有多大的用武之地，除非還是幹你的本行——教書。」

金海說：「要是去教書，在哪裏都是一回事，莫如繼續待在江城。曾哥，你曉得的，我最討厭教書這一行了，從民辦到公辦，都教了快十年了。十年啦，人生能有幾個十年？教書太束縛一個人的創造性了，難怪有人稱教師為教書匠的。我希望能有一個廣闊的天地，更希望生活富有一點刺激味兒。」

「說到底，你是想換一種活法。」我一針見血地說。

金海連連點頭道：「對，對，你簡直說到我的心坎上去了，我感到活得太枯燥太乏味太沒有意思了，就想著要換一種生活方式。」

「那就繼續留在江城吧，環境熟悉，熟人多，朋友也多，辦什麼事總要方便一些。」

「我也是這麼想，可是，怎樣才能擺脫現在的困境呢？難道去給那些經理廠長們當高級打工仔不成？」

「當打工仔過的是寄人籬下的生活，日子會比現在更難受。」我為他分析道。

「就是呵，你說的有道理……」他沉吟道，「看來只有自己單獨幹才行，最好是開一個公司，辦一個工廠，建一個企業……可是，我一下子哪來這麼多的資金呢？」

「你可以自己單獨搞一個門面嘛，也要不了多少本錢。」我幫著開拓他的思路道，「搞好了，繼續發展；搞虧了，也傷不了多大的元氣。關鍵是人自在，天不管地不收，逍遙自在賽過活神仙。」

金海不無贊同地說：「自己有一個門面是再好不過的了，可是，我哪有錢開張呀！」

我說：「租一個門面，盤一點什麼貨，先糊一張嘴巴再說，一兩萬元就可以玩開了。」

「莫說兩萬元，就是兩千元、一千元，我也拿不出來呀。」金海愁眉苦臉地說道，「曾哥，不瞞你說，我所有的存款，只有五百多元。」

我故作輕鬆地說道：「錢不夠，慢慢湊嘛。」

「湊？可我到哪兒去湊呀？把我的所有家當加在一起，就是把我本人賣了，也湊不到兩萬元現金呀！」

「我有一個辦法……」我故作神秘地說了一半打住，眨著眼睛望了望金海，撩得他心裏癢癢的。

「你有什麼好辦法？趕快告訴我！」

我慢吞吞地吐出一個字：「借！」

金海一聽，不覺洩了氣：「借？我上哪兒去借呀？誰肯借錢給一個窮光蛋呢？」

我說：「只要你真心借，一定借得到的！」

金海苦笑道：「有錢人有誰能體諒到窮光蛋的真心呢？」

我摸出一支香煙遞給金海道：「你可以借高利貸嘛！」

金海一拍腦門道：「喲，真是的，我怎麼就沒有想到去借高利貸呢？」

我繼續點撥他道：「你在借錢的時候，就將利息付給對方。比如說，你借的是一萬元，年息是百分之二十五，那麼，你可以從這借來的一萬元中先拿出兩千五百元返還給對方，這樣一來，有錢人就會覺得你是真心借錢了。」

「也就是說，借一萬元，實際上拿到手的只有七千五百元。」

「不錯，只有這樣，才能在極短的時間內籌措到一筆急需的資金。」

金海稍一猶豫，就下了決心，瞪大眼睛道：「好吧，我就借高利貸！只要能籌到錢，老子就是賣血也成！這回，我金海是豁出去了！」

見他一副熱血沸騰的樣子，我也受了感染，極想為他出點力，不禁說道：「金海，你若真的想借高利貸，我可以給你推薦一個人。」

「誰？」

「這人你也認識的，就是蔣佑坤。」

「蔣佑坤？嗯，不錯，老蔣的確有錢，可就是太吝嗇了，他不一定捨得借。」

「只要你肯借高利貸，他會求之不得呢。」

「我不妨去找他試試看。」

「到時候我跟你一塊去，也好為你說幾句話。」

「那太好了！」

談到這裏，我感到了一股輕鬆。

金海的臉色也開朗了許多，他將剩下的煙蒂狠狠地踩在腳下，又叫服務小姐拿了一瓶啤酒。

「曾哥，你說你不能再喝，我就不勉強你了，所以只要了一瓶。」他一邊說著，一邊將瓶蓋啟開，白沫流在了瓶口外，趕緊低頭抿了一口。「曾哥，今日請你來，算我找準了人！古人云，與君一席話，勝讀十年書，此言真不虛也。你的一番點撥，不覺使我豁然開朗，真正是救了我一條命呢。來，算我敬你，咱們乾！」

「乾！」他站了起來，我也站了起來，兩個酒瓶碰得叮噹直響。我將剩下的小半瓶喝了，金海則將一瓶啤酒一口氣抽了個一乾二淨。喝完最後一口，他不禁吭吭吭地咳了起來。

我說：「你喝得太急了，又沒哪個催你，可以慢慢乾嘛。來，快吃一口菜吧。」

他搛了一箸青菜塞進嘴裏說：「怎麼沒人催？我心裏已經有一個聲音在催了，它催我趕快行動，時不我待呀！」

「金海呀，第一步，你要將門面的事情落實下來，咱們再籌劃到底做什麼生意好。」我為他出主意道，「然後，就一起到老蔣那裏去借錢。」

然而，我等來的回覆卻是金海怒氣衝衝的咆哮：「首先，老子要好好教訓一下崇文小學的領導，讓他們曉得我金海不是一個軟蛋窩囊廢，不是一個好惹的角色，然後再走下一步！」

2

金海與我分手後，沒有直接回學校，而是去了謝逸寢室。

他與謝逸是在一次文學青年座談會上認識的。那是我們《七彩虹》文學雜誌組織舉辦的一次大型活動，無非是想給江城文學青年提供一個相識交流的機會。金海與謝逸一談即熟，一拍即合，此後，兩人你來我往，很快就粘在了一起。

金海去時，謝逸的寢室一團漆黑，沒有一星亮光。他站在門口，不抱什麼希望地舉起右手，在門上「篤篤篤」地敲了幾下，沒有半點回應。他不死心，又大聲嚷道：「謝逸、謝逸！」叫了兩聲，見還是沒有反應，只得快快離開。回身不過走了兩步，就聽得「吱呀」一聲門響，一個清脆的女聲在背後叫道：「金海，你捨得走呀？」金海馬上止步，回頭一瞧，只見謝逸站在從門縫射出的燈光中，風姿綽約。金海馬上回道：「你把我的魂都勾起走了，我怎麼捨得走喲！」遂三步並作兩步，走進屋內。返身關了門，將謝逸緊緊地摟在懷裏，兩張嘴唇相互搜尋著，很快就膠合在了一起。

兩人抱著啃了好大一會，皆累得氣咻咻的。金海還想繼續深入，謝逸說：「好了，好了。」又堅決地推開他道：「你嘴裏好大一股酒味，簡直要薰死我了。」

金海說：「是的，剛才跟曾哥在一起乾了幾瓶啤酒，不過啤酒算不得酒，它只是一種飲料，在國外被人稱作液體麵包。」

這樣說著時，金海的手自自然然地就鬆開了，他一屁股坐在一張靠椅上，摸出一支煙點燃，大聲說道：「他媽的，這天氣好熱。」又說：「逸，有喝的沒，我口好渴。」

謝逸說：「口渴還抽什麼煙？快把它扔了！」

金海說：「好吧，我就聽你的。」他心疼地將一長截煙蒂扔在地上，「煙也扔了，快搞點能止渴的東西喝一喝吧。」

謝逸笑道：「只有自來水，你喝不喝？」

金海說：「我嗓子乾得快冒煙了，管它什麼水，只要能止渴就行。」

他說著，跑到水池邊，擰開水龍頭，「咕嚕咕嚕」一鼓作氣喝了個痛痛快快，直喝得肚子鼓囊囊的，又掬了兩捧水，將臉搓了兩把。一時間，他感到愜意清爽極了，又坐回到那把靠椅上，金海說：「剛才敲，你怎麼不開？」

謝逸說：「我正在趕寫一部偉大的作品呢。」

「別裝模作樣，搞得神秘兮兮的。」

謝逸正兒八經地說道：「誰裝模作樣、神秘兮兮了？真的，我有一種預感，這將是一部了不起的作品，至少對我來說是如此。我一提筆，就感到靈思如泉湧滔滔不絕，手下的筆怎麼也跟不上自己的思路。我擔心別人打攪，就關門閉窗地揮灑起來，並在心底告誡自己，一定要排除任何干擾，堅守清靜的陣地。」

「那你為啥要跟我開門？」金海問。

「你剛開始敲門時，我不知道是誰，當然要置之不理啦。後來聽出是你的聲音，我能不打開大門迎接嗎？」

金海哈哈一笑道：「你到底還是經受不住外來的誘惑啊！」

謝逸撇撇嘴道：「好像你很有魅力似的，也不拿塊鏡子照照。」

金海走到桌前，拿起一塊小圓鏡，煞有介事地照了照，然後說道：「不照不知道，一照嚇一跳，沒有想到，敝人還真的有幾分魅力呢，要不然，怎就迷住了眾星捧月、追者如雲的小逸呢？」

「恬不知恥！」謝逸對他做了一個媚眼。

金海受到鼓舞，上前又在她的臉上印了一吻。在鬆開她時，金海就見到了桌上的文稿。「這就是你正在創作的所謂偉大的作品？」他故作輕視地問道。

謝逸頗為得意地說：「怎麼，瞧不起？我敢擔保，只要你捧讀一半，就會佩服得五體投地的。」

金海說：「還六體投地呢！」

「要是不信，就請拜讀一番！」

「不是捧讀，就是拜讀，你也太過自戀了。不過呢，或許寫得真有幾分味道也未可知，只是我現在沒有閱讀的心情。」

「我念給你聽，怎麼樣？」

金海完全能夠理解謝逸此時的心情，敝帚自珍，誰個不喜歡自己生下的「孩子」呢？哪怕這孩子長得並不怎麼樣。儘管他極不想聽謝逸的閱讀，也只得硬著頭皮說：「好吧，我就來享受一番你那偉大作品的優美吧。」

金海翹起了二郎胯子。

謝逸開始有模有樣地高聲朗讀了。

「短篇小說，《七月流火》，」她憋著一口帶有地方方言的普通話自我陶醉地讀開了，「七月的天是獨特而又令人神往的，儘管置身於七月的日子於我們不啻於是一種磨難。六、七、八這三個月是夏季的天空，夏季意味著驕陽、燥熱，而位於夏季之中的七月尤盛……」

金海剛認識謝逸時，她只是寫一點詩歌。寫了幾年，雖然發了幾首，但只能算自娛自樂而已，發了就發了，自生自滅。隨著時光的流逝與年歲的增加，心中浪漫的情愫日漸減少，她就轉向了寫小說。金海半閉眼睛聽著，覺得她寫的這篇《七月流火》還算不上嚴格意義的小說，而是用了大量的詩歌筆調與元素，因此這小說也就顯得有點不倫不類。他不好潑謝逸的冷水，便裝著極感興趣的樣子繼續往下聽。謝逸讀得不緊不慢，有時還來點搖頭晃腦，陶醉得無以復加。

又聽了一會，金海便感到全身下墜，膀胱膨脹得實在有點承受不住了，一看謝逸正在興頭上，不便打斷她的朗讀，就悄悄地站起身，躡手躡腳走到門邊，又輕輕地旋開門鎖，一閃身便鑽入了黑暗。他尋了一個角落，迫不及待地往褲襠裏掏，不一會，就響起了一陣「唰唰唰」的水流聲。一陣快意掠過金海全身，他右手抖動著加快了速度。尿了好半天，「唰唰唰」的聲響才告一段落，他打了一個尿噤，又將那個東西塞進褲子。

轉回到門邊，金海悄悄地推開門，沒有聽見謝逸的朗讀聲了。他想，壞了，如此輕慢，她肯定要發火呢。金海做好了挨訓的準備，於是擠出一張笑臉畏畏縮縮地出現在謝逸面前。

謝逸果然在生氣，她的嘴唇咬得緊緊的，瞪大了眼睛注視著金海。他等待著她的「電閃雷鳴」，不料她半天也不吭出一聲。

金海只得陪笑道：「小逸，對不起，我的膀胱太不爭氣，一泡尿實在是憋不住了，又不忍心打斷你，就偷偷地跑了出去。」

謝逸噘著個嘴仍是不吭聲。

金海又解釋道：「我一口氣喝了四瓶啤酒，又喝了不少的自來水，實在是承受不住了，希望能得到你的諒解。」

謝逸終於開口了，她說：「你太不尊重別人的勞動了，所以我很傷心。」

金海連連道：「是的，是的，我知道我傷了你的心，是我的不對，還要請你多多包涵包涵。」

謝逸又說：「從你的反應，我看出這篇小說沒有什麼吸引力，也就是說，寫得並沒有我想像的那麼好。」

金海說：「寫得好，寫得好！」

謝逸冷冷地一笑道：「你就莫騙我了好不好！」

金海急忙解釋道：「我是說，以你的創作閱歷與經驗，能寫出這樣的小說，實在是了不起了，當然，說句實話，它還算不得像你說的那樣是一部偉大的作品。」

「人貴有自知之明，從你的態度，我發現了這篇小說的不成熟。既然不成熟，就說明它還沒有存活的理由，所以我已經將它撕碎了。」謝逸慢悠悠地說著，臉上明顯地流露著一種報復金海的快意。

金海聽她這麼一說，果然吃了一驚：「你怎就將它撕了？這是你的心血呀！」他低頭一看，地下滿是撕碎的紙屑，「可惜了，太可惜了！」

謝逸淡淡地說：「有什麼可惜的？不破不立嘛。我不將這篇舊的消滅，哪能誕生新的更好的作品呢？《七月流火》，一個多麼好的題目，有著多麼好的意象，我怎能將它就此糟蹋呢？我要再寫，並且一定要寫好，我這人就是有點不服輸、不信邪！」

金海被她這種執著精神所感動，不覺真誠地鼓勵道：「小逸，我相信你一定能寫好，真的。你寫完了，我要好好地拜讀。」

謝逸不言，只是以一種嘲弄的眼神望著他。

金海說：「你別這麼看我，逸，我說的是真話，絕對沒有半點虛偽！」

「這回，我也看出你是真誠的，否則，就是在褻瀆文學藝術與自己的靈魂了，一個褻瀆藝術與靈魂的人是沒有什麼好下場的！」

「我永遠也不會褻瀆文藝，但也無法為他去獻身！」

「為什麼？一個真正熱愛文學藝術的人就應當要有一種獻身精神！」

「我畢竟不是生活在真空裏，不是生活在象牙塔中，我置身於我們當今這個物慾橫流的社會，首先是要活下去，然後才能考慮有關很好地活下去的問題。而藝術所關注的，就是如何很好地生活下去的問題。當然，我會把文學藝術作為我畢生的追求與終極目標，爭取過一種藝術的人生！可追求是一回事，現實本身又是另外一回事。小逸，實話對你說吧，我正準備跟文學分手一段時間呢。」

謝逸驚異地問道：「分手？你想去幹什麼？」

「棄教經商，不嚴格地說，是棄文從商。」

「經商？」謝逸哂笑道，「就你這個樣子，也是一塊經商的料？」

「試試看吧。」金海底氣不足地說，「路是人走出來的，或許能夠闖出一條生路來呢！」

「我以為你現在的生活就挺不錯的，你別誤會，我並不是因循守舊反對你下海經商，而是認為教書這一職業安穩，不必為生活而疲於奔命，這樣，你就有足夠的時間與精力來追求你所愛好的文學事業了。」

「我正因為要擺脫教書才決定去下海，教書這一職業，不，嚴格說來，是小學教師這一職業對一個想幹點事業的男人而言，除了嚴格刻板、束縛人性、缺少激情、喪失活力外，並不能給我其他的什麼。」

「你太偏激了！」

「這不是偏激，而是迫不得已的選擇。我們追求文學藝術的目的是什麼？就是為了更加自由自在地生存於世。如果為了文學而犧牲自己的自由、喪失做人的本性，那不是南轅北轍了嗎？況且，我決心下海，走的是『曲線救國』的路線，是為了更好地追求文學。因為，我經商不是為了賺錢而賺錢，當我賺夠了錢再也不必為生計發愁之後，就會將自己的精力與激情以及一切的一切，全部投入到我所愛好的文學藝術之中來。」

謝逸不以為然地說道：「你這是緣木求魚，捨本逐末。我可以斷言，你下海經商，離文學藝術只會是越來越遠。」

「所以說我要暫時與它分手一段時間了。小逸，請記住我的話吧，拳頭縮回來是為了更好地打出去。當然，這話並不是我創作的，也不是我最先說出的，我只是又一次引用而已。」金海在為自己辯解的同時，自信心也慢慢地增強了。

然而，謝逸卻十分固執地說道：「金海，我個人的意見，是堅決反對你下海！當然，你硬要這麼去做，我也沒有辦法。但是，這會使我覺得你實際功利、世俗市儈，會使我十分傷心的。」

「準確的說法，應該是實際而不功利，世俗而不市儈。實際、世俗並不是一件什麼壞事，我們生活在這個世界上，有時不得不實際、世俗一些，否則會活不下去的。小逸呀，我這樣做並不想使你傷心，當然，如果你實在傷心我也沒有辦法，不過呢，還是希望得到你的諒解。」金海轉彎抹角地說著，心想如果能夠得到謝逸的支持，該是一件多麼美好的事情呵！說著說著，他又走上前來，將謝逸摟在懷裏，溫柔地撫摸著。

謝逸顯得很冷淡，一任金海動作，沒有半點反應。

頓時，金海的情緒低落了許多。

他不甘心，又將她抱到那張單人床上，開始吻她的嘴唇，雙手在那對飽滿而性感的乳房上揉搓不已。

天氣炎熱，謝逸上身穿一件襯衫，下身著一條裙子。他們緊緊地貼在一起，透過單薄的衣衫，相互都能感受得到對方的肉體與熱能。金海繼續深入著，他將右手伸進她的襯衫，移到她的後背，解開乳罩扣，一個勁地摩挲、親吻那對挺突的乳房，然後又移向她的下身……

剛開始，謝逸還有意無意地反抗著，慢慢地就來了情緒，閉上眼睛，配合著金海的動作。

其實，這對他們倆來說，已經不是第一次了，他們所做的，不過是溫習「功課」而已。

這時，謝逸的下身已是一片潮潤，開始不由自主地呻吟，陶醉在一陣難抑的快感與衝動之中。

金海一翻身，使勁地壓了上去。

謝逸猛然一把將他推開。

金海不解地望著她。

「慌什麼慌，猴急猴急，像沒有上過陣似的。」謝逸一指抽屜，「藥，你怎就忘了！」

金海恍然大悟，他沒想到謝逸這種時候了還能如此冷靜細心，就忙起身打開抽屜，從中尋出一包避孕藥膜。

為了避免不必要的麻煩，他們不得不採取這種方式拒絕那不受歡迎的生命。

一陣狂熱過後，金海累得氣喘吁吁，像被人抽走了骨髓似地癱軟在床，半點力氣也沒有。不一會，耳邊響起一陣款款的輕聲細語，原來是謝逸在說著什麼，他一個音節一個音節地捕捉拼貼著。

「我感到我們的肉體越來越親密越來越交融，而精神卻一點一點地分離開來漸離漸遠了……」謝逸的聲音從遙遠的地方飄了過來。

「是嗎？可我現在只感到累，又疲又累，只想躺在你的胸脯上好好地睡一覺。」金海閉著眼睛回應道。

「哦，那就睡吧，好好地睡一覺吧。」謝逸那沉睡在心靈深處的母愛被喚醒，她抱著金海的腦袋，溫柔地撫摸他的臉頰，情不自禁地哼起了《搖籃曲》，「搖呀搖，搖呀搖，寶寶快睡覺。風兒別出聲，鳥兒不要叫，媽媽在身邊，寶寶睡著了……」

3

那天晚上，金海連澡也沒顧得上洗，就躺在謝逸的床上呼嚕呼嚕地睡了過去。一覺醒來時，天已大亮。他睡眼朦朧地打量四周，很快就想起了昨天晚上發生的事情，才知道自己是在謝逸的寢室裏睡了一夜。他翻身起床，卻不見謝逸的人影。她上哪兒去了呢？過了一會，才在桌上發現她留下的一張紙條。謝逸說見金海睡得很香很甜就沒有叫醒他，她要趕在八點以前去上班，不能遲到，所以就先走了。

金海看過紙條，又看手錶，已是八點半了，頓時，他不由得連連叫苦不迭。崇文小學八點鐘上班，教師嚴格實行坐班制，八點鐘準時點名，看來今天他又遲到了。遲到了就要扣全勤獎，金海並不在乎幾塊錢的獎金，而是教委檢查組仍在學校。平日遲到只是扣發點獎金而已，可在檢查組大駕光臨的今天，馬校長又得上綱上線說這是故意搗蛋了。有關下海經商的一應事情最後還沒有落實之前，金海還不想與學校領導撕破臉皮鬧翻。可今日的遲到之事，就是想挽回也沒有辦法了。怎麼辦？搗蛋就搗蛋吧，咱不是說過要教訓教訓學校領導的嗎？乾脆就趁檢查組還沒離開學校時動手，給他們一個難堪與下馬威。

這麼一想，金海反而顯得十分鎮靜了。他不慌不忙地穿好衣服，就著謝逸的毛巾、牙刷洗漱一番，然後才走出門外。左右鄰舍都上班去了，不用擔心人家發現他在謝逸宿舍過了一夜。即使有人知道了也沒關係，現在的人，思想都很開放了，早已不是前些年的封閉狀態。他大搖大擺地往前走著，很快就想出了一個報復的法子。

金海走進校門，抬腕看看手錶，九點二十分。也就是說，第二節課剛剛上了一半。他想像著，腦裏閃過一幅幅畫面：檢查組的領導正坐在各個教室聽課，他們望著上課的教師，打量著整個課堂，眼裏露出一股居高臨下的傲慢神色；而授課的老師，一個個則如履薄冰，生怕在哪一個環節發生什麼差錯；學校領導也是如臨大敵，唯恐出現紕漏或照顧不周而影響仕途……就在這樣的節骨眼上，如果按響下課的電鈴，整個學校會出現一種什麼樣的情景呢？肯定會像塌了台的演出，頓時陷入一片混亂。

「對，這就是我需要的效果！」金海想，「只有這樣，才令我解恨開心呢！」

揿動電鈴並非難事，問題的關鍵，是要做得隱密，不讓別人抓到把柄，又能讓領導隱隱覺得這是金海所為，卻拿他沒有辦法無以治罪。金海正在思考「良策」，就見一個收破爛的老頭勾腰駝背地在他前面慢吞吞地走著，腦裏不禁靈光一閃：「有了！」

金海走近那老頭，關切地問道：「師傅，收到什麼值錢的東西沒？」

老頭回道：「哪有什麼值錢的東西給俺留著？不過一些廢紙破布爛塑膠，能值幾個錢喲！」

金海問：「你收一天破爛，能賺幾個錢？」

「運氣好，賺個十來元；一般情況，也就三四塊錢，糊一張嘴巴呢。」

金海又問：「你收破爛怎麼不嚷呢？你不叫嚷，哪個知道你在收破爛？人家就是有什麼好東西，你也收不到手呀！」

老頭說：「我也叫的，你沒聽我叫過麼，我的嗓子才好呢，好多人都說憑我這副嗓子，完全可以去當一個歌星了，就是那些專門唱流行歌曲的歌星。」

金海故作驚訝地說：「噢，原來你有這麼好的嗓子？嚷兩聲讓我見識見識一下吧。」

老頭說：「現在不能嚷，學校在上課呢。」

「他上他的課，你嚷你的，有誰管得著！」

「門房的佟老倌要管的。」

「你是天不管地不收，還怕他管呀！」

「俺不是怕他，是要巴結他呢，若跟他把關係搞僵嘡，他就不讓我進校門了呢。你不曉得，我不僅收別人的破爛，自己還拾破爛呢。」

金海說：「我給你十元錢，你嚷幾聲讓我聽聽行不？」

老頭猶豫了一下，道：「我不是不嚷給你聽，而是怕斷了今後的生路。」

「你這人，還專門吊我的胃口呢，我今天非聽你嚷嚷不可。這樣吧，你嚷了，我跟你給二十元錢，怎麼樣？」

老頭不言。

金海看看錶，九點二十五分，不能再拖了！他從口袋裏掏出一張五十元的鈔票說：「乾脆，給你五十元吧。五十元，這該不少了吧！你要使勁地嚷，嚷十聲，也就是說，你嚷一聲，我給你五塊錢，這筆生意做不做得？」

「做得，當然做得！」老頭子見了手中的五十元鈔票，樂得眉開眼笑，馬上道：「我嚷，我這就嚷，十聲，保證一聲不多，一聲不少。」

老頭收了錢，就扯開嗓子一聲長一聲短地嚷了起來。

「收破爛喲——！廢紙廢書破銅爛鐵哎——！」老頭的嗓子還真不錯，聲音在學校的上空嘹亮地響著，還頗有幾分悠揚悅耳的味道呢。

收破爛的老頭叫了五聲，金海記得一清二楚，在他叫了第五聲的時候，學校門房的佟老倌就從屋裏鑽了出來。

佟老倌一出門，便大聲喝斥收破爛的教養：「哎，我說蔣老鱉，你這個該死的，也不看看今天是什麼日子，現在是什麼時候，就扯開了嗓子瞎嚷嚷！」

蔣老鱉不理會佟老倌，仍是扯了嗓子嚷個不休。

佟老倌走上前去，一把扯過他的挑子，大聲罵道：「你個狗日的，吃多了撐得慌啵！」

被罵作「蔣老鱉」的老頭將挑子往回拉著，也不應答，只是亮了嗓門大聲嚷叫「收破爛」。他要完成任務嚷出十聲，五十元錢才真正歸他所有。

兩個老頭攪在一起，你推我搡，互不相讓。

金海見狀，趁機鑽進學校門房，快速摁下電鈴按鈕。

「叮呤呤呤……」清脆的鈴聲頓時響徹校園。

而此時，按崇文小學的作息時間，離下課還差十分鐘。也就是說，上午第二節課只上了半個小時。

偷按電鈴的金海馬上鑽出門房，順著牆根，若無其事地向校外走去。

佟老倌剛一聽見電鈴聲就急得不行，他趕緊撇開蔣老鰲，不顧一切地朝門房奔去。

當他走近門房時，金海已經順著牆根走出很遠了，但還是看見了他的背影。金海需要的就是這種效果，他不能走得太慢，那將會被佟老倌當場「活捉」；同時又不能走得太快，得留下一點蛛絲馬跡，給人想像回味的餘地。

蔣老鰲見佟老倌突然離開，擔心他再回來找他扯皮，正準備離開，想了想，自己還只嚷了八聲呢，無論如何，得嚷完十聲才行。做人要講信譽，否則，這五十元錢裝在口袋裏也不安心呢。於是，他揹正挑子，又扯開嗓門嚷了兩聲「收破爛」，才匆匆忙忙地朝校門外逃也似的飛奔而去。

金海溜出校門走不多遠，就聽得一陣咚咚咚的腳步聲，回頭一看，就見蔣老鰲前後左右地甩動挑子跑了過來。

見到金海，蔣老鰲一邊跑，一邊氣喘吁吁地說道：「我嚷了十聲呢，不多不少，剛好十聲。」

金海說：「我都聽到了，這五十元錢就歸你了。怎麼樣，還划算吧？」

「划算，划算，」蔣老鰲一迭連聲地說道，「這樣的生意真正做得，你再要我嚷，五十元錢，嚷一百聲我都願意幹。」

「行，以後再說吧。」

正說著，前面就是岔路口，兩人打了聲招呼，蔣老鰲往西，金海朝東。他想去市三醫院，找一個名叫鄭才的哥們，請他幫忙開一張病假條。

卻說佟老倌進了門房，屋內空空如也，連人毛也沒尋著一根。這就真正地日怪了，沒有人，電鈴怎麼會響呢？他百思不得其解，望著電鈴呆呆地發愣的。莫非電鈴按鈕出了問題不成？佟老倌想著，就伸出右手食指，小心翼翼地在紅色的電鈴按鈕上摸來撫去。

「佟老倌，你怎麼搞的?!」

門房內突然響起一聲怒吼，佟老倌嚇了一跳，右手燙了似的馬上縮回，全身顫抖著轉回身來，首先映入眼中便是馬校長那張氣歪了的臉。

「還差十分鐘呀，這節課只上了三十分鐘，你怎麼就按了電鈴？檢查組的領導還在我們學校繼續檢查你知不知道？你擾亂了我們學校的管理秩序你知不知道？你給我們學校帶來了不可挽回的負面影響你知不知道？你毀壞了我們學校的聲譽你知不知道……」馬校長氣得直跺腳，一迭連聲地追問不已。

佟老倌囁嚅道：「知道……我知道……我都知道……」

「既然你什麼都知道，為什麼還要給學校添亂？你給我說說看，這到底是怎麼一回事？」

佟老倌失魂落魄地望著馬校長說：「我也不知道是啷個搞的，我又沒有動它，這電鈴自己就響了，真的，我半點都沒有動它，是它自己響的。」

「沒有人動它，它自己怎麼會響呢？你不要說得玄玄乎乎的為自己開脫責任！」

「馬校長，真的，我真的沒動它！」佟老倌有口難辯，急得咧開嘴，差點哭了起來，「我一點都不想為自己開脫責任……真的，你聽我說呀，電鈴突然響著時，我根本就沒在屋裏頭呢……」

「你上哪兒去了？你怎麼怠忽職守擅自離開工作崗位呢？」

「馬校長，都是那個收破爛的蔣老鱉害了我呵！」

馬校長不解地望著他問：「這件事，怎麼跟蔣老鱉扯在一起了呢？」

「要不是他在外面瞎嚷嚷，我就不會離開屋裏頭；只要我不離開，就不會出現電鈴自己響的事情了。」

「蔣老鱉他嚷什麼？」

「他嚷收破爛哟收廢書廢紙破銅爛鐵，他嚷的聲音那麼大，我擔心影響會老師們上課，不出去管管行嗎？可我剛一出去，電鈴就響了，你說怪不怪？」

馬校長彷彿自言自語道：「蔣老鱉也知道咱們學校的規矩，怎麼會在上課時瞎嚷呢？」

「就是啊，我也弄不明白呢！」

「看來這裏面一定有什麼問題……」馬校長沉吟著，又問佟老倌，「你是不是一聽見電鈴響就趕緊回屋了？」

「是的，可屋裏空空的，我連人毛也沒見著一根啊！」

「屋裏真的一個人也沒有？」

佟老倌肯定地答道：「沒有，真的沒有，連一個人影也沒有！」

馬校長又問：「你在進屋的時候碰到過什麼人沒有？」

「這……好像也沒有碰到，」佟老倌出神地回憶著，突然想起了什麼似的說，「看是看見了一個人，儘管是背影，但俺一眼就認出來了。不過呢，肯定不會是他呀，他怎麼會跟學校搗蛋呢？不，不可能，肯定不會的……」

馬校長趕緊追問道：「那人是誰？」

佟老倌搖搖頭：「說出來也無益，他怎麼會幹這樣的事呢？」

「到底是誰？只要你說出他來，今天就沒你的事了。」

「真的？」佟老頭不禁喜出望外。

「真的！」馬校長肯定地說。

「這個人是金老師，我進門的時候，看見他正順著牆根朝外走，還望了他一眼的。」說到這裏，佟老倌又連連搖頭道，「這事兒肯定不會是金老師，他也是學校的老師呵，是有身分的人啊，怎麼會幹這樣的事呢？」

「你只要告訴我他是誰就行了，幹沒幹又是另外一回事兒。」馬校長對佟老倌說，「佟師傅，這次的失職，我就不追究你了，下次要是再犯，非扣你獎金不可，弄不好還要辭退的！」

「謝謝，謝謝校長開恩，俺今後再也不會犯糊塗了！謝謝，謝謝！」佟老倌深深地鞠了一躬，千恩萬謝不已。

金海這傢伙，真是一粒老鼠屎壞了一鍋湯！教學不備課，作業不批改，經常遲到，隨便曠工，還故意搗蛋提前按響電鈴……這新賬舊賬，要跟他一起算才是，非把這傢伙治服不可！不然的話，咱崇文小學不亂套了嗎？我這校長還有什麼威嚴？馬校長走出門房時想著，下臺階時一腳踏空，差點摔了一跤。

4

金海在市三醫院找到鄭才，兩人神吹胡侃了一番，才將話題轉到開病假條的事情上。鄭才說現在醫院管得很嚴，嚴禁弄虛作假。金海說你無論如何都要幫我想想辦法。鄭才說我肯定會跟你想辦法的，你不要著急嘛，先在值班室坐一會，等我到外面去轉一圈，就會有辦法了。

金海就坐在鄭才的辦公室看報紙，看了好大一會，鄭才也沒有出現。看看錶，已是十一點鐘，一個上午就這樣溜過去了，心裏不禁十分煩躁，就想人生在世，要辦成一點事可真不容易，覺得做人實在是太難了，就摸出了一支煙來抽，緩解緩解心頭的鬱悶。一支煙抽完，鄭才還是沒有影兒。這傢伙，都跑哪兒去了？害得他在這兒坐冷板凳！如果這病假條實在是太難開那就算了，他再去想另外的辦法。鄭才沒有返回，他又不好意思先走，只好坐著乾等。

直到快下班時，鄭才才冒了出來。

金海說：「你害得我好等，人都快坐老了。」

鄭才說：「辦一點事哪能這麼容易？」

「我也知道不容易，實在是辦不好就算了，只要你盡了力，我是不會怪你的，但怎麼一去就去了這老半天？」

「既然去了，總得辦成才是，不然的話，不是顯得咱哥們太無能了麼！」

「到底辦得咋樣？」

「自然是辦好了唄，給你開的是急性肺炎，休假一個星期。」鄭才說著，將一迭紙遞給金海。

金海打開看了看，問道：「該不會有什麼破綻吧？」

「這你就放心好啦，萬無一失。再說，肺炎傳染性大，為了下一代的身心健康，你也該休息休息啦。」說到這裏，鄭才又叮囑道，「不過呢，你也得裝出一副病病怏怏的樣子才能掩人耳目呀！」

金海說：「這還用得著你交代嗎？要是連這點簡單的常識都沒有，那我真是白活二十多年了。」

兩人又侃了一會，下班的鈴聲就響了。

鄭才留金海吃食堂。金海說吃什麼食堂呀，走，咱們到外面找家餐館去撮一頓吧，你幫了我的忙，我得請你的客才是。

鄭才道：「好吧，恭敬不如從命。再說呢，你喝點酒，蒙頭睡上一覺，弄得兩眼惺忪朦朦朧朧的，不用裝，就是一副病病歪歪的樣子了。」

金海一拳打在他的胸脯上，興奮地說道：「這就叫英雄所見略同呵！」

尋一家餐館，炒了幾個菜，待喝到微醉時，兩人便適可而止了。

與鄭才分手後，金海便回到那間狹窄簡陋的單身宿舍，蒙頭睡了一覺。下午上班時，他臉都沒洗，眼角似乎還有兩小坨稀眼屎，盡可能地裝出一副染病在身、萎靡不振的樣子。

進了校門，他想直接去校長辦公室找馬鳴，轉念一想，還是先去辦公室吧。他想，只要出現在辦公室裏，待不多久，馬鳴自會主動來找他的。

偌大一間辦公室空空如也，只有林巧巧坐在桌前認真地批改作業。

「巧巧，」金海與她打招呼道，「辦公室怎就你一個人，其他老師呢？」

聽見有人說話，林巧巧抬起頭來：「哦，金老師，原來是你呀！今天上午沒來，又記了你的曠工呢。」說著，又低下頭來，抓緊點滴時間盯在學生的作業本上，「檢查組還沒有走，老師們不敢大意，都早早地到教室作準備去了。」

金海說：「老師們的膽子太小了，見了上級檢查組，硬像是老鼠見了貓，個個嚇得屁滾尿流。」

林巧巧頭也不抬地回道：「是啊，老師們都活得謹小慎微呢，一個個哪像你這麼瀟灑呀！」

金海一屁股坐在自己的椅子上，雙肘撐在辦公桌上托著下巴道：「巧巧，跟你說句真心話，我活得才累呢，比誰都累，累得都不想活了。真的，我半點都不騙你，所謂的瀟灑，全是表面文章，是我硬撐著裝出來的。」

林巧巧的目光從作業本上移開，慢慢抬起頭，不認識似的望了他一眼：「金老師，我知道你活得很累，也知道你的玩世不恭，是故意裝出來的。」

輪到金海吃驚了：「這些，你怎麼知道的？」

「我怎就不知道？我學過心理學呢，對佛洛德的精神分析法很有研究。」

「喲，你還懂佛洛德呀！難怪說女人心細如髮的，我現在算是有所領教了！」

「金老師，不管你怎樣累怎樣苦，我都能理解。」

金海聞言，對林巧巧更是刮目相看，禁不住一聲長歎道：「真想不到，我對面還坐了一個知音呢，只可惜知道得太晚了！」

林巧巧認真地說道：「亡羊補牢，猶為未晚。」

「是嗎？」金海正要將話題引向深入，就見馬校長一陣風似的走了進來。

「喲，是哪陣風把咱們的金大師給吹到辦公室來了呀？」馬校長露出一副誇張的神情，故作驚訝地叫道。

你陰我也陰，反正咱也幹不長了，還能輸給你不成?這樣想著時，金海就回敬道：「受校長的感召呀，領導的力量是無窮的。」

馬校長聞言，頓時板了臉說：「金海，你要知道，我可是在萬忙之中抽空到辦公室來看你的。」

「校長之恩，咱領當不起。」

「你下午要再不來，我就到寢室去請你了。」

「有勞校長大駕，罪該萬死！」

「金海，你就莫跟我耍貧嘴了，」馬校長一聲大叫道，「我跟你談正事呢！」

金海不卑不亢地回道：「我正洗耳恭聽呢！」

馬校長厲聲問道：「上午幹什麼去了你？」

金海說：「馬校長，你怎麼這樣一個態度，好像審訊犯人似的！」

「對你這樣的人，這就是最好的態度了。」

「原來如此呵，看來我得調整調整戰略方針了。」金海說著，掏出一迭紙扔在馬校長面前，「我上午病了，病得很重，到三醫院看醫生去了。這是病情診斷書，還有我的病假條，白紙黑字，一清二楚，勞煩您好好看上一眼吧！」

「你有什麼病？懶病，思想病！這些條子都是假的，我不看！你當我不知道你上午幹什麼去了？你騙得了別人，可騙不過我！你上午在幹什麼？以為我真的不知道啊？你在故意跟學校搗蛋呢，那個偷按電鈴的人不你是誰？金海，我的話沒有錯吧？對我的明察秋毫，你是不是準備佩服得五體投地呢？」

金海呼地一下猛然站起來道：「馬校長，你說話可要負責呀！」

馬校長自鳴得意地笑了笑：「瞧，這不，狐狸尾巴不就露出來了嗎？我問你，你上午不在學校，怎知有人偷按電鈴這事兒？」

是啊，這一下，還真讓馬校長給問住了呢。不過，金海很快就有了對策，他馬上反擊道：「這大的事兒，我怎就不知道？剛才，就林老師也對我說了呢。」

馬校長將銳利的目光射向林巧巧。林巧巧點點頭，想了想，然後字斟句酌地說道：「是的，馬校長，我剛才是對金老師說了這件事。怎麼，難道這事不能對金老師說嗎？莫非我做了一件錯事不成？」

馬校長聞言，連連擺手道：「沒什麼，可以說的，我只是問問而已。」然後，他又轉向金海說，「可有人看見了你！」

「誰看見了我？」金海自然不肯承認，「這是典型的造謠誣衊！馬校長，那看見我的人是誰？他可要拿出證據來，是當場抓住了我，還是看見我進了門房？走，咱們去找那人對質！作為一校之長，竟然說出這種沒根沒據、不負責任的話來，如果不還我清白，要跟你沒完！」

既然沒有當場抓住，怎好讓佟老倌與他對質？況且，佟老倌左一聲不是金海，右一句不是金海，他是那樣堅決地否定，要是當面對質，結果會怎樣？只有弄得自己難堪。想到這裏，馬校長就給自己下臺階說：「到底是不是你，你心中有底，我心中也有數，對不對質不過一個形式問題。金海，我沒有很多的時間跟你糾纏，等檢查組的同志走了，咱們新賬舊賬一起算！」

馬校長說著，就要退出辦公室了，金海抓起桌上的單子一把塞他懷裏道：「哎，你先別走，我的病假你到底批不批呀？」

「不管你得了什麼病，這假我堅決不批！」馬校長斬釘截鐵地說。

「馬校長，此話當真？」金海跟在他屁股後頭說。

「我馬某人說話算數！」

「那我就只有找上級領導論理了，正好檢查組的同志還沒走，我這就去找他們。」金海說音未落，就往左邊一拐。

這下可是馬校長著急了，不由得大聲叫道：「哎，小金，金海，金老師，你莫去找檢查組，莫去，莫去呀，有事好商量，好商量……」

金海也不想真的去找檢查組，找了又怎樣？說不定像踢皮球一樣，又將他給踢回到馬校長這兒來的。於是，就止了腳步回頭對馬校長說道：「我不去找檢查組也行，那你就把我的假批了吧！」

馬校長連連道：「好，我批，我批。小金，你這傢伙，我可真的服了你！唉，要是你把這些心智全部用到教學上，那該多好啊！」

金海說：「難道我用得還少嗎？學校每次考試，哪次不是我班上奪得第一；省、市各種競賽，哪次不是我為學校奪得榮譽爭光添彩？可你們只注重形式，看一些表面上的東西，要我又有什麼辦法？馬校長，跟你說句真心話，我這也是你們給逼出來的呀！」

「莫說這些了！」見金海真的不去找檢查組的了，馬校長又還了陽氣，嚴厲地說道，「金海，等你病假休滿以後，咱們再說吧。」

「馬校長，那時候你準備說些什麼呢，難道現在就不能說嗎？」

「現在你有病，我就不跟病人計較了。病假期間，你可要好好反省反省。金海呀，等你身體復原了，生理上的病好了，我再組織教師開一次生活會，幫你治治心理病，去除思想病……」

「感謝校長栽培，我就等著這一天了！」

5

當天晚上，林巧巧來找金海。

在金海眼裏，林巧巧是一個平常得再也不能平常的姑娘。她是兩年前分到崇文小學的一個師範生，第一眼見到她時，印象很一般：中等個，齊耳短髮，五官勻稱，長得也算秀氣；鼻樑上架一副眼鏡，給人一種文雅的感覺。在金海的記憶中，最深的恐怕就是她當時穿的一條牛仔褲，那條牛仔褲很小，緬在她的下身，將兩瓣屁股勾勒得輪廓鮮明。當知道她叫林巧巧時，金海就想，這名字與她的長相身材，匹配得怎就這麼吻合呢？這個林巧巧，也真算得上是個小巧玲瓏的女人了！

林巧巧的辦公桌就在金海對面，因此兩人接觸的機會相當之多。看得出來，林巧巧對金海頗感興趣。可那時，金海已經跟謝逸來往得十分密切了，也就不以為然，在感覺上比較遲鈍。

他至今還清楚地記得，一天下班時，見辦公室的人都走得差不多了，林巧巧四周觀望一番，然後神秘兮兮地對金海說：「金老師，你今天晚上有空沒？」

金海問：「怎麼，有事嗎？」

「我問你有沒有空？」

「如果你有事找我，我就有空；如果你沒有事情找我，那就沒有空。」

「此話怎講？」

「我每天晚上都安排得很緊，不是看書，就是寫作。如果你找我有事，當然就可以擱一擱了。」

「那麼，我就找你有事。」

「什麼事？」

「看電影。」

「我對電影不怎麼感興趣，都是一些言情俠義武打，無病呻吟，半點意思都沒有。」

「可今天的片子不錯，是一部經典名著。」

「什麼名字？」

「《羅馬假期》，我也不知道今晚有這部片子，我一個同學在電影院賣票，是她告訴我的。」

「票很緊張吧？」

「那當然，不過那同學為我留了兩張，到時候，我只要去拿就行了。」

「好吧，我今天就跟自己放一天假，看看《羅馬假期》。」

約好晚上七點鐘在電影院門口見面，兩人都很守時，七點鐘還差五分就碰面了。然後，他們倆又在附近轉了轉，買了一點花生瓜子之類的在嘴裏嚼著。七點二十分，他們進了電影院。電影要到七點半才開映，兩人就那麼坐著聊天。聊了一會，金海總感覺有點不對勁，哪兒不對勁呢？想了一會，就覺得單獨跟林巧巧在一塊看電影不對勁。兩人坐在一塊，聊得那麼親熱，人家還以為是一對談戀愛的呢！一般人看見了倒不打緊，要是謝逸或者她的同事看見了，那就有口難辯了。他與謝逸的關係才剛剛建立，並不怎麼穩定，經不起風雨呢。這樣想著時，金海就對林巧巧說道：「前面還有一個座位，那裏看得清楚一些，我到前面去了。」

金海說完，也不理會林巧巧的反應，就將她獨自一人撇在後面，坐到了前面的位置上。看完電影，他有意躲著林巧巧，也沒有與她一同回學校。

事情過後，金海總覺得自己做得不對，不像一個男子漢大丈夫所為。他想向林巧巧解釋點什麼，可又不知怎麼解釋的好，於是就一直憋在心裏頭，像欠了她一筆債似的。

對此，林巧巧似乎不以為然，仍是過去的態度那樣對待他。

於是，金海就在心底說：「我一定要彌補她一次，不管怎樣，也請她看一次電影。」可是，他一直沒有找到合適的機會。

一見林巧巧來寢室找他，金海非常熱情地讓座、倒茶。

「巧巧，」他說，「你可真是一個稀客呢，在我的印象當中，你還從來沒到我寢室來坐過。」

林巧巧說：「一直想來，就是沒有找到合適的機會。」

「你也沒有找到合適的機會？」

聞聽此言，林巧巧不解地望著金海。

金海忙道：「是這樣的，你上次請我看了電影，我還沒有回請呢。禮尚往來，來而不往，非禮也。」

「你還記得那次的電影？」

「怎不記得？那次，我將你一個人晾在後面，一直抱愧於心呢。」

林巧巧十分感動地說：「難得你有這份真心，還一直記掛著這件事呀，看來我這回真的沒有看錯人。」

「你原來看錯什麼人了？」金海關切地問。

林巧巧自知說漏了嘴，趕緊彌補道：「沒有沒有，我就這麼隨口一說呢，因為事情已經過去快兩年了，你還一直記在心中，這令我十分感動。」

「應該的，這是應該的，」金海連連說道，「哪天有空，我一定要彌補過去的失誤。巧巧，今天你一句話，可是幫了我的大忙呢。」

林巧巧說：「這也是應該的。」又問：「難道那個偷按電鈴的人真的是你不成？」

金海笑道：「若是真的，你會怎樣想呢？」

金海這麼一問，林巧巧也笑了：「又能怎樣想呢？只是心裏好奇，所以跑來問問。」

「你就專為這件事情來的？」

「既是，又不全是。」林巧巧故意裝出一副不經意的樣子說，「一個人坐在寢室也無聊，想跟你說說話，交流交流。」

「是的，」金海說，「也該交流交流才是，要不然，今後就更難有這樣的機會了。」

「金老師，」林巧巧叫了他一聲道，「我雖然能夠理解你的玩世不恭，但是，覺得你老是這個樣子下去，總不是個事。」

「是的，我早就想換一種活法了，只是苦於沒有這樣的機會。」

「機會什麼時候都有，關鍵在於你有沒有決心。」

「我同意你的觀點，可我真像咬著了一塊雞肋，食之無味，棄之呢，多少覺得有點可惜。」

林巧巧望他一眼道：「你這比喻還蠻恰當的，要我說句大實話，覺得教書這一職業，對女同志來說還是比較適宜的，可對男同志而言，就不那麼合適了。」

「為什麼？」

「在我心中，一個真正的男人應該是闖蕩世界、敢做敢為、幹大事業的角色，可教書這一職業，活動天地太有限了，嚴重束縛了人的個性和創造力，使得英雄沒有用武之地。」

金海聞言，彷彿遇到真正的知音，不禁大聲叫道：「巧巧，你說得太好了，簡直說到我心窩裏去了，真沒想到你會有這番高見。」

巧巧淡淡地一笑：「其實，這也不是我的什麼高見。」

「那是誰的高見？」

「我不過是根據你平時的表現和言論，稍稍歸納而已。」

「就這也很不簡單啦，巧巧，你心細如絲，又善解人意，可真是我的知音呵！既如此，我就都告訴你吧！巧巧，這回我可是下了決心，準備辭去教職，下海經商！」

「海裏的風浪很大，海水也很鹹，你可要作好充分的思想準備喲。」

金海豪情滿懷地說道：「我本身就是一個海，我怕什麼？金海金海，我就是一個金色的海洋呢，當然，也可以現解為下海淘金。巧巧，人家說名字包含著豐富的人生資訊，你瞧父母給取的『金海』二字，原來早就預示著我是一個下海之人呢！」

巧巧說：「我總覺得你不應該就是現在這副樣子，只要有合適的條件和土壤，你是能夠幹出一番事業來的。」

「巧巧，謝謝你的鼓勵。我辭職了，打算自己開一個門面，積累一點資金，摸索出一些經驗。等有了資本，我就要大幹一番！」

林巧巧關切地問：「你都準備好了嗎？」

「都準備好了，」說到這裏，金海顯得底氣不足，「不過呢，就是還差點錢，不過不要緊，我借得到的。萬事開頭難，只要開了張，一切就都好辦了。」

「金老師，如果……」林巧巧猶疑地說道，「如果你真的還缺錢，我……可以幫你盡點力……」

「你？」金海懷疑地問。

林巧巧點點頭：「是的，這兩年，我省吃儉用，也存了三千塊錢，反正放著也沒用，你就先拿去做點墊底資金吧。三千塊，也不多，就算我的一點心意吧。」

金海問：「要是我賠本了呢？你不擔心這三千塊錢就成了一個肥皂泡？這可是你節省的工資，血汗錢呀！」

林巧巧笑道：「不就三千塊錢嗎？在我們這個世界上，難道就沒有比錢更加金貴的東西嗎？金老師，要是你虧了，這三千塊錢，我就不要了，就算是為你交了一筆學費吧。不過呢，我相信你會成功的！」

聽到這裏，金海不覺心頭一陣發熱，他情不自禁地站起身，一把抓住林巧巧的雙手，緊緊地握著，搖動著：「巧巧，沒想到你真的理解我，給我這麼大的支持，我該怎麼感謝你呀？」

「說什麼感謝的話呀，咱們同事兩年，你給過我那麼多的幫助，我一直銘記在心。要說感謝，我得好好感謝你呢！」說到這裏，林巧巧掙脫了那被金海緊緊握住的雙手，「金老師，我該走了。」

金海將她送到門邊道：「巧巧，哪天有空，我一定要彌補過去的遺憾，好好地請你看一場電影。」

巧巧出門後走得很快，但她的聲音依然清晰地傳了過來：「以後再說吧。」

6

一周後金海再來找我時，滿臉都是喜色。他說透過關係，已在學校旁邊的湖濱二巷找到了一間屋子，門面不大，但收費合理，每月水費電費房租雜七雜八各種費用加在一起，也就三百來元。

我說：「三百元呀，咱們每月工資也就一百多塊呀，怎麼不貴？」

他說：「曾哥，你一點都不懂行情，人家開口就是五百元呢，幸虧托了關係，找了熟人，要不，每月五百元，那才真叫貴呢！」又說：「他媽的，現在什麼都貴，這錢都跟草紙一樣，半點都不值錢了。」

「錢越不值錢，你卻越沒有錢，這便是我們不得不面臨的矛盾與困惑。」

「所以我要下海，爭取解決這種矛盾與困惑。」金海說著，一雙期盼的眼睛望著我，「為了達到這一目的，所以我找你借錢來了。」

我一愣：「我的情況你不是不知道，哪有錢借給你？我雖然出了兩部長篇小說，可稿費低得可憐，早就花得一乾二淨了。要是我有錢，不用你說，早就拿出來借給你了……」

「你不要在我面前哭窮，不管怎麼說，你的日子總比我要好過一些。不過呢，你也不要害怕打富濟貧，剛才是我說急了，話的意思沒有表達清楚，應該是想透過你借錢，上次，咱們不是說好了的啵？」

我爽快地說：「沒問題，咱們這就走吧。」

金海卻坐著不動：「不慌，我還有一件事找你。」

「什麼事？」

他從懷中掏出一迭稿紙遞給我。

「該不是你的什麼狗屁文章吧？都這種時候了，你還有心事搞創作？」

金海說：「推薦一個朋友的，他叫蕭丁。」

「蕭丁？這名字好熟呀，好像聽你曾經說起過。」

「我也記不得跟你說過沒有，他是我初中、高中時的同學，畢業後咱們又在一起教民辦，關係自然是好得沒法說。可他偏偏得錯了病，硬是迷上了文學。你想這一定很奇怪吧？其實一點也不怪，他說他一沒資本二沒後臺，要想改變自己的命運，只有透過文學；他說搞寫作不要什麼本錢，只要一張紙一支筆，再加一個腦袋就成了……想得多天真多美好呵，結果呢？在現實面前撞得頭破血流，寫了五六年的詩歌小說加散文，結果一個字的東西都沒發。又因為天天看書創作，耽誤了教學，耽誤了家裏種的幾畝責任田，還耽誤了民辦教師轉公辦教師的考試……所以直到今天，他還是一個窮民辦，比孔乙己好不了多少，村裏不少人叫他『丁瘋子』。」

我說：「這樣的人也難得，起碼有一種追求。」

「是的，從某種角度而言，他才算得上是一個真正的人，一個純粹的人。前天他專門從鄉下來找我，主要兩件事，一是帶了一大遝稿子，要我幫忙推薦，無論如何得給發上一篇，也算是對他這些年來執著追求文學的一種安慰與肯定；再一件，今年有一批民辦教師轉公辦教師的指標，我在市教委有兩個同學，想請我幫他活動活動。發稿的事，就只有找你了。我發現他這些年來雖然沒有發表什麼作品，但水準大有提高，功力已是相當不錯的了，我從中選了一篇散文《父親》，寫得很感人，與朱自清的《背影》有異曲同工之妙。」

我道：「你如此推薦，看來這篇《父親》一定是很不錯的了。好吧，稿子先放我這，如果真的不錯，就安排在下期發表。」我接過稿子，往桌上一放，「你與蕭丁，真像在演一齣新的『圍城』呵！」

「是的，沒有進去的削尖了腦袋想進去，身在其中的人又想著法子跳出來，這種狀態，錢鍾書先生用『圍城』二字來概括，實在是太絕妙了。」

談到這裏，我問金海：「還有別的什麼事嗎？」

「沒有了。」他說著就站起了身。

「沒有了咱們就去找蔣佑坤吧。」

「沒跟他約好，也不知這傢伙在不在家。」

「我敢打包票，他肯定還是跟過去那樣，關在家裏寫劇本。」

金海搖頭歎息道：「我看這文學藝術真他媽的壞，不知坑了多少百姓，害了多少良民，弄得他們神經兮兮、瘋瘋癲癲的。」

我說：「咱們都是受害者。」

「你比咱們還要強點，不管怎麼說，總算出了成績，沒有白寫。」

「可你馬上就要解脫了。」

「也解脫不到哪兒去，只不過是暫時擱一擱，以後我還會寫的。患了這種病的人，一輩子都難以好徹底。」

「這真是應了咱們圈內的一句順口溜：前世作了惡，今生搞創作；扯也扯不掉，推又推不脫。」

「還真是這麼一回事呢。」

兩人談著，不一會就上了大街。

天空中掛著太陽，陽光在流動的人群車輛間跳躍不已，顯得十分生動。生動的街景給人的感覺十分美好，於是，心中就有了一片明媚。

我對金海說：「太陽這麼動人，是一個很好的兆頭呢。」

金海興奮地說：「但願如此！只要一借到錢，我馬上就把辭職報告交上去。那時候，我一定要帶上照相機，把馬校長的表情與反應拍下來。」

我問：「你準備找老蔣借多少？」

金海說：「林巧巧答應給我三千，我想再找老蔣借個兩萬元就夠了。」

「你借兩萬元，除開利息，實際到手的只有一萬五千元。一萬五，加上林巧巧借你三千，總共才只一萬八千元。一萬八，你能做什麼生意？你到底想做什麼生意呢？」

「你猜猜。」

「你是在跟我賣關子呢，還是自己心底也沒有主張？」

「我早就謀劃好了呢！我是一個教師，過去靠學生吃飯，我想就是下海，剛開始也只能是依靠學生，進行最初的原始積累。」

「開一個學習用品商店？」

金海將頭搖得像個撥浪鼓。

「跟我賣什麼關子呀你？」

「金海，你智商也太低了點，你連這也猜不出呀，我想做的是遊戲機生意呀！」

「遊戲機生意？」

「是的，門面就在學校旁邊，有著得天獨厚的條件。再說，我過去那些學生知道他們的金老師開了個遊藝室，能不來光顧嗎？一帶十，十帶百，就不愁沒有生意了。」

「你這想法當然是好的，我就擔心在學校附近，人家不讓你開。」

「我正大光明著呢，憑什麼不讓我開？」金海大聲嚷道，引得不少路人側目。

我說：「又沒哪個跟你吵架，你聲音就不能小一點？」

他說：「沒辦法，我一激動就要大聲嚷嚷，也許這是一種職業病吧，因為對付那些調皮搗蛋的學生，你除了大聲嚷嚷才能管住他們外，簡直就沒有別的什麼良策。」

我揭他的短道：「別的良策還是有的，我不是親眼見你體罰過一個學生嗎，將那個小傢伙打得嗷嗷直叫。」

他不好意思地嘿嘿笑道：「偶一為之，可偏偏就讓你給瞧見了。」說到這裏，又問我，「咦，咱們剛才說到哪兒來了？」

「說到人家不讓你開遊戲機這事兒，」這時，我不無憂慮地說道，「金海呀，學生玩遊戲機，會不會讓他們玩物喪志影響學習？即使下海經商，賺錢也要來得正當，要賺乾淨錢才是！我以為日後你不管做什麼，總之有過教書的歷史，教師的職業道德，什麼時候都應該堅守住。」

「曾哥，你這完全是杞人憂天呢！你聽我說吧，這開遊戲機的好處多著呢，它可以開啟學生的智力，挖掘出他們的內在潛力，還可以教導他們增強認識社會的能力。過去，老師教我們的全是一些正兒八經的東西，踏上社會，半點作用都起不到。其實呀，我們這個社會，我們的現實人生，活脫脫就是一場遊戲，就看你有沒有勇氣承認這一點。所以呀，我們該教導孩子早一點認識現實與社會，只有這樣，今後才能遊刃有餘地直面真實的人生。曾哥，你說說看，我是不是在做一件利國利民的好事？」

我不置可否地笑笑。

「過去，是別人在遊戲我，也就是說，我被別人當成了遊戲耍。而今，我要遊戲別人，遊戲人生，遊戲社會，遊戲咱們這個怪異而龐大的城市！」說到最後，他高舉著拳頭，在頭頂的天空拼命揮動不已。

望著情緒激昂的金海，我不禁想到了巴爾扎克長篇小說《高老頭》中的拉斯蒂涅——站在高處眺望輝煌燈火的巴黎，拉斯蒂涅氣概非凡地說道：「現在，讓咱們倆來拚一拚吧！」

7

蔣佑坤是紅旗水泥廠的一名工會幹部，今年快六十歲了。平時，工會也沒有什麼事情，就那麼耗在單位「磨洋工」。用他本人的話說，他不願把自己寶貴的生命浪費掉，於是，就提前辦了「內退」。這兩三年來，他就待在家中一心一意搞創作——寫舞臺劇本。過去，他是一個業餘寫手，如今，就頗有點專業的味道了。可不管業餘還是專業，這幾十年來，反正他的劇本從來就沒有上演過。這並非他的劇本寫得不好，因他寫的全是話劇劇本，而市裏只有歌舞團、京劇團、漢劇團這三個劇團，就是沒有話劇團。話劇在北方，特別是在東北比較吃香，可在南方，基本上就沒有什麼演出市場了。市裏也不可能為了他蔣佑坤一個作者而去創建一個話劇團，而外地話劇團連自己編劇的劇本都難以搬上舞臺，根本就不會考慮蔣佑坤的本子。

老蔣對這種情況也並不是不知道，可他依然熟視無睹，每天將自己關在家中寫他的所謂煌煌巨著。

我曾問過老蔣：「你寫了這麼多劇本，可一個都沒被採用，還有什麼寫頭？」

老蔣道：「小曾呀，你聽我說，並不是劇本採用了我就有勁頭繼續寫，而是因為我需要寫作。你知道嗎，寫作，已成為我生命中一種不可缺少的需求！」

我繼續問道：「你勞而無功，不是虛擲生命麼，人生的價值與意義如何體現？」

他淡淡一笑：「寫作是我人生的一種追求，我以為生命的價值不用到別處去尋找，而就在生命本身，在於生命的過程之中。」

當時我聽了一震，原來他是這麼認識人生的意義的，不得不佩服這種獨特而深刻的見解。不為名所困，不為功所囿，這樣的人生，誰說不是一種令人嚮往的人生呢？一個人生活得是否幸福，其判斷的標準，並不在於別人認為他怎樣怎樣，關鍵在於他自己感覺如何。如果這人自得其樂，即使他置身苦海，那麼，也可以說他生活得比較幸福；如果他自己感覺憂慮煩惱，哪怕這個人生活在天堂，也不能說他的生活就是幸福的。

蔣佑坤住的是水泥廠的職工宿舍，在西山腳下，挺遠的。我與金海下車轉車、轉車下車，好不容易才來到他的宿舍前。

一看門窗緊閉，金海不由得泄了氣：「誰知這傢伙跑哪去了呀！」

我說：「你莫急，咱們先嚷嚷看，我敢打包票，他肯定將自己關在屋子裏苦修行。」

於是，兩人就在門窗前嚷了起來：「老蔣，蔣佑坤——」一聲長一聲短的，嚷得有勁帶力。

不多會，就聽得門「吱呀」一聲開了，一個禿了頂的瘦個子老人瞇縫著眼朝外張望道：「是哪個在叫我？」

「是我們！」我與金海同時突然出現在他面前，把他嚇了一跳。

「哦，是小曾，還有小金呀，」他好半天才認出我和金海，「你們怎麼來了？」

我說：「我們怎就不能來？」

金海道：「我們是無事不登三寶殿呢！」

「你們什麼事？」

「你先讓我們進屋坐下來了再談不遲嘛。」

聽我這麼一說，老蔣才將我們迎到屋內。

裏面光線黯淡，好半天我才適應過來。屋子不大，放一張單人木板床，一張桌子，幾個凳子，幾把椅子，還有一個書櫃。書櫃裏全是書，多得放不下了，就堆在床上靠牆碼著，幾乎占去了單人木板床的一半空間。屋裏到處都是灰塵，老蔣拿過一把雞毛撣子，隨使在兩把椅子上撣了兩下，就叫我們坐。我們也不講究什麼，一屁股就坐了上去。

金海說：「老蔣，虧得你一人過。」

老蔣說：「你這是什麼話，我不是過得很好嗎？」

我說：「你應該找一個女人做你的老婆，讓她好好照顧照顧你的生活起居。」

老蔣說：「找老婆幹什麼？我這輩子把女人算是看穿看透了，我一個人過日子最好。」

據說老蔣原來有一個挺漂亮的女人，就因為習慣不了他的生活方式，堅決與他離了婚。

這時，老蔣掏出一包「三遊洞」的雪茄煙，說：「我就只有這樣的差煙，你們抽不抽？」

「三遊洞」只賣兩毛五一包，況且又是雪茄型，一般的人都不抽，就是農民，抽的煙也比這強多了。我不便推辭，都準備接那又細又長的褐色煙捲了，可金海道：「老蔣，你這雪茄煙我抽不來，乾脆抽我的吧。」金海說著，掏出一包「紅塔山」。

老蔣一見，兩眼頓時放光：「『紅塔山』現在要賣十元錢一包呢！金海，你哪有錢抽這好的煙？」

金海說：「我這幾天找人辦事，口袋裏當然得裝一包好煙才像話。」

我說：「如今人們的消費呀，就是認個牌子，講究名氣，互相攀比。其實『紅塔山』有什麼稀奇？味道跟一般香煙並沒有什麼不得了的。」

金海說：「可人家就認這品牌，你有什麼辦法？」

老蔣問：「你辦什麼事？」

「想自己弄個門面做生意。」

「唉，還是年輕好，年輕人想幹什麼就能幹什麼。我老啦，人一老，就硬是不中用了，你不服老、不服氣也不行。」老蔣一邊說著，一邊接過金海遞過來的香煙。「這『紅塔山』有什麼好？抽一支，就要五毛錢，抵得上我兩包『三遊洞』了。要我自己買這麼貴的煙抽，打死我也不會幹。」

他點燃煙，貪婪地吸了一大口，又說道：「還是你們年輕人想得穿。」

金海說：「老蔣，你這樣節約攢錢，到底為的什麼呀？這錢留著不花，哪天眼一閉腿一蹬，說死就死了，你沒兒沒女的，又沒人繼承遺產，不是太划不來了嗎？」

老蔣哈哈一笑道：「你這個問題，我還真的沒有想過呢。我也不知道為什麼這樣節省，反正就是喜歡攢錢。至於為什麼，我想大概就跟寫作一樣，是一種習慣一種內心的需要吧，用一句當下流行的時髦話，就叫『愛你沒商量』。」

想不到老蔣還冒出這麼一句幽默話，我們情不自禁地笑了起來。這一笑，氣氛不知不覺就活躍了幾分。

這時，老蔣突然想起什麼似的說：「你瞧我這人，還沒給你們倒茶呢，我這就給去燒開水。」

我說：「算了，開水你就不用燒了，我們是來找你辦事的，辦完事馬上就走。」

金海也連忙道：「是的，我們找你有事呢，很重要的事！」

頓時，老蔣一本正經地問道：「你們找我有事，還是很重要的事？」

「不錯，我找你有事，」我故作嚴肅地說道，「金海也找你有事，都是很重要的事！」

「哪個的事最重要，哪個先說。」老蔣道。

我說：「當然是我的事最重要了，老蔣，你知不知道呀，我今天是專門來找你約稿的。」

「還有人專門前來找我約稿？這真是太陽從西邊出來了！」

「老蔣，這回太陽真的從西邊出來了呢！事情是這樣的，我們《七彩虹》雜誌雖然是一本文學期刊，但為了辦得活躍一些，為了照顧廣大的江城文藝界，我們決定開闢一個《戲劇之家》的欄目，每期發表一定數量的戲劇作品……」

老蔣高興地打斷道：「噢，原來是這樣，我什麼都明白了。小曾呀，你們可真是為江城文藝界做了一件大好事呵。」

我繼續道：「要發表戲劇作品，我第一個想到的就是你。你寫了那麼多優秀的話劇劇本，總不能讓它們永遠埋沒呀，我要使你完成第一個飛躍……」

「第一個飛躍？」蔣佑坤兩眼緊盯我的嘴唇，生怕漏掉什麼內容似的。

「對，第一個飛躍——走出抽屜！」我眉飛色舞地為他描繪未來的美好藍圖，「只有完成第一步，才有可能抵達第二步——搬上舞臺。老蔣呵，你想想，我們雜誌是有全國統一刊號的，也就是說，它擁有全國的廣大讀者，要是有一個導演或是領導什麼的看中了你的劇本，一炮打響，不是名利雙收了嗎？」

老蔣點點頭：「嗯，你這個主意是不錯，我正在著手創作《夫人》三部曲，要是你們《七彩虹》雜誌能夠全部登載就好噠。」

我說：「一次性全部登載恐怕不現實，第一次，可以先為你發表幾個話劇小品，至於登載《夫人》巨作之事，可留待以後再說，來日方長麼。」

金海在一旁附和道：「萬事開頭難，有一就有二，只要有了一個很好的開頭，不愁以後的作品沒有出路。」

老蔣道：「這也要得，先登小品就先登小品吧。」說著，就開始翻箱倒櫃地找起小品來。

其實，所謂開闢《戲劇之家》欄目一事全是我在路上想好的，為的是讓老蔣先上鉤。好在我編《七彩虹》雜誌有著相當大的自由度與主動權，不然的話，即使放高利貸，這傢伙也不一定捨得往外掏錢呢。

翻了一會，老蔣就找出了厚厚的一遝稿紙。

他還要繼續翻，我說：「你把這遝稿子全給我，我從中選發兩篇，不用的稿子，保證完璧歸趙。」

老蔣連連點頭道：「好，好！小曾，這事就拜託你了，以後感謝。」

「說什麼感謝的話，我編《七彩虹》雜誌，就是為廣大作者服務的，這廣大的作者，當然包括你老蔣呀！」

「你這種甘為他人做嫁衣裳的精神，著實讓我感動不已。」

這時，金海不失時機地開口了：「老蔣，真正讓人感動的還是你，幾十年來一直堅守著藝術這塊淨土，可真不簡單呀！」

「哪裏哪裏，」老蔣連連謙虛道，「要說不簡單，大家都不簡單呢。你金海不就準備棄教經商，下海摸魚嗎？這可要多大的勇氣與決心呀！」

金海說：「我是滿腔豪情，無處落實呀！」

「為什麼？」

「要下海，得先有一艘船，哪怕小舟，也得花費一筆資金吧。可我囊中羞澀，無論怎樣七拼八湊，就連買條小船的錢都還不夠呵！」

老蔣聞言，似乎覺察到我們的來意，頓時皺緊眉頭道：「小金，我知道缺錢很難辦事，你恐怕也聽過不少傳聞，說我手頭存了一筆錢。不錯，我蔣某人的確存了一筆錢。這錢是我在『文革』中被打成反革命分子平反後補發的一筆工資，再加上我平時省吃儉用的積蓄。小金，不瞞你說，我手頭的存款，如今達到了五萬。五萬元，放在今天不算多，可供我一個孤老頭過日子，已是綽綽有餘的了，況且，我還有退休金呢，也就是說，我這輩子，根本不用為吃穿而發愁。小金，你就是不開口，我也知道你的來意，是來向我借錢的，對不？」

金海只得如實說道：「是的，我想向你借兩萬塊錢做啟動資金，一年後保證歸還，並付你高額利息……」

老蔣打斷道：「利息不利息的無所謂，咱們都一個圈子的，還講什麼利息喲！只是，我這筆錢暫時取不出來，我存的是五年的定期，剛剛還只存了半個月。也就是說，得等四年半，我才取得出來。小金呀，你要是早半個月說，莫說兩萬，就是全部借給你做生意，我也願意的。能給年輕人一點實質性的幫助，我求之不得呢。」

這個老蔣，說得比唱得還好聽，說到底，還是不願往外借呢。從他的角度考慮，借錢要冒風險，再說，存在銀行裏還有利息呢。看來只有誘之以利了。我說：「老蔣，你就把錢借給小金吧，保證一年後還清。我可以跟他做擔保，要是他還不了，我就用下一部長篇小說的稿費為他還債。」

老蔣道：「可是，我剛存了銀行呀。」

「存了銀行又不是取不出，只要憑身分證，是可以提前支取的，只不過定期算活期，你只存了半個月，活期的利息也虧不到哪裏去。」

他感到十分為難：「這……」

金海道：「老蔣，我可以給你很高的利息，比銀行的利息要高出兩倍多。你存銀行每年的年息不到百分之十，我可以給你百分之二十五。」

「真的？」老蔣聞言，眼睛不覺放出一道光彩，掩飾不住驚喜的神情問道。

「絕對當真！」我說，「我敢從中擔保，並且，借錢時首先就將百分之二十五的利息付給你。也就是說，金海向你借兩萬，他只拿走一萬五千元，可借條上仍是兩萬，一年後也還你兩萬。」

「這當然要得，可是……」老蔣仍然顧慮重重，「這是在放高利貸呀，要是人家知道我老蔣放高利貸，會怎樣看待我這個人呢？」

我說：「現在都興放高利貸，又不是你老蔣開風氣之先，你怕什麼？再說，咱們這是周瑜打黃蓋——一個願打，一個願挨呢。」

「我就怕別人在背後說我的閒話。」

金海道：「這借高利貸的事兒，只有你知我知曾哥知，咱們不說出去，哪個知道呢？」

「你們真的不跟別人說？」

我道：「保證什麼也不說。」

金海道：「這有什麼說的必要呢？」

聽了我們的話，老蔣似乎吃了一顆定心丸，不由得斬釘截鐵地說道：「有你們這話，我就放心了，莫說借兩萬，就是三萬、五萬，我也願意借！」

金海聞言，不覺吁了一口長氣，頓時面露喜色，連連耍煙：「謝謝你老蔣，來，抽支煙，抽支煙。曾哥，你也來一支。」

老蔣道：「莫說謝我的話，我剛才不是說過嗎，能夠幫你們年輕人辦點事，是我最大的心願。」又說：「既然如此，咱們是不是先立一個字據，再去銀行取錢？」

「這樣最好！」金海說著，馬上寫了一張借條遞給老蔣。

老蔣看了看，又遞給我：「小曾，你要是能在上面簽個字，那就更好了。」

我接過借條道：「好的。」就在空白處寫上一行字：「保證一年後歸還。擔保人：曾紀鑫。」

「很好！」老蔣說過這麼一句，就將借條鎖進了抽屜。

「那麼，咱們現在就去取錢吧。」金海急迫地說。

「好的，我先找找身分證。」老蔣說著，又打開另一個抽屜，從中翻出一張身分證來，「走吧，咱們走吧！」

一走出屋外，就感到了陽光的明媚與美好，覺得眼前的一切充滿了生機，我不由得說道：「老蔣，你屋裏這麼暗，也不想點辦法？」

「想什麼辦法呀，就這樣過不是挺好嗎？」

金海問他：「我們剛來叫你時，你在幹什麼？」

「寫作嘛！」

「屋裏這麼暗，也不開燈？」

「白天開什麼燈，那不是浪費電嗎？要為革命節約每一個銅板嘛。」

我問：「你就不怕把眼睛弄壞了？」

「習慣成自然，眼睛當然就壞不了啦。」

說著講著，很快就來到銀行。

老蔣憑身分證、存款單取出一萬五千元遞給金海道：「你數數，看是不是這麼多？」

「營業員剛才不是數過了嗎，還數它幹什麼？」金海將票子塞進胸前口袋，裝得鼓鼓囊囊的。

臨分手時，老蔣再三再四地說道：「莫忘了一年以後還我呀！」

我與金海異口同聲地答道：「保證按時還款。」

已經走出好遠了，老蔣又叫我們，還向我們招手。

我們止步，老蔣跑過來再三再四地叮囑道：「路上可要加倍小心呵，既防小偷，又防搶劫，還防丟失！」

我說：「老蔣，你就放心得啦，有我保駕護航，小金的錢丟不了的。」

金海道：「老蔣，你已經脫手了，就是出了什麼問題，這錢也算我的了，與你沒有任何關係。」

聽我們這麼一說，老蔣才真正放心落意地走了。

8

金海懷揣一萬五千元人民幣，既感沉甸，又有一種飄飄然的感覺。

跟我道聲別，金海沒有直接回學校，而是去了謝逸處。

當時的謝逸正扒完最後一口午飯，見金海來到，敲敲碗，問：「吃了嗎？」

金海如實回道：「想吃，還來不及吃。」

「什麼事這樣急啊？」她問。

「先解決肚子，再慢慢地告訴你吧。」

「好的。」謝逸說著，拿了碗出門，「你先坐一會，我這就去給你買一份飯來。」

謝逸走後，金海坐在椅子上，望著牆上的一幅畫發呆。這幅畫是達・文西的《蒙娜・麗莎》，畫中的蒙娜・麗莎正對他露出一股微微的笑意。她在笑什麼呢？她為什麼要發笑？對此，不知有多少專家、學者進行研究探討，但都沒有說出個所以然來，因此，蒙娜・麗莎的微笑就成了一種神秘的微笑，並成為一個永恆的話題。如今，蒙娜・麗莎又對金海微笑了，這回，她在笑些什麼呢？是為他未來可以預見的成功而發自內心的祝福與微笑，還是在鄙夷、嘲笑他的淺薄與厄運？這些對金海來說，也是一個謎，一個充滿了神秘的難解之謎。

我一定會解開這個謎的，不管你笑得如何神秘莫測，金海正這麼想著時，謝逸就返回來了。

他一見，忙問：「這麼快，飯就買回來了？」

謝逸說：「哪裏呀，我還沒去買呢。」

「那你回來幹什麼？」

「我以為你會偷看我的日記，原來在發呆呀！」

「什麼日記？哪來的日記？」

謝逸從床頭拿起一個筆記本道：「就是這個。」說著，就要打開抽屜鎖進去。

金海攔道：「上面都記了些什麼，搞得這樣神秘兮兮的？你吊起了我的胃口，今天非看不可！」

「不能看，這是我的秘密。」

金海一把搶過筆記本：「我就是要看，非看不可。」

正要打開，謝逸就撲過來搶了：「不能看，這無論如何也不能給你看！」

「你肯定寫了我不少壞話吧？」

「不告訴你，就算寫了，也是我的權利！」

「那更是要看一看了！」

謝逸大聲嚷道：「偷看別人的日記是不道德的行為。」

金海辯道：「我不是偷看，是當著你面，正大光明地看呢。」

謝逸正色道：「你這是違背我的個人意志，是壓迫，是強制，比偷看更加要不得，也就是說，你這種行為，比不道德更加不道德！」

金海聞言，彷彿洩了氣的皮球，將筆記本往桌上一扔道：「不看了，不看了，誰看你這破玩意兒，你就是給我看請我看我也不看了。」

金海說著，不覺垂下頭來，頓覺索然無味，感到怪怪的沒有意思。

謝逸不管他的情緒如何，連忙將筆記本鎖進抽屜道：「這日記，是寫給我自己看的，任何人不得侵犯。」然後，拿著個碗又要出去買飯。

金海抬腕看看錶，說：「不用買了，都快一點鐘了，廚房肯定關了門，有麵條沒？乾脆吃點麵條得了。」

謝逸想了想，道：「這也要得。」說著就從床底下搬出一個煤油爐子。

金海掏出打火機，揭開爐罩，將每一根燈芯點燃。

頓時，屋子裏充滿了一股難聞的煤油味。

謝逸找出一個鋁鍋洗了洗，添上水，就將麵條放在裏面煮。

做完這一切，兩人又坐在了一起。

金海說：「我是專門來跟你講一件重要事情的。」

「說吧，我聽著呢。」謝逸望著他的臉盤道。

金海沒有言聲，而是將手伸進內衣，掏出一大把鈔票。

謝逸瞪大眼睛道：「你嚇我呀，哪來這多的錢？」

金海說：「我嚇你幹什麼？你放心好啦，這一不是偷的，二不是搶的，而是找別人借來的。」

「你借這麼多錢幹什麼？」

「我不跟你說過嗎，要下海經商了！」

謝逸聞言，不覺倒抽一口冷氣：「我還以為你說著玩玩呢，沒想到玩起真格的來了。」

金海不滿地說：「我是正兒八經幹事業呢，怎麼說是玩？」

謝逸賭氣道：「你這就是玩唄，玩世不恭嘛！」

「沒想到你會這樣看我，謝逸，你的態度真讓我傷心！」

「你的這種做法更讓我傷心！」說到這裏，謝逸動了感情，「金海，你說說看，咱們談朋友，我到底看上了你什麼？不就是有著共同的志趣與愛好，能夠談得來嗎？跟你說句實話，我若以金錢為重，早就不是今天這個寒酸樣子了。不是我誇張，追求我的經理、老闆加起來起碼也有一個排。可是，我將他們一個個全都拒之於千里之外了。這兩年，我對你的確可以稱得上是死心蹋地了。可你呢，偏偏要捨本逐末，去追求什麼金錢。」

金海辯解道：「謝逸，你怎麼可以這麼認為呢？上次，我對你說了那麼多，我說我下海主要是為了求得一分自由，我掙錢是為了更好地追求文學，可你怎麼就硬是聽不進去，硬是不能理解我呢？」

「我以為，你的做法與想法只能是背道而馳。」

金海激動地叫道：「不對！這不是背道而馳，而是兩相吻合，完全一致！」

這時，謝逸拿了碗使勁地敲著說：「莫激動，你就莫激動了，先吃麵條吧！」

「我自己來吧，」金海接過空碗，將鋁鍋裏的麵條一掛一掛地絞在碗裏，邊絞麵條邊說道，「謝逸，我還是那句老話，希望你能開通一點，轉變思想觀念，貼心貼意地幫助我。」

「咱們不談這個，你還是先吃麵條吧，別影響了食欲。」

於是，兩人皆不作聲了，就那麼沉默著，只有金海將麵條扒得「呼啦呼啦」直響的聲音。

幾大口吃完麵條，金海抹抹嘴唇，站起身來道：「小逸，既然我不能說服你，你也不可能改變我，為了避免在一起吵嘴，我還是先走為好。」

謝逸說：「這不是因為回避就能解決得了的問題，我希望你能尊重我的意見。」

金海說：「我更希望你能尊重我的選擇！」

「每人都有選擇的權利和自由，你有你的選擇，我也會作出我的選擇。」謝逸說著，將他送到門外。

「再見！」金海舉起胳膊，儘量瀟灑地做出一個揮手的動作，然後一轉身，頭也不回地走了。

9

金海走出謝逸宿舍，仍是沒有回校。他懷裏揣著從蔣佑坤那裏借來的一萬五千元人民幣，就那麼漫無目的地在大街上遊逛著，像一個無家可歸的流浪漢。

中午的大街，行人少了一些，但車輛仍是出奇地多，來來往往令人眼花繚亂。金海四處張望，找不到一張熟悉的面孔，更找不到一輛自己熟悉的車牌號碼，就覺得自己在這個世界上真是一個可有可無的物件，有他不多，無他不少。也就是說，這個世界對他是至關重要的，沒有這個世界，他是無論如何也生存不下去的；而他對這個世界來說，比一粒灰塵還要輕微，沒有了他，世界照樣能夠生動地鮮活地很好地存在著。一想到這點，他就感到無比悲哀：可是，上帝把我造在這個世界上，總該有屬於我自己的位置才對呀！那麼，我的座標點到底在哪裏呢？一時間，他感到十分惘然。越惘然就越是絞盡腦汁地想，想來想去腦袋都有點生痛了，仍是想不出個清清楚楚的道道來。於是，他就不想這些了，就抬起腦袋四處張望，腳下就那麼機械地向前邁著。

望著望著，突然就發現了「工人電影院」這幾個大大的字樣，不禁想起對林巧巧許下的諾言。於是，他來到售票視窗，也不管什麼電影，對坐在裏面正飛針走線織著一件毛衣的中年婦女道：「給我買兩張票。」遂遞進去一張十元鈔票，又加一句道，「揀最貴的買。」中年婦女回道：「最貴的票十元錢一張呢。」「那就買十元一張的吧。」說著，又遞過去一張十元鈔票。不一會，中年婦女就遞出兩張電影票來。金海接過，小心翼翼地裝入右邊口袋。然後，他就沒有瞎逛了，而是往崇文小學趕。

回到宿舍，感到十分疲勞，往床上一躺，就睡了過去。

金海一覺醒來，看看手錶，已是五點半了，洗了一個臉，趕緊到食堂買了一碗飯，三兩口扒完，就來找林巧巧。

林巧巧吃過晚飯，正伏在桌前批改作業，一見金海來到，趕忙站起身，搬椅子給他坐，又開了一瓶「健力寶」飲料。

金海說：「巧巧，你怎麼這麼客氣？」

巧巧道：「這算什麼客氣？人之常情呢。再說，這飲料也不是我自己買的，而是學生家長送的。」

「我怎就沒有學生家長送？」

「這就看你怎樣對待學生了。我告訴你一個訣竅，你對優秀學生好，那些家長並不怎麼感謝你。你若對差生好，差生家長就會出自真心地對你好。凡是學生送我的東西，都是差生家長拎來的。」

金海笑了笑：「可惜你告訴我這個訣竅太遲了點，已經用不上了。」

「怎麼，你就要開始行動了？」

「是的，我準備明天就辭職。」

林巧巧聞言，沉默不語。

「巧巧，你怎麼不作聲了？」

林巧巧說：「咱們畢竟同事兩年，你一旦要走，我心裏還真的有點捨不得呢。」

「好在我並不走遠，咱們仍待在同一座城市。」

「哪有現在天天見面好？」

比照謝逸的態度，金海真有點感動了，他說：「巧巧，想不到你是一個這麼看重感情的女子。」

林巧巧望了他一眼道：「這就要看對什麼人了。」

金海聞言，心頭不覺一陣發熱：「巧巧，說不定，今後我們會天天待在一起的。」說了這句，又覺不妥，趕緊補充道，「我的意思是說，來日方長，我們會更加珍惜這種感情的。」

「我想我們會的，一定會的！」她肯定地說著，突然想起什麼似的道，「喲，我還差點忘了一樁大事呢。」

「什麼大事？」

林巧巧拉開抽屜，從中拿出一疊鈔票道：「我答應借你的錢，已經準備好了，正想抽空給你送過去呢。既然你來了，就把它帶回去吧。給，不多不少，整整三千。」

金海接過，激動地說：「巧巧，我今後一定還你，連本帶息還。」

巧巧大方地說：「你先拿去用吧，虧了，就不要你還了，算是我對你的一點贊助；賺了呢，也不要你的利息，只還我三千元的本金得啦。」

金海將錢裝進口袋，才想起了來找林巧巧的目的，他掏出兩張電影票道：「巧巧，我說過，要彌補過去的遺憾，請你看一場電影，今天，我就是來兌這個現的。」

巧巧十分感動地說：「你正處在焦頭爛額的境地，難得有這份心意，我真不知該怎麼感謝你才好。」

金海說：「咱們倆，就不說客氣話了，現在就走吧。」

「好的。」林巧巧將頭髮稍稍地梳理了一下，就與金海一同走出宿舍，又一同有說有笑、大搖大擺地走出校園。

金海問他：「你就這麼跟我走在一起出去，不怕老師們說你的閒話？」

林巧巧說：「怕別人在背後嚼舌頭根子，你就甭想活在這個世界上了。」

金海表示贊同：「是的，你這話還頗有幾分哲理呢！」

兩人說著笑著，不知不覺來到工人電影院。直到這時，金海才知道今天的電影是一部名叫《唐伯虎傳奇》荒誕喜劇片。進了電影院，才又知道買的是一對情侶座，並且是第一排的一、二號。

林巧巧什麼也沒說，只是那麼深情地望著他。

金海也不便解釋什麼，只好將錯就錯。

兩人皆有意將身子拉開一段距離，拘謹地坐著，一邊嗑瓜子吃話梅，一邊漫無邊際地隨便交談。

坐了不到五分鐘，電影就開映了。不一會，他們就被引入那荒誕無稽的劇情之中。

金海說：「怎就將唐伯虎弄成了這麼一個形象呢？」他一邊自言自語地問著，一邊覺得很搞笑。坐在一旁的林巧巧早就大笑不已了。他們無拘無束地笑著，兩人的手碰在一起，也不再躲閃。待有所知覺時，才發現不同性別的兩隻手已經握在一起。皆不好意思地對視一笑，慢慢就鬆了開來。

看完電影，還不到九點鐘，金海提議道：「巧巧，反正時間還早，咱們散會兒步，怎麼樣？」

「好的。」巧巧點點頭。

兩人順著一條柏油馬路往北走，不一會就來到江邊。

他們爬上江堤，一邊是高高聳立的樓房建築群，一邊是奔騰不息的長江，清爽的晚風徐徐吹來，拂去了燥熱與疲勞。

金海盡情地欣賞著四周的夜景，頓覺心曠神怡：「晴朗的夜晚，能在江堤上走走，真是一種享受啊！」

林巧巧道：「可不是嘛，我分到江城都快兩年了，還從沒在江堤上散過步。要知道這麼美好，早就每天來走一走了。」

「如此說來，我就不該帶你來了。」

「此話怎講？」

「要是每天都來，那不影響你的工作、學習，還有休息嗎？」

林巧巧一聽，不禁笑了起來：「就你的俏皮話多，我哪能天天來呀，不過形容此刻的心情罷了。」

「你此刻，是一種怎樣的心情？」

「我不說了，再說，你又要拿我做文章了。」

「巧巧，你想知道我此刻的心情嗎？」

林巧巧點點頭道：「想！」

「想聽真話，還是聽假話？」

「當然是想聽真話呀！」

「那我就實話實說了。」

「你說吧，我聽著呢。」

「巧巧，在這樣一個美麗動人的夜晚，一切都顯得那麼美好，我……我真想……」金海欲言又止。

林巧巧問他：「真想什麼？」

「我真想……」他終於鼓足勇氣說道，「真想好好地吻吻你！」

金海說著，動情地一把將巧巧摟在懷裏，將滿是胡碴的嘴唇往她臉上湊。

「別，金老師，你別這樣！」林巧巧拼命反抗、拒絕。

「為什麼？」

「我不喜歡！」

「可是，我覺得……我覺得我愛你，巧巧，真的，我覺得……有點愛上了你！」

「我知道，你並不愛我，你愛的是那個叫謝逸的女人……你並不愛我，只是想……想玩弄我……」

「不，我愛你，巧巧，你聽我說，過去，我愛的是謝逸，我並不想對你隱瞞這一點。可現在，我對她，怎麼也愛不起來了。」

「為什麼？」

「她是一個非常浪漫的女人，只能做一般的朋友，也就是說，她並不適合做我的妻子。我現在要找的，是能在一起共同生活的人，這個人既能腳踏實地，又得具有一定的文化水準，也就是說，她應該是浪漫與實際的結合體。而你，巧巧，我覺得你就是這樣的一位好女子。」

「金老師，你別騙我了，你現在是一時衝動，過後說不定會後悔的。」

「不，我不後悔，真的不後悔！」金海說著，雙手箍緊她的腰身，將嘴唇重重地印在她的臉上。

當金海的嘴唇剛一接觸到林巧巧的臉蛋，她的心頭，頓時湧過一股無法控制的顫慄，全身不由自主地癱軟在金海懷中……

此後的歲月裏，每當林巧巧想起她的這次初吻，便有一種難以言表的溫柔、幸福與激動。

10

金海將辭職報告遞給馬校長時，並沒有出現他所預想的那種效果。

就在金海吻過林巧巧的當天晚上，他回到宿舍，鋪開稿紙一揮而就，寫了一份辭職報告，又工工整整地謄抄兩份。一份自己保存，另一份送交馬校長。

第二天上午，金海拿著辭職報告走進校長辦公室。

馬校長見他來到，停下手中舞動的簽字鋼筆說：「你到底來上班了。」

金海說：「是的，我的病假期已滿，哪能不來上班呢？」

「這些天，你都想通了嗎？」

「我天天閉門思過，全想通了。」說著，將辭職報告書遞了過去，「這是我的悔過書，我保證今後一定幹好，如果不幹好的話，那可就真的沒有飯吃了。」

「小金，這些天來，你確實進步了，難得你這份認識。」

馬校長接過辭職報告書正要看，金海指著一把椅子問道：「馬校長，我病體還沒有復原，能在這上面坐坐嗎？」

馬校長望望他，又望了望椅子說：「當然可以。」

於是，金海就一屁股坐了下來。

馬校長看著手中的辭職報告，頓時就變了臉色，聲音顫抖地問道：「小金，你寫的都是真的？也就是說，你真的要辭職，又該不是在跟我開玩笑吧？」

金海欠欠身道：「馬校長，這回是真的，這樣的大事，我怎敢隨便開玩笑啊！」

聽了這話，馬校長放下辭職報告，懇切地說道：「小金，金老師，我還是希望你能留下，真的，我說的是真話。我一直覺得，你是一個很不錯的老師，只不過平時有點吊兒郎當而已。這對一個年輕人來說，在所難免，我之所以對你要求嚴格，也是為你好，是想讓你轉變成一位優秀的教師。就內心而言，我並不想逼你走啊！真的，我半點這樣的想法都沒有，我可以賭咒，可以對天發誓……」

金海打斷道：「馬校長，不是你逼的，是我自己想走，真的，我已經厭倦了教書，想換一種活法。」

「可別人就不這樣認為了，其他老師會認為是我把你逼上了這條絕路，因為在一般人眼裏，不到走投無路的地步，是不會出此下策的。金老師，我勸你還是繼續留下來吧。」

「馬校長，既然我已下了這份決心，就不想改變了。」

「只要你願意留下來，我既往不咎，也就是說，檢討不要你寫了，生活會也不開了，你只要繼續上你的班就可以了。往後去，我還可以為你網開一面，只要你認真批改作業，不備課也可以。」

看得出來，馬校長的態度的確是誠懇的，這對金海而言，不能說沒有幾分誘惑。其實，他也並不想把自己逼上這一步啊！於是，他的心裏不禁打起了退堂鼓。

馬校長看出他的猶豫，趁熱打鐵道：「金海，留下來吧，說不定，今後我這個位置就是你的。」

「難道我人生的理想就是當一個窩囊的校長嗎？難道這就是我人生的目的與座標？」一想到這點，金海心中的猶豫不覺煙消雲散。於是，他以堅決的口吻說道：「馬校長，謝謝你的好意，我不想繼續當一名小學教師了，更沒有當校長的目標與理想，只想認認真真地辦一點實事，希望得到領導批准！」

馬校長想想道：「如果挽留不住，你實在要走，我也沒有辦法。但我還是盡我的職責，盡一次最大的努力，真誠地希望留下來繼續任教。」

金海搖搖頭：「我去意已定，馬校長，我也真誠地感謝你對我的一番好意。說句心裏話，我一直表現不佳，給領導添了不少麻煩，今天，你能這樣對待我，令我十分感動。」

馬校長也動了感情：「金老師，我的工作做得很不夠，在許多方面，肯定傷了你的心，希望得到你的原諒。」

金海說：「過去了的，就讓它過去吧，什麼都不用說了。」

馬校長道：「那是那是，往後去，金老師，你有什麼事需要幫忙，我一定會想辦法的。你剛辭職，可能會有一些困難，如果有什麼需要我們學校幫忙解決的，你只管打聲招呼就是，我會盡力為你奔走的。這，也算是學校應盡的一份責任吧。」

「沒有什麼。」金海搖搖頭說。

「你想想看，到底有沒有什麼？」

金海想了想，道：「剛辭職，恐怕一時難以找到住房，我現在這間宿舍，能不能讓我繼續待上一陣子？只要找到別的安身之處，我會馬上退出來的。」

「沒問題，半點問題都沒有，」馬校長連連說道，「只要你願意，住多長時間都可以！你在咱們學校工作這多年，這點小小的要求，我們保證滿足。」

「是呵，即使沒有功勞，也有幾分苦勞呢。」金海說著，覺得喉嚨澀澀的。

馬校長道：「有苦勞，更有功勞，不管怎麼說，你金海為咱們學校的發展，還是作出了不少貢獻的。」

「馬校長，有你這句話，我心裏也滿足了。」

臨分手時，馬校長緊緊地握著金海的雙手說：「小金，金老師，我真的不希望你辭職。既然你去意已定，我也只好同意，然後報請上級教委批准。小金，你恐怕還不瞭解我這個人，我是典型的口噁心善……唉，事已至此，說這些還有什麼用呢？我只希望你今後在心底不要記恨我，往後去，你有什麼困難，只要幫得著的，我一定會把它當作我自己的事來為你解決的……」

金海是抱著發洩一通、大鬧一場，然後揚長而去的想法跨進馬校長辦公室的，萬沒想到會出現這種結果，這令他感動之餘，也有點手足無措。

11

可以說，是金海自己將自己逼到了無業遊民的境地。一方面，他是徹底自由了，再也沒有誰來管理他限制他約束他，也不會有誰來指手畫腳指揮他做這做那了；同時，他又覺得自己成了一個無依無靠的「孤兒」，沒有誰來關心他過問他，成了一個掛在牆上的懸空之人。人真是一種很怪的動物，在沒有辭職前，他渴望自由嚮往自由，「自由」二字，彷彿成了他所追求的唯一目標；一旦辭去教職，獲得空前自由，又感到了一種失落惆悵、無所事事與空虛無聊。

從校長室出來，他就感到全身疲軟無力，唯一想做的事，就是睡覺。回到寢室，不禁扯了一個長長的呵欠，往床上一躺，就昏昏沉沉地睡了過去。這一覺睡得真長，一直睡到第二天上午九點鐘，才迷迷糊糊地睜開了眼睛。

在金海的記憶中，還從來沒有這樣貪睡過。

起床後的第一件事就是看錶，已到九點，不覺大驚失色，急忙穿衣起床往教室趕。臨開門時，他才想起已經辭職，今後，再也不必火急火燎惦記著上課，不會有人記他的遲到早退曠工，也不會扣發那些雜七雜八名目繁多的各種獎金了。他似乎第一次感到，金海是屬於他自己的。想到這裏，他不覺笑了，笑得有點開心，也有點苦澀。於是，就又返回室內，不慌不忙地洗口涮牙，不慌不忙地換了一套西服，不慌不忙地打開房門，不慌不忙地走了出去。他覺得自己從來沒有這樣悠閒過，他要真正地享受享受什麼是自由的滋味。

走上校園馬路，兩旁是筆挺的白楊樹，這是他剛從師範畢業分配到這裏時帶領學生們栽種的。如今，楊樹長大了，學生畢業了，只有他金海還是原來那副老樣子。他不能繼續這樣活下去了，要靠自己的能耐闖出一片新的天地。「從來就沒有什麼救世主，要創造人類的幸福，全靠我們自己……」這時，心頭不知怎麼就響起了讀小學時老師教他們唱得滾瓜爛熟的《國際歌》，心頭湧出一股無比的悲涼與淒壯。

學生正在上課，校園裏一個人影也沒有，顯得很幽靜，也很空曠。此刻，他感到自己正一步步地從這熟悉的風景中走出，走向遙遠而陌生的遠方。

遠方，既神秘莫測，又充滿無窮的魅力與誘惑。

古人云：「置之死地而後生。」他已將自己置於今天的境地，前面就是曠野大漠，就是刀山火海，也難以回頭，只有繼續走下去走到底的份兒了。

這樣想著時，他不知不覺走出了校門。

校門外是一排小吃攤子，他隨便選了一家坐下，要了一碗牛肉麵。

不慌不忙地吃完，就站起身來，到湖濱二巷去落實門面。

房子是早就談好了的，金海主要是去交付房租。

房東李老闆開口要交一年的租金，金海也願交一年的，什麼東西都漲價，這房租自然也會往上漲，可每月三百，他一口氣拿不出三千六元現款，就跟李老闆商量，希望通融通融。談來談去的，李老闆見他手頭實在緊張，只好作出讓步，先交半年再說。

金海將一千八百元遞過去，李老闆一把接在手中，指頭蘸蘸唾沫，飛快地數了一遍，便將門面的鑰匙交給了金海。

金海接過鑰匙裝進褲兜，又開始跑執照了。

跑執照要與工商、文化、公安等部門打交道，他只得到處托人尋找門路打通關節。經過一番艱苦卓絕的努力，總共填寫了三十多份表格，好不容易才將一應的手續辦完。填寫三十多份表格，比備課還要千篇一律，還要枯燥乏味。好在一一填寫過後，不必周而復始，而備課，則像一場循環往復、沒有終點的馬拉松。

幾份執照辦下來之後，金海又來找我了。

他說：「曾哥，明天，你有沒有時間？」

我想了想說：「明天沒有什麼事情，怎麼，找我有事？」

「是的，咱們江城沒有遊戲機賣，我明天要到武漢去買，想請你幫幫忙。」

我說：「我又不懂什麼遊戲機之類的玩意兒，能跟你幫個什麼忙？你最好去找一個內行點的人，跟你一道去武漢。」

「我一下子上哪去找內行點的人啊？」金海為難地說，「再說，內不內行也沒有關係，咱們當場試機，只要是好的，運回來不就得啦！」

我想他的話也有道理，就答應明天一同去武漢。

第二天到武漢時，已是下午三點多鐘了，反正當天不可能趕回，我們就開始悠閒地逛街。江城離武漢並不遠，常來常往的，對武昌、漢口十分熟悉。我們隨意地逛著，逛到哪裏是哪裏。我最感興趣的就是書攤、書店，逛了幾家，都是大同小異，買了幾本用得著的書籍，就開始逛商場了。逛了兩家國營商廈，專門留心遊戲機，發覺價格賣得相當高，全套配齊，一台遊戲機賣到五千元。而金海的提包裏只裝有交付房租後剩下的一萬六千二百元人民幣，也就是說，只夠買三台遊戲機的錢。於是，我們又到處打聽個體賣遊戲機的地方。沒費多大勁，就找到了個體遊戲機市場。與幾個老闆殺來砍去的，最後將價格壓到每台三千八百元。

金海說：「就買個體的。」

我說：「個體的品質有點靠不住。」

金海說：「現在國營商場的櫃檯都興承包，還不跟個體一回事！」

我說：「不管怎樣，我總覺得國營的要可靠一些，要是出了什麼問題，也好找一些。」

「只要承包，都是一路貨色，進貨管道也是一樣的 國營的絕對好不到哪裏去。若是出了問題，個體的還不一樣可以找？曾哥呀，每台畢竟便宜一千多元，這可不是一筆小數位呀，我就可以買四台遊戲機回去了。」

金海的話也有道理，我就說：「隨你的便。」

「反正今天又不買，咱們晚上再合計合計吧。」

「也行。」

於是，就不逛街了，找了一家便宜旅社住下。

當天晚上商量的結果，還是決定買個體戶的遊戲機。

第二天，我們直奔個體遊戲機市場，在一家姓劉的老闆手中買下了四台遊戲機。為防止水貨與差錯，對每台遊戲機，我們試了又試，直到認為不會有半點問題了，金海才將一萬五千兩百元交給了那個劉老闆。

然後，我照看機子，金海到外面去租車。

他這一走，竟去了三個多小時才返回。

一見他，我劈面就問：「你怎就去了這半天，把我一個人晾在這裏，人都等老了。」

他說：「我也急得不行，沒想到車竟是這樣難找。先是到處找不到車，因為都不願意跑長途去江城；後來找到願去的司機，結果又漫天要價。」

「他們要多少？」

「開口就是八百元。」

「太高了。」

「就是哇，可他們說跑一趟江城真划不來，回來時要放空車，也就是說，來回的路費都算進去了。」

「就是來回，也要不了八百元呀！」

「結果找了一台四門六座的卡車，價錢四百元。」

「四百元也高了點，頂多二三百元就夠了。」

金海無可奈何地苦笑道：「到了這個份上，也就只有任人宰割了。」

「真他媽的！」我罵了一句道，「放血就放血吧！金海，你可要記住，人家是怎樣放你血的，到時候，你就怎樣放人家的血！」

「好，說得好，你說得真好！曾哥，看來你才是一塊做生意的料啊！」金海不禁大加讚賞。

我說：「咱們別紙上談兵了，還是抓緊時間，先把遊戲機弄回去了再說吧。」

「對，是得抓緊時間了，要是再不急，到時候恐怕得摸黑夜路了。」

於是，將那四門六座的司機叫了來一起抬遊戲機。

將四台遊戲機放好綁牢，我與金海一起鑽進駕駛室。

車子一拐，就上了馬路。上了馬路後的汽車被夾在一條長長的車龍裏緩緩前行，每來到一個十字路口，就亮起了長時間的紅燈，都得等上好半天。

金海說：「武漢的車災太嚴重了。」

司機道：「哪裏都一樣。」

我說：「過去只說中國人口多，沒想到車也這麼多，看來這車輛，也得實行計畫生育才行了。」

一句話，逗得他們倆哈哈大笑起來。

車過傅家坡，塞車、堵車、等車的災情才稍稍有所緩解。

金海焦急地說：「照這樣子，趕到江城，肯定要天黑了。」

司機無言，只是將車速加快了幾分，兩邊高大的樓房晃動著不斷地向後移動。

突然，汽車「嘎」地一聲停了下來。

金海忙問道：「師傅，怎麼啦？」

司機說：「遇到『鬼』了。」

「什麼鬼？」一句話，聽得我們莫名其妙。

這時，過來一位穿制服的交警，神氣十足地對司機道：「把你的駕駛執照拿出來。」

司機像是老鼠見了貓，趕緊掏出一應證件遞過去，同時遞過去的，還有一支「紅塔山」香煙。

交警將煙拂開道：「別來這一套。」

司機燙了似的迅速收回。

交警看過司機的一應證件，沒有發現什麼破綻，又遞還給了他。

我們不覺吁了一口長氣，可氣還沒有吁完，就聽交警道：「你違了章知不知道？」

司機雞啄米似的點頭道：「知道，知道……」

「知道什麼？」

「知道違章了。」

「違了什麼章？」

「這……」

「你連你到底違了什麼章都不知道還說什麼知道知道？告訴你吧，你超車違章，這下該知道了吧？」

司機囁嚅道：「下次不犯了。」

「下次是下次，罰款五十！」

「這……能不能少一點？」

我們全在一旁說好話，要交警同志高抬貴手，少罰一點。

「怎麼，你們還不認罰呀？」

「認罰，認罰，只是希望少罰一點。」

交警毫不通融地說道：「我說五十就是五十，五十元，如果你們不願交也成，那就罰一百吧。」說著，撕過一張票遞給司機。

司機萬般無奈，只得掏出五十元認罰了事。

汽車又繼續上路了，司機將罰款條子遞給金海：「看來我只有找你報銷了。」

金海一聽，大聲叫道：「你怎找我呢？我跟你談好四百元包幹，罰款與我不相干！」

「怎麼與你不相干？」司機毫不相讓，「要不是你說車慢，我會加速嗎？如果不加速，我會超車嗎？我不超車，怎麼會違章呢？」

「照你這麼說，你要是壓死人了，也得我抵命，也得我賠償醫藥費了。」

「這是兩碼事。」

「怎麼是兩碼事？明明就是一回事嘛！」

這時，司機覷準一處空檔，將車子朝旁邊一彎，說：「這五十塊錢的罰單，你到底出不出？你若是不出，這趟江城，我就不跑了。」又說：「在武漢，我滿地都是生意呢！」

如果將遊戲機卸在這兒，一時間，又上哪裏去找開往江城的汽車呢？看來只得將就這個司機才行了。於是，我趕緊出來打圓場道：「師傅，你莫發脾氣，這車還是要開，有什麼話，咱們慢慢商量嘛。」

「慢了不行，要談就快點，不然的話，我就去拉別的生意去了，我可不能兩頭都給耽誤呀！」

我說：「好吧，這五十元罰款我們就認了，只是，往下去又罰了咋辦？你總不能老要我們出才是呀！」

司機道：「那要看是什麼情況的罰款。」

金海激動地嚷道：「你這人還講不講道理？」

司機脖子一挺道：「我怎不講道理？我這人最講道理了！」

金海又要和他論理，我趕緊一把拉住勸他道：「金海，這次，你就聽我的，給他五十元算了。」又對司機說：「這樣吧，你就把車停在這裏，咱們乾脆吃午飯了再走。」說著，我趕緊對金海使了一個眼色。

金海仍是有點不情願，他想了想，最後還是同意了：「好吧，曾哥，我就聽你的。」遂將一張五十元的鈔票遞了過去。

然後，我拉著司機，就近尋了一個酒家，叫了幾個菜。我與金海喝啤酒，司機開車不能喝酒，就給他拿了一聽椰汁飲料，一包「紅塔山」香煙。

吃過飯，司機主動說：「只要小心點開，任是誰也罰不了我的款。」過了一會，又說道：「我保證平平安安把你們送到家。」

果然一路無事。

車到江城時，天已煞黑了。

待付車款時，司機主動抽出一張五十元的鈔票道：「那張罰款，還是我來掏吧。當時要我出罰款，我的確有點想不通。可是，只要一旦想通了，我這人豪爽得很！」

司機這麼一說，金海也變得客氣起來。兩人推讓一番，最後，還是司機將錢塞進了金海的口袋。

12

金海將四台遊戲機放在了租下的門面內。

臨分手時，我問金海：「你打算什麼時候開業？」

金海說：「當然是越早越好，我想先把這屋裏收拾一下，再就是請人製作一塊牌子，你看我這遊戲室取一個什麼名字為好？」

我說：「這我還沒想過呢。」

金海道：「我倒想了兩個名字，不知合不合適，請你幫我參考一下。」

「兩個什麼名字？」

「一個叫『樂樂遊戲室』，再一個就是『小星星遊戲室』。」

我想了想，說：「就叫樂樂遊戲室吧，『小星星』的範圍有限，只局限於兒童，而你的遊戲室，應該是面向廣大社會，給人們增加快樂與興趣。」

「還是你想得周到一些，那就叫樂樂遊戲室吧！」金海點點頭說，「收拾屋子，訂做一塊『樂樂遊戲室』的牌子，兩天時間應該足夠了。我想過兩天，也就是外後天，便可開業了。」

我說：「到時候，叫上幾個要好的朋友，為你祝賀祝賀。」

金海連連擺手：「別，別，我現在這麼一個寒酸樣子，真不好意思讓朋友們知道，等賺了錢，我一定好好地請大家的客。」

「現在是現在，以後是以後，一切都由我來安排，你別管就是了。」

這天晚上，金海把我送了好遠好遠，說了不少令我感動的話兒。他說：「曾哥，實在是給你添麻煩了，我會永遠記得你的好處，我今後若賺了錢，頭一個要感謝的，就是你。」

我說：「咱們倆，還說什麼感謝之類的話啊，你的事不就是我的事嗎？」

我停下腳步，要他趕緊回去，他又送了一程，兩人才握手道別。

金海放心不下那四台遊戲機，擔心小偷光顧，就回到學校宿舍，拿了一床涼席，趕往樂樂遊戲室。

他在水籠頭前沖了一個冷水澡，將涼席往地上一鋪，就躺了上去。

水泥地硬梆梆的，他就那麼仰面八叉地躺著，怎麼也睡不著。一會兒是蚊子在身邊飛來飛去，一會兒是悶熱難耐。睡不著，就爬起來到外面一家小百貨商店買了一盤蚊香回屋點著。蚊子是少了，可仍是熱得難受。這天氣，也真有點鬼氣，立秋都好多天了，可還是熱。在家鄉，他總是聽老人們說「秋老虎」厲害，沒想到這「秋老虎」會厲害到這般程度。想到家鄉，他就想起了這些年所走過的路，吃過的苦，遇到的溝溝坎坎……好不容易混成了城裏人，這令父老鄉親、兒時夥伴羨慕不已。可是，他卻毅然決然地自個兒將「鐵飯碗」給砸了。如果鄉親們知道了，他們會怎樣看？肯定會說我金娃子是急火攻心，是「瞎掰」胡鬧，是這山望著那山高……唉，想這些幹什麼？最好是什麼都不想，先幹再說！自古以來，成者英雄敗者寇，只要自己成功了，就什麼都好說了。關鍵還是幹，一定要幹成功才行！不管怎麼說，這遊戲機是買回來了，也不知開業後生意怎樣，更不知什麼時候才能把投資的本錢收回來……這樣地想著時，金海突然扯了個長長的呵欠，頭腦開始模糊，不知不覺就睡了過去。

也不知過了多長時間，他感到一股深深的涼意，全身不由自主地一陣瑟縮，一激凌就醒了過來。這時，他就聽到了一陣急促的雨聲，粗大的雨點打在屋頂上、門窗上劈啪直響。下雨好，是該下場透雨，煞煞「秋老虎」的威風了，金海快意地想著，可當他往身上一摸時，就不禁喪氣了——全身濕漉漉的。他趕緊跳了起來，「啪」地一聲拉亮電燈，只見屋裏到處都是水。

金海租用的房子，是巷道邊臨時搭就的一排平房，原來只想過這些房子低矮、狹小，可萬萬沒有想到還會漏雨，粗大的雨柱從好幾處地方直往屋裏直灌。再一看，兩台遊戲機也被淋濕了。金海慌了神，趕緊使出全身力氣，將它們往沒有漏雨的地方搬。地上到處都是水，涼席也打濕了，再睡下去是不可能的了，只得開了燈，就那麼呆呆地站著。後來，實在是太困了，他就靠在牆邊，迷忽了一陣子。

好不容易熬到天亮，可雨仍然下個不休，半點也沒有打住的跡象。沒有辦法，金海只得冒雨跑到一家商店，買了一塊塑膠雨布，然後去找房東李老闆。其實，李老闆也不是真正的房東，不過一個「二房東」，將自己租來的房子轉租給了金海而已。

真正的房東是一家集體單位，他與李老闆一同去找集體單位的頭頭，嚷著要他把房子修好。直到那個頭頭答應馬上派人去修，兩人才轉身離開。

金海心頭惦記著要辦的事情，找到一家招牌製作店，訂做一塊「樂樂遊戲室」的牌子。他說要得很急，能不能幫忙快一點，店老闆答應第二天就可以交貨。

做完這些，金海回到學校宿舍，美美地睡了一覺。

這雨下得很邪乎，斷斷續續地下了一個星期。遊戲室開業的事，只有往後推了。黃道吉日，天氣晴好，陽光明媚，才是順暢美好的預兆，金海可不願選在一個陰晦的雨天開張。

一個星期以來，街上到處都是積水，車輛行人明顯地減少了。金海每天都到樂樂遊戲室去睡覺，他擔心一時的疏忽大意會給小偷帶來可乘之機。而睡在那裏的確不是滋味，屋頂的漏洞雖然補上了，但室內還是一片潮濕。沒有辦法，金海只得請人幫忙，將學校寢室裏的床搬了過去，一應的鋪蓋行李也搬了過去，把樂樂遊戲室當成了臨時的家。

這天晚上，金海早早地上了床，躺著翻看馬爾克斯的長篇小說《百年孤獨》。他非常喜歡這部小說，看了不下於六遍。每讀這部小說，他就有一種親切感。馬爾克斯描繪的雖然是南美洲的哥倫比亞，但其中的人和事，與他故鄉極為相似。讀著讀著，就像回到了故鄉，見到了故鄉的父老鄉親，昔日往事，一一浮現眼前……於是，他就暗下決心，要寫一部中國的《百年孤獨》。既要吸取《百年孤獨》的精華，又要避免重複，寫出真正的具有故鄉獨特風情的曠世之作。對此，他相當自信。

抱著這一目的閱讀的金海很快就沉浸在馬爾克斯的氛圍之中了，正陶醉著呢，突然聽得一陣敲門聲。他以為是自己的幻覺，這麼晚了，有誰來找他呢？又有誰知道他這地方呢？況且，天還下著雨。但是，他又聽到了兩聲清脆的敲門聲。沒錯，外面是有人敲門，並且在敲他金海的門。那麼，會不會是什麼人弄錯了呢?就衝門外大聲嚷道：「你敲錯門了！」他以為說了這話後那敲門者就會自動離去的，沒想到越敲越厲害了。

「你找誰啊？」他大聲地問道，可外面的人不回應，只是一個勁地敲著門。金海只得放下《百年孤獨》，極不情願地從馬爾克斯的氛圍中走出，趿拉著拖鞋去開門。

門開處，閃進來一個裝扮時髦的摩登女郎。

金海一看，立時問道：「怎麼是你？」

「你以為是誰？」進來的是謝逸，她穿著一雙高統靴，打著一把花雨傘，顯得娉娉婷婷，楚楚動人。

「我還以為是誰找錯了門呢，萬萬沒想到會是你！」

「怎麼，我不能來嗎？」

「能來，當然能來，可是，我這麼一個寒酸樣子，你看了又會笑話的。」

謝逸掃視一眼屋內，道：「嗯，有一種《聊齋》的感覺。」

「該不是一個妖豔無比的花狐狸精前來搭救一位窮書生吧？」金海有意調侃道，又問：「你怎麼找來了？」

謝逸道：「你總得讓我坐下，慢慢說來吧。」

「那是，那自然是，只是，這裏面椅子都沒有一把，那就坐床上吧。」

「只要能坐，哪兒都一樣。」

「我就怕你講究什麼。」

「難道我是一個非常講究的女人？」

「可以這麼說吧。」

「這只能說明你並非真正瞭解我。」

「也算是吧。」金海說著，馬上轉移話頭，「快告訴我，你是怎麼找來的？」

「憑自己的本事嘛，就跟你主動辭職，下海經商一個樣。」

「你說話就莫帶刺了。」

「實話告訴你吧，」謝逸歎了一口氣道，「自你走後，這些天也不去看我，我曉得你是真的生了我的氣，也曉得你是真要大刀闊斧地幹一番了。放心不下，就到崇文小學你那間單身宿舍去看個究竟。沒想到門窗緊閉，一團漆黑，敲了半天無人回應。就問隔壁的鄰居，才知道你真的辭了職。金海，你這回決心可真不小呀！我問你的去處，鄰居告訴我你在湖濱二巷租了一間房子，開了一個遊戲室。我跟你一樣，也就下決心，今晚非將你找到不可！於是，我就找到湖濱二巷這排做生意的房子，一戶一戶地敲，終於將你給拎出來了。」

「我剛才問話，你怎麼不回答，難道沒聽見嗎？」

「當然聽見了，我想給你一個驚奇唄！」

「你這效果自然是達到了。」金海說著，環顧一下四周，「不過呢，我也給了你一個驚奇是不是？

「什麼驚奇？」

「瞧這屋裏頭，你難道還不驚奇？」

「不驚奇。」

「為什麼？」

「因為比我想像中的還要好一些。」

「那你把我這兒想像成了什麼樣子？」

「一塌糊塗。」

金海不語。

「怎麼，傷了你的自尊心？」

「如果你以發展的眼光看我，看待眼前這一切，就不應該有這樣的想像。」

「好吧，我就以發展的眼光看你，看待眼前的一切。」謝逸說著，站起身來，在屋內走了一圈，又站在幾台遊戲機前，伸出手來摸了摸，「你現在雖然只有四台遊戲機，將來可能會發展到十台，乃至於一百台；你現在雖然只有一間遊戲室，將來也會發展成兩間、五間、十間，乃至於一百間，成立一個龐大的遊戲公司對不對？」

「只要有了錢，幹嘛非經營遊戲機不可呢？我可以做別的生意嘛！」

「不管你做什麼生意，總歸是賺錢對不對？」

「也可以這麼說吧。」

「你想成為一個優秀的企業家對不對？」

金海肯定地答道：「不錯。」

「難道你的目的就是當一個百萬富翁，你的理想就是做一個優秀的企業家？」

「我不是跟你說過嗎？我將來還要創作的，我要寫出一部中國的《百年孤獨》。」

「所以我說你是在捨本逐末嘛！你現在不就可以寫嗎？為什麼非等賺錢以後去寫不可呢？窮，然後工，曹雪芹不就是一個很好的例子嗎？」

「我跟你說不清楚，我對你說了那麼多，你總是聽不進去。謝逸，再告訴你一遍吧，我將拳頭收回來的目的，並不是為了裝進口袋，而是為了更好地打出去！關於這個問題，咱們就不要再爭論了，既然我已走到今天這步田地，爭之何益?!」

謝逸說：「好吧，咱們就不爭了。我今天找到你這裏來，不是為了吵架的，主要是來看看你的地盤，參觀你的遊戲室，玩玩你的遊戲機。」

金海露出滿臉驚訝：「你想玩遊戲機？」

「是的，其實我這人蠻好玩的。」

「好的，我現在就打開讓你玩玩，蠻有意思的。謝逸呀，你可不要小看遊戲，它不僅濃縮了人類文明的因數與成果，也是人生的潤滑劑，是我們沉重人生的一種調劑、補充與需要呢。」

「喲，看不出來，談起遊戲來，你還一套一套的，是不是作過這方面的專門研究？」

「你這一說，倒提醒了我，對遊戲，得好好研究一番才是。在其位，謀其政，畢竟呀，我現在要以遊戲機謀生，與遊戲為伍了。」

「好吧，就等著讀你的遊戲專著了。」

「唉，你這人呀，一張嘴巴，就是喜歡刺人。」金海說著，走到謝逸旁邊那台遊戲機前，擺正，插上電源，打開開關，開始調試，「機子拖回來後，就一直放在這兒，正好，今晚也可以試試機。往後去，還希望你經常來打一打，增加我這裏的人氣呀。」

謝逸說：「只要有空，我就會跑過來，做一名忠實的顧客。」

金海調來調去，機屏一片空白。「這是怎麼搞的，明明好好的，怎麼就沒了圖像呢？」他急得不行，這裏摸摸，那裏按按，可就是沒有畫面出現。

謝逸說：「你莫急，慢慢試。」

又調了半天，還是沒有圖像顯現，金海急得渾身發躁：「這是怎麼回事？在武漢試機好好的，四台全部都試了，沒一台有毛病，怎麼一到江城就沒了圖像呢？」

謝逸說：「你再試一台看看。」

金海便試另一台，這下圖像是有了，但不清晰，是一塊花板。

又試一台，剛打開開關，圖像就出來了。金海欣喜地叫道：「好的，這台是好的。」可是按了半天，卻沒有聲音。

就看最後一台怎麼樣了，金海一試，圖像有，聲音也有。

「看來只有一台是好的。」金海萬分沮喪地說道。

謝逸說：「快打給我看看。」

「要放一塊牌子進去才能打，」金海說，「買四台機子，就有三台是壞的，我哪裏還有心事打遊戲機呀！」

謝逸說：「你不打，怎知它是好的，說不準，這四台機子全部都是壞的呢。」

金海道：「我就不信四台沒有一台是好的。」遂將一個牌子往裏塞，可怎麼也塞不進去。「這就真正日怪了，在武漢塞得好好的，一回來連牌子也塞不進去了！」

謝逸道：「也就是說，你買回來的四台機子，沒有一台是好的。」

金海全身泄了氣，一屁股癱坐在床沿上：「日怪，真正日怪，當時試機全是好的，沒有一台是壞的。可一拖回來，放了這幾天，就沒有一台是好的了，你說怪不怪？」

「看來只有明天拖到武漢去換了。」

「你說得倒輕巧，我光弄回來都不容易呢，花了四百塊的車費錢。再說，當時試得好好的，人家會認賬跟你換嗎？」

「那你怎麼辦？」

「我也不知道該怎麼辦好，唉——。」金海說著，一拳頭砸在自己頭上，「我這人辦點事，咋就這樣難呢？」

謝逸望望金海道：「我倒有個好主意，就不知你聽不聽得進去。」

「什麼好主意，就快點說吧。」

謝逸字正腔圓、正兒八經地說道：「我勸你還是趕快將這堆廢貨處理掉，將房子退了，寫一份檢討信與保證書，回學校上你的課，幹你的本行，當你的老師去！」

「放屁！」謝逸的話激怒了金海，他不禁大聲吼道，「我已經走到這一步，前面就是深淵，就是火海，也得跳下去了！」

「那你就往下跳吧，恕不奉陪！」

謝逸冷冷的聲調讓金海涼透了心：「哪個要你奉陪了？滾，你給我滾！」

謝逸鼻孔裏哼了一聲道：「金海，你可真有男子漢風度呀！」說著，一把拿過雨傘，三兩步就跨了出去。

金海就那麼呆呆地坐在床沿上，失神地望著一片深不可測的虛空，彷彿沒有了知覺。

13

連陰雨下了整整一個星期後，太陽才從雲縫裏鑽了出來。有著太陽照耀的秋天很是明媚，到處洋溢著迷人的光彩。人，也從懨懨的情緒中復活，就像曬蔫的樹葉遇到了一場甘霖，舒展著生意盎然的綠色。

我坐在辦公室裏，望著窗外灰色的樓房沐浴著斑斕的陽光，充滿了一種創作的渴望。於是，便在心底構思一篇《與秋天對話》的散文。這時，電話鈴聲響了。我的目光極不情願地離開視窗，一把抓起話筒：「喂，請問找誰？」

「是曾哥嗎？我金海呀。」

「哦，原來是你呀，怎麼，情況都還好嗎？」

「好，好個屁！」

「打電話可要講文明，不許帶髒字喲！」

金海叫道：「曾哥，我何嘗不想文明，可文明得起來嗎？這老天爺也太不長眼了，我想過兩天就開業，可它偏偏就下了一場連陰雨，一下就是一個星期。雨總算停了，太陽也出來了……」

我打斷他的抱怨道：「太陽出來了正好開業嘛！」

「開不了啦！」

「怎麼，難道又遇到了什麼麻煩嗎？」

「昨天晚上試機，四台全部都是壞的。」

「這怎麼可能呢？當時試機，不都好好的嗎？」

「當時試機的確都是好的，可現在他媽的全是壞的。」

「到底怎麼一回事？」

「我也弄不太清楚，也許是在拖回來的路上給顛簸壞了，也許是個體老闆賣了四台水貨機將咱們給騙了，也許是其他原因，反正四台遊戲機全是壞的，這是一個無法更改的事實！」

我問：「那你打算怎麼辦？」

「我現在腦子裏一蹋糊塗，也不知到底該怎麼辦為好。曾哥，我打電話給你，就是想讓你給出出主意，想想辦法。」

我想了一會，道：「送回武漢去換不太現實，看來只有在江城找懂行的師傅修一修了。」

「上哪兒去找？你有這方面的熟人嗎？」

「我哪有這方面的熟人呀，不過，我想你會找得到的。」

「我上哪兒去找呀？」

我為他出主意道：「找其他開遊戲室的老闆，他們的機子肯定壞過。既然壞過，就找人修過。說不定，有的老闆自己就懂修理這一行。」

「你說得有道理，我這就去想辦法找人來修理。曾哥，感謝你為我出了一個好點子，有什麼情況，我再跟你聯繫。」

話音未落，就傳來「啪」地擱話筒的聲音。

金海打完電話，叫了一輛三輪車，匆匆趕到工人文化宮。

文化宮裏有好幾家電子遊戲室，他來到一家小天使遊戲室門前，走到一個坐在桌前的中年人面前，遞過一支「紅塔山」香煙：「請問老闆貴姓？」

那人接過香煙道：「不敢，免貴姓方，想玩遊戲機嗎？三毛錢一個牌子，買兩個優惠，只收五毛。」說著，又指向一排遊戲機道：「買了牌子，隨便選哪台機子打都成。」

金海又忙為他點上火道：「我不是來打遊戲機的，我有一件事，想找師傅幫幫忙。」

方老闆望著他道：「你說吧，只要幫得上的，我一定為你想辦法，我這人最喜歡為別人排憂解難，也最喜歡結交朋友了。」

「看來我今日運氣好，碰上一個好人了。」金海露出幾分笑意道，「方老闆，事情是這樣的，我買了四台遊戲機，也想開一個遊藝室，可是，從武漢買回來的四台機子，全部是壞的。」

方老闆說：「這就怪了，怎麼全是壞的呢？我這六台機子也是從武漢買回來的，沒有一台是壞的。」

金海說：「可我是在個體戶老闆手裏買的呀！」

「我也是在個體戶手裏買的，現在，哪個買貨還興上國營商場呀，都一樣的進貨管道呢。」

「我也是這麼認為的，可偏偏買回來的全是一些水貨。你看這該怎麼辦呀，我這人辦事怎就這麼背時呢？」

方老闆勸道：「你莫急，俗話說，隔行如隔山，你不懂遊戲機，就把這看得很嚴重，我跟你找個人去看看，就曉得到底是怎麼回事了。」

金海不禁喜出望外：「方老闆，真是太感謝你了！」

方老闆連連擺手道：「小事一樁，小事一樁，說不定我今後有什麼事要找你幫忙呢。」

金海連忙道：「那我一定盡力而為。」

「喲，還是不行！」方老闆突然想起了什麼似的道。

金海的心頓時一陣緊縮：「怎麼啦？」

「我暫時走不開呢，這裏沒人照應。」

原來是這麼回事，金海不覺鬆了一口氣，他真擔心又出現什麼新的變故。

「那麼，我就在這裏等一等吧，你什麼時候有空，咱們就什麼時候去，反正也不太急。」金海故作輕鬆地說。

方老闆道：「等我老婆送午飯時，要她替看一會，咱們抽空去就是了。」

於是，金海就與方老闆海隨意地聊天，一邊聊一邊不時抬腕看錶，他巴不得時間過得快一點，越快越好。閒聊中，金海得知方老闆名叫方華，今年四十歲，原在市棉紡廠工作。這兩年棉紡廠不景氣，工人連工資都發不出來了，沒有辦法，廠裏就每月發給每個工人八十元生活補助費，讓他們自謀生路。於是，方華就找親朋好友借了一筆錢，辦了一個遊戲室。剛開始，他只買了兩台機子，開了不到半年，就還完了借款。然後，他慢慢擴大，不到兩年，除開生活及一應開支，他購置了六台遊戲機。

方華說：「這遊戲機的生意做得，賺頭還是蠻大的，往後去，咱們就是同行，你就知道這生意到底怎麼一回事了。不是我吹牛，還過兩年，照這樣子下去，我要擴大十台機子，還要在銀行裏存上兩萬元。」

「只要遊戲機的生意做得就好，」金海在心底說，「看來自己的決策基本上還是正確的。」

好不容易捱到下午一點，方華的老婆才送來了午飯。

方華問：「你怎麼這晚才來？」

他老婆道：「一點事搞遲了，沒有辦法。怎麼，稍微晚一點，肚子就餓得蠻厲害？」

「哪裏呢，我想幫人去辦一點事，人家都等一個上午了。」

這時，金海就對他老婆點點頭。

他老婆道：「我下午兩點鐘要上班……」

「那我就在兩點以前趕回來。」方華一邊說話，一邊快速地往嘴裏扒飯。

金海看著，才感到自己的肚子也有點餓了，又不便起身去買吃的，就在一旁忍著，並在心裏說，只要修好了遊戲機，他就一個人在餐館裏好好地去撮一頓。

方華三兩口扒完飯，將碗筷一放，對他老婆說：「你照看一下，我去去就來。」

「你快去快回呀！」

「是的，你莫交代，我曉得。」

方華又回過頭來對金海道，「咱們走吧。」

「好的。」金海應著，就跟在他的屁股後頭出了門。

走出文化宮大門，金海問：「方老闆，要乘車嗎？」

方華道：「很近的，只走幾腳路就到了。」

於是，就跟著他進了一條小巷。

「把這巷子走完就到了。」方華說。

走到小巷盡頭，見到一幢三層樓的宿舍，方華往上指了指：「他就住在二樓。」

金海擔心地說：「也不知在不在家。」

「現在是中午，按說應該在家的。」

來到二樓一家房門前，方華使勁地敲著門，大聲叫道：「魏師傅，老魏，開門，你的生意來嗟。」

敲了好一會，才有一個五十多歲的老頭子打開房門。

方華說：「叫了好半天，你怎不應？」

老魏說：「我在屋後面擇菜，一時沒有聽到。」

方華馬上將金海介紹給他說：「這是小金，過去是學校的老師，前幾天從武漢買了幾台遊戲機，沒想到剛一拖回來，就出了問題，想請你幫他修一修。」

老魏說：「你老方介紹的，我一定幫他好好修一修。」

金海道：「那就走吧。」

老魏說：「你怎這急？等我把飯搞到肚子裏了再說吧。」

金海說：「我都快急死了！你想想，機子剛剛買回來，一次都沒打，就出了問題。我當時在武漢買機時試了的，全是好的，可一拖回來就全都壞了，我能不急嗎？這樣吧，你就別做飯了，中午我請客。」

老魏猶疑地說：「這……」

「這什麼呀這，」方華道，「你是一人吃飽，全家不餓，講什麼客氣喲。」

「好好好，那咱們就走吧。」

來到一家餐館門前，金海一把拉住方華說：「方老闆，喝一點酒，幫我陪陪魏師傅。」

方華連連道：「不了，我就不了，我剛剛吃完飯，肚子一點也不餓。再說呢，我老婆還在等我，她下午兩點鐘要上班，可耽誤不起呢。」

金海說：「曉得這樣，我不該讓你吃午飯的，直接拉你上館子就好了。」

「來日方長，今後咱們有的是機會。」

老魏開玩笑道：「方老闆是天下第一個怕老婆的人，你若不讓他走，晚上就要跪踏板了。」

方華也不反駁，只是說道：「是啊，哪個有你老魏瀟灑，又沒有老婆來管，想幹什麼就幹什麼。不過呢，我還是要多句嘴，提醒你一下，莫總是找那些『雞婆』喲，到時候，染病住院，連送飯的人都沒有一個呢。」

老魏說：「老子管那麼多幹什麼？活一天算一天！老子賺錢幹什麼，還不是為了享樂？方老闆，跟你說句實話吧，老子賺的幾個錢，就是填了那些無底洞的。」

方華說：「你不要賺小金的黑心錢就是了。」

老魏說：「這你放心，咱們熟人熟事，絕不坑騙拐蒙。」

「好吧，小金修理的事，就拜託你了。」

這時，金海買了兩包煙遞給方華說：「方老闆，給你添麻煩了，一點小意思，就收下吧。」

方華說什麼也不要，兩人推讓好一會，方華道：「好吧，咱們各自作點退讓，我收一包，一包就行了。」

送走方華，金海拉著老魏進了餐館。他將方華沒要的那包煙遞給老魏，老魏沒什麼推辭就收下了。

金海拿過菜譜要他點菜，老魏說：「要什麼菜譜喲，弄得正兒八經的，隨便搞幾個菜就行了。」

金海問：「喝什麼酒？」

「我只要一瓶二兩裝的『黃鶴樓』就行了。」

於是，就點了豬肘、肉絲、豬肚、瓦塊魚、鱔魚絲，要了一瓶「黃鶴樓」，金海則要了兩瓶啤酒。

兩人喝著聊著，雖然年齡相差一大截，但還算談得來。喝完酒，吃完飯，金海一看錶，已是三點一刻了。

走出餐館，金海叫了一輛三輪車，徑直駛往湖濱二巷。

坐在三輛車低矮、狹小的後廂內，金海感到十分彆扭。於是就想，今後若是賺了錢，一定要買一輛「豐田」或是「桑塔拉」的小轎車才像話。

來到樂樂遊戲室，金海付過車費，與老魏一同走了進去。

「就這四台機子，」金海指著放在屋子左邊的遊戲機說，「在武漢買時試過，都是好好的，可拖回來放了幾天，昨天晚上一試機，結果全都壞了。」

「別急，我來掰掰看。」老魏說著，打開其中一台，只見上面閃著一片花點。

金海說：「誰知道就買了一台花板呢？」

老魏也不作聲，他手拿一把起子，在遊戲機的背後一點，奇跡突然出現，但見花板消失，畫面上出現了清晰的圖像。

金海驚歎不已：「魏師傅呀，你可真正神了，怎麼只一點，這塊板就好了呢？」

老魏道：「再看第二台吧。」

第二台沒有圖像，老魏用手在一個地方摸了摸，圖像就出現了。

金海問：「魏師傅，這到底是怎麼回事？為啥我摸老半天也不行，你只摸一下就好了呢？」

老魏神秘地一笑道：「小金呀，這是商業機密，我咋能隨便告訴你呢？要是你將這手藝學去，不就砸了我的飯碗嗎？」

金海也就不再問，他想，只要將遊戲機修好就行，至於學習修理的事，以後自己慢慢摸索，也能弄出一點門路來的。

第三台，沒有聲音，老魏將一個按鈕旋了幾旋，聲音就出現了。

金海見狀，不覺恍然大悟，噢，原來是自己沒找準開關呢。

最後一台的問題是牌子塞不進去，老魏將手中的起子伸進孔道，撥了幾撥，隨手拿過一個牌子往裏一塞，只聽「咚」地一聲響，牌子很順當地就掉了進去。

前後不到十分鐘，老魏就將這四台機子修好了。

原來遊戲機根本沒有壞，只是在運回的路上幾經顛簸，零件或是鬆了，或是有點錯位而已，真是隔行如隔山呵！

金海趕緊遞煙，連連說道：「魏師傅，你真行，這麼棘手的問題，在你手裏，不到十分鐘就解決了，你真了不起！」

「哪裏哪裏，解決一點小問題，這算得了什麼呀？」

金海不失時機地說道：「既然只是一點小問題，這修理費……是不是可以幫忙優惠優惠呢？」

老魏說：「問題雖小，可修不好，就是大問題。你不要看我只花了不到十分鐘就弄好了，可這是技術活路，屬複雜勞動呢。小金，你是方老闆的熟人，我不會多收你錢的。幹我們這行的都有規矩，出門費是五十元。出門費你不懂？就是說，只要有人請你，抬腳一出門，就是五十元，至於修理費，那是另外的。小金，你的修理費不高，因為沒有換零件，僅收五十元。也就是說，兩項加在起來，不過一百元。」

金海聞言，不禁大聲叫道：「魏師傅，你只這麼搞了幾下，就收一百元，也太高了點吧！」

「一點也不高，小金，你要會算賬！你想想，如果我不跟你修好，它們放在這裏，不就是一堆廢鐵嗎？這些機子一天不修好，你就一天不能營業，那該有多大的損失啊？小金，這樣吧，我看在你是方老闆熟人的份上，看在你中午請客的份上，再優惠你二十，也就是說，總共只收你八十元費用。小金，要得發，不離八，這下你該沒什麼意見了吧？」

金海知道再說無益，也不願多費口舌，就掏出八十元錢遞給他說：「好吧，我就圖一個吉利。」

老魏笑瞇瞇地接過錢：「以後有什麼問題，我保證隨叫隨到。」

遊戲機出問題是家常便飯，也許今後還會找他前來修理的，金海不想把關係弄僵，就敷衍著說道：「以後免不了要給魏師傅添麻煩的。」說著，就客客氣氣地將他送出樂樂遊戲室的大門。

14

金海心裏很後悔，他覺得自己不應該吼謝逸，更不應該叫她滾，這樣做，未免太有失風度了。本來麼，男女之間的事，好說好散，何必搞得劍拔弩張、不歡而散呢？其實，從某種角度來說，謝逸又何嘗不是為他好呢？只不過是兩人的觀點、認識不同罷了。可是，後悔是一回事，行動又是另外一回事，要他去向謝逸道歉，挽回兩人的關係，回到過去的軌道上，已是不可能的事情了。金海心裏十分清楚，他們分手已成定局，只是那天晚上自己做得有點過分了。

遊戲機已經修好，也就是說，他買回的四台機子並不是水貨，這使得金海彷彿吃了一顆定心丸，心情頓時舒暢了許多。於是就想，要是昨天晚上不是遇上四台機子出了毛病，也許就不會對謝逸發火，也就不必感到後悔與內疚了。不管怎麼說，謝逸畢竟是他真心愛過的女人，也是他的初戀，他一輩子不會忘記這次情感歷程的。

接連抽了兩支煙，金海的情緒才有所好轉。失戀後的心胸留下了一塊空白，這塊空白急切需要填補，而林巧巧，就是在這種情況下闖入他心中的。嚴格地說，林巧巧是在謝逸還沒有完全走出鏡頭的情況下而進入金海的視野的。林巧巧沒有謝逸漂亮，沒有她那麼富有氣質和性感，也趕不上她的藝術修養。但是，林巧巧自有其動人之處，她溫柔如水，小鳥依人；她腳踏實地，善於生活；她關懷金海，體貼入微……一個女人能夠做到這些，你還想要求她別的什麼呢？他找的一個能夠在一起共同生活的妻子，不能永遠停留在浪漫的空中樓閣。金海覺得，他今年已經二十五歲了，青春歲月正一步步地離他遠去，做夢的季節已然凋零。

呆呆地想了一會，金海就開始收拾屋子，將一應的東西歸齊理順，把遊戲機擺正，將地面打掃得乾乾淨淨。然後，就跑到旁邊一家商亭，給我打了一個電話，告訴我樂樂遊戲室正式開業的事。

金海在電話裏對我說：「曾哥，萬事開頭難，我終於理出一個頭緒出來，明天就可以開業了。」

「祝賀你呀金海，」我在電話裏說，「祝你興旺發達，財源不盡滾滾來。」

「謝謝，謝謝你的鼓勵。」聽得出來，金海在電話裏很高興。

「我明天上午上班點一卯後，就來為你慶賀。」

「你大概幾點鐘可以趕來？」

「九點鐘的樣子。」

「那麼，我就九點鐘開業，我要等你來為我掛匾呢。不過，你不要驚動別的朋友，就你一個人來好啦。」

「好吧。」

「那就這樣定了。」金海說著，壓下了電話。

壓下電話後的金海來到街頭，茫然四顧地站了一會，不知該到哪兒去的好。抬腕看錶，已近下午五點。他決定去找林巧巧，跟她把這幾天的事情談一談，然後呢？然後，最好是將兩人的戀愛關係正式明確下來。

走進崇文小學，遇到剛下班的老師，都是過去的同事，免不了寒暄幾句。大家都非常關心他的生存及生意情況，金海不得不停下腳步作答。他儘量說得簡明扼要，三兩句到位，打聲招呼，說還有急事，趕緊匆匆離開。

就這樣，也耽擱了十來分鐘。

來到林巧巧宿舍時，她正在洗菜。

金海說：「巧巧，多煮一把米，我晚上就在你這兒吃了。」

「行，」巧巧爽快地答道，「只是沒有什麼菜。」

「管它呢，什麼菜都行，你吃得，難道我還吃不得？」

近一年來，林巧巧已經沒在學校食堂吃飯了，她說吃食堂不方便，要守時不說，飯菜有時也不那麼順她的口味。於是，就自己買了一個電飯煲，買了一個煤氣罐子，買了一個煤氣灶，天天自己做著吃。她不經常上街買菜，買一次就多買一點，擱著吃上那麼三四天。

巧巧忙著做飯菜，金海從她桌上擺著的一排書中隨便抽出一本，走馬觀花地翻看。

不一會，飯菜就做好了。林巧巧將一碗炒辣椒和一碗燒茄子放在桌上，然後擺兩個凳子，叫道：「金老師，開飯了。」

金海放下書，感到了一股家庭的溫馨，心底洋溢著一股暖意。他說道：「巧巧，你怎麼還叫我金老師？一來我現在已經不是老師了，二來呢，咱們的關係已經發展到這種程度，你怎還好叫我金老師呢？」

「好吧，那我今後就不叫你金老師了。」

林巧巧說這話時，臉上飛起一抹紅暈，金海覺得這時的她實在是太美了。認識她這兩年來，還從沒發現她這麼美過，心底湧出一股不可抑制的柔情，趕緊站起身子，關上大門，掩上窗戶，將林巧巧緊緊地擁在懷裏。

金海將嘴往她那邊湊，巧巧早已激動得閉上了眼簾。兩張滾燙的嘴唇迎著貼在一起，金海伸出舌頭繼續深入，巧巧本能地抵抗著，將上下唇抿得緊緊的。金海不肯退縮，鼓著勇氣將舌頭變得像鑽子一樣堅挺。不一會，林巧巧就讓步了，金海的舌頭伸進她的口腔，試探著，尋找著另一條舌頭。當兩條舌頭剛一接觸，就磁鐵般地吸在一塊，攪在一起，翻捲出無數的風情與韻味。

一陣激動過後，金海說：「巧巧，你今後就叫我金海，叫我親愛的，好嗎？」

巧巧沉默不語。

金海將同樣的話又說了一遍。

巧巧只得點頭道：「好吧，我就叫你金海。」

「還要叫我親愛的。」

「也成，咱們還是先吃飯吧，菜都涼了呢。」

「又不是冬天，涼點不要緊。」

於是，兩人就並排坐著開始吃飯，一邊吃一邊談。

林巧巧說：「這兩天，怎麼找不著你的人？我上你寢室去了兩次，都是黑燈瞎火的，一次也沒遇見你。」

金海說：「前幾天老天總是下雨，我心裏鬱悶得很，怪怪的不是滋味。又擔心剛買回的遊戲機被小偷光顧，就天天睡在了那間租來的屋子裏。」

「也不來告訴我一聲，害得我為你瞎操心。」

「人忙，心也亂，就忘跟你說了。昨天晚上，又碰上買回的遊戲機壞了，急得我團團轉，剛剛找人修好，我的心緒才好了點。心情一好，這不，就跑你這兒來了。」

於是，金海就將這幾天買遊戲機、遭遇大雨、機子損壞、找人修理的事一五一十地對她說了。

林巧巧聽得津津有味，不禁說道：「你這幾天的經歷好有意思，都可以寫成一部書了。」

金海說：「我今後就是要把這下海買遊戲機開遊藝室的事兒寫成一部小說，如果我自己寫不出，我請曾哥寫，他總能夠寫成的。」

巧巧問：「曾哥？哪個曾哥？」

「我的一個哥們，在市文聯編一本《七彩虹》的雜誌，他叫曾紀鑫，出過幾部長篇小說的。」

「哦，原來是他！」

「你們認識？」

「沒見過，但聽說過，還有點名氣的。」

「哪天我帶你去認識認識，跟我在一塊，不認識他是不行的。」於是，就把我狠狠地吹了一番。

然後，金海又跟她談起我們文藝圈的一些情況，林巧巧聽得有滋有味。自然地，她也問到了謝逸。金海有意淡化他與謝逸的關係，說起她來，輕描淡寫的，自然免不了談及他們徹底拜拜的事情。

林巧巧聽完，下意識地吁了一口氣。

金海看在眼裏，印在心裏：「巧巧，我們兩人的關係，可以對外公開了吧？」

林巧巧不置可否地笑了笑。

金海知道，不反對，就是姑娘默許的表示。於是，他發出邀請道：「巧巧，晚上到湖濱路我那樂樂遊戲室去轉轉好不好？」

「今晚上沒事，去轉轉也可以。」

「反正又不遠，就在旁邊，幾腳路就到了。」金海又加上一句。

這時，天色已經暗了下來。林巧巧拉滅電燈，鎖上門，兩人一同走上了校園的操場。他們走得很慢，挨得很緊，林巧巧故意做出十分親熱的樣子。金海便想，女人的心情真是微妙複雜得很，巧巧這樣做，無疑是告訴別人，她與金海有著怎樣一種不同尋常的關係。

湖濱路就在崇文小學旁邊，很快的，他們就來到了樂樂遊戲室。

金海打開門，伸出手，故意做了一個誇張的邀請手勢：「請進，現在的巧巧小姐，過不多久，就要變成樂樂遊戲室的老闆娘了。」

「瞧你這張嘴，真貧！」巧巧輕輕地打了他一拳，嬌嗔地說。

進到室內，金海打開剛剛安裝的日光燈，向四周一指說：「創業難，剛剛開始，就只這麼一個寒酸樣子，還望巧巧小姐多多包涵。」

巧巧觀望一番說：「能有這個樣子，很不錯的了。」

「這裏面，少不了你的一分功勞呢。」

「算我入股，今後與你分紅呢。」

「分什麼紅，今後賺的錢都歸你管。」

「你現在說得好聽，到時候又是另外一個調調了。」

「我是一個幹大事的角色，才不願意操心那些婆婆媽媽的小事呢。」

「願你美夢成真，幹出一番了不起的事業來！」

兩人說著笑著，金海感到十分開心，完全沒有跟謝逸在一起神經繃得緊緊的感覺。

坐了一會，金海又將那幾台遊戲機開給巧巧看。昨天謝逸來全是壞的，今天則全是好的，只要開打，每台機子都發出類似開心歡叫的聲音，表現得十分出色賣力。

「這，大概也是一種天意吧。」金海想。他一邊在遊戲機前演示遊玩，一邊給林巧巧解釋道：「先要丟一個牌子進去，丟了牌子才能開打。這塊板叫『名將』，這塊叫『街霸』，都是現在比較時興的板，肯定會有人來玩的。你瞧，這位『名將』現在開打了，他要過五關斬六將才行。呵，快看，他受了重傷，倒在地上，光榮地犧牲了。可是，他又站起來了，死而復生，這就是遊戲，按規則，他可以死上兩次。第三次倒地，就再也站不起來了。而這時，一個牌子就算打完了。如果繼續玩下去，得換另一個牌子才行了。巧巧，來，你來打一次吧。」

林巧巧說：「我打不好。」

「打得好，你打得好的，你教的學生都會打，你這個當老師的難道連學生都不如嗎？不難，一點都不難，你就打一次試試吧，它可以開啟一個人的智力呢。」

金海這麼一勸，林巧巧就丟了一塊牌子進去，開始打了起來。

一口氣打了五個牌子，她才住手說：「原來這遊戲機還蠻有意思的，怪不得那麼多的人來玩的。」

「歡迎以後天天來打。」

「就是來打，也只能偷偷地打才行，要是讓我班上的學生看見了，今後怎好管他們？」

金海道：「是啊就是啊，所以說，當老師半點意思都沒有，不能發揮一個人的本能與天性，使人變得越來越虛偽、異化。」

「我不同意你這觀點，太偏激了！」

「我覺得，做事就是要偏激，不偏激就不能做成事！中國兩千年多來還是一個老樣子，壞就壞在中庸之道手裏。」

「我不跟你爭，就算我有道理，但你喜歡詭辯與狡辯……」

金海打斷道：「據理力爭麼，怎麼就成了詭辯與狡辯？」

「我爭不你贏，算我輸了，好不好？」

巧巧跟謝逸，可真是兩種不同類型的女人呵。要是換了謝逸呀，不跟你爭個你死我活刺刀見紅，她才不肯甘休呢。

跟巧巧在一塊，金海感到十分開心舒暢。過日子，還是巧巧這種小鳥依人的女人踏實自在呵。兩人玩著，不知不覺就到了十點半。

巧巧說：「這麼晚了，我該走了，明天還有一節早自習的課，得起早床呢。」

金海想留她過夜。對此，他感到相當的自信，他認為只要自己堅持，巧巧就會半推半就的。轉念一想，只要是自己的，難道還跑得了嗎？況且，也不能太性急呀，兩人剛剛正式確立戀愛關係，哪有就上床睡覺的道理？再說，這人生的幸福與享受，就跟吃甘蔗一樣，也要先剮皮才行，哪能一口就將甘蔗全部吞進去的道理呢？得慢慢咀嚼、回味才有意思呢。這樣一想，他很快就打消了湧出來的念頭。

金海說：「我送你回去吧。」

林巧巧沒有推辭。

金海一直將她送到那間宿舍才轉身。

回到樂樂遊戲室，金海躺在床上，想繼續翻看《百年孤獨》，但腦裏總是湧出林巧巧的身影，還有一股揮之不去的怪好聞的少女氣息，那些由字母翻譯而成的方塊字，全都變成了一個個意義互不連貫的符號。看不進去，索性不看，脫衣睡覺吧。睡也睡不著，巧巧總是盤踞在腦海裏干擾作怪，弄得下身那個東西硬挺挺的。於是，只好將它掏了出來，自個兒手淫。在沒與謝逸發生關係之前，他總是以這種方式望梅止渴。金海曾直言不諱地告訴我，他是在十八歲那年學會這種自我折磨的快樂方式的。

15

本想九點鐘準時趕到的，結果路上堵車，九點過十分，我才趕到湖濱二巷樂樂遊戲室。與我同去的，還有朋友汪汝義。金海向我交代過，不要驚動別的朋友，只我一個人去就是了。我也不想叫上別人，可是，就在我走出辦公室的時候，汪汝義來訪。他見我出門，脫口就問去哪兒。我便如實相告，說金海開辦一個遊戲室，今日開業，前去祝賀祝賀。汪汝義一聽，極感興趣。他說：「金海這傢伙，還蠻有勇氣的呢。到底怎麼一回事兒？我也跟著去看看，湊湊熱鬧吧！」他是來送一篇小說稿的，想跟著一塊來，我自然不好拒絕，只好帶他一同前往。

汪汝義在市政府工作，剛剛提拔為一個科室的科長。在我們這幫搞文學的朋友眼裏，一個小科長，簡直連狗屁都不如。可汪汝義卻十分看重，他說：「老子當了這多年的小媳婦，像個乖乖兒似的，現在雖說沒有熬成婆，但總歸是混上了一個科長，也可以指揮幾號人馬了。」於是，我就叫他汪科長。他聲叫聲應，回答時頗有幾分志得意滿的樣子。他跟我談心說：「人貴有自知之明，我知道我這人沒有多大出息，也幹不了什麼大事。搞文學，出不了名，能經常在《七彩虹》上露露臉，就蠻不錯了；論當官，今後能混上個副縣級、縣級，也就心滿意足了，比上不足，比下有餘麼。」

下車後，我和汪汝義每人買了一掛萬字鞭。金海自己也準備了一掛，加在一起，就有三掛萬字鞭了。我們到時，林巧巧也在那裏。金海熱情地為我們做了介紹。他說這是他剛談的女朋友，名叫林巧巧，崇文小學的老師，過去的同事，今天上午專門請了假，前來祝賀他開業。這時，我見汪汝義的嘴角嚅動了一下，他肯定想說點什麼，但最終是什麼也沒有說。文學圈的朋友都知道金海跟謝逸是一對，汪汝義可能是想就此提出什麼問題，轉念覺得不妥，才終於一個字也沒有吐出。

金海原本九點鐘開業的，見我去遲了，便將時間推遲到十點。於是，幾個人就那麼站著抽煙，說說笑笑的，氣氛十分融洽，甚至還有點火熱的味道。

時間一晃而過，不時看錶的金海說：「快十點了，曾哥，準備為我升匾呢。」說著，就將一塊寫有「樂樂遊戲室」字樣的牌子遞給我。

我雙手接過匾牌，高聲應道：「好嘞。」

金海說：「放鞭炮時開始掛，最好在鞭炮炸完前就能掛好。」

我問：「你的準備工作做得怎樣了？」

金海道：「梯子為你備好了，門楣上的釘子也釘好了，你爬上去後只需往上一掛就成。」

我說：「這有什麼難的？三掛萬字鞭，炸起來時間可長呢，保證在鞭炮放完前掛正掛好！」

「那麼，現在就可以放鞭了。」金海說著，正準備自己點鞭。

汪汝義一把搶過去道：「小金，我前來祝賀，總得幹點事才成啊，這放鞭炮的事，就交我來辦吧。」

我開玩笑道：「哪敢勞駕汪大科長呀。」

金海也說：「你汪科長是貴人貴體呢。」

「你們就莫拿我汪汝義開心了。」他說著，點了一支煙，做好燃放鞭炮的姿式和準備。

這時，金海站在門口，扯開嗓子大聲嚷道：「開業囉——！」

我們也扯開嗓子跟著一齊喊：「樂樂遊戲室開業囉——！」

其中摻雜著一個嬌媚的女聲，肯定是林巧巧的聲音無疑。

「劈劈啪啪……」與此同時，清脆的鞭炮聲響了起來。我提著匾牌，望望門楣，趕緊順著梯子往上爬。門不高，爬了幾步，就夠得著門楣了。我將招牌掛在金海早就釘好的釘子上，擺正，然後回頭往下望。汪汝義正注視著炸響的鞭炮，金海則與捂著耳朵的林巧巧眼巴巴地望著我，好像樂樂遊戲室的生存與禍福全繫於我一身似的。

我大聲問：「掛正了嗎？」

金海往上指了指，也大聲地回道：「左邊好像有點高。」

於是，我將招牌往右邊稍稍提了提。

金海在下面大聲喊道：「行了，正了，就這樣蠻好的。」

我說：「真的好了嗎？那我就下來了。」

金海道：「你可以下來了。」

聽他這麼一說，我趕緊順著梯子往下爬，我要趕在鞭炮沒炸完之前下到地面才算大吉大利呢。

下來後一看，鞭炮還只炸了兩掛，汪汝義正在點最後的一掛。鞭炮剛炸完，我就對金海雙手抱拳，拱了一拱道：「恭喜你呀金老闆，開張大吉，開張大吉呀！」

金海笑道：「托曾哥的福，有了一個好的開端。」

這時，前來圍觀的人也一齊湊熱鬧道：「恭賀老闆開張大吉。」「恭賀恭賀。」「恭喜發財。」

金海很高興，一副紅光滿面的樣子，他也學我的樣，抱著拳四周打拱道：「謝謝，謝謝，今後還靠各位多多關照呢。」又說：「今日開業，我一分錢也不收，大家免費遊戲，免費遊戲呢。」

聽金海這麼一說，圍觀的人群馬上往遊戲室內擠，進得快的就佔據遊戲機打了起來。

隨後，我們也進到屋內，擠著觀看。房子很小，進來的人很多，屋裏塞得滿滿當當的。其實，玩遊戲機有什麼好看的呢？大家無非湊個熱鬧，開心開心而已。喜歡湊熱鬧，可真是國人長承不衰的傳統呵。

直到中午時分，看熱鬧的、打遊戲機的才明顯地少了些。汪汝義看看錶，說下午還有事，馬上就要走。

金海說：「走什麼？中午就在這裏玩，我請客！別看我還沒有賺到錢，但請次把客還是請得起的。」

我說：「金海，你開業，我也沒錢資助，中午這頓，就由我來請，算是我的一點心意吧。」

金海不肯。

汪汝義說：「那就我來請吧。」

金海說：「這就更不像話了。」

汪汝義說：「反正又不是我出錢，我回去可以報銷的，咱們沾共產黨的光麼！」

汪汝義這麼一說，我就不再爭執了。

金海說：「等我賺了錢，一定要好好地回請一桌。」

汪汝義說：「那是以後的事。」

「以後一定要兌現的。」

林巧巧道：「還是當官好啊，當官的能夠解決實際問題。」

金海不認識似地瞧著林巧巧說：「那你就去找一個當官的好啦！」

林巧巧馬上道：「當官也有當官的難處，它會使一個人變得人不像人，鬼不像鬼。」

林巧巧這麼一說，我和金海望著汪汝義，不禁哈哈大笑起來。

金海說：「難得巧巧有這種認識。」

汪汝義也笑，不過笑得很苦澀，他一邊笑一邊道：「好吧，我今天就做個『四不像』的動物好啦。」

頓時又爆出一陣響亮的哈哈大笑。

16

樂樂遊戲室開業後，生意出奇地好，這一方面歸功於金海佔據的地盤不錯，另一方面，也與他的經營有方密切相關。他的顧客，主要源於旁邊學校的學生。金海原來班上的學生，聽說自己的老師開了一個遊戲室，都跑來光顧。

金海一般不收他們的錢，收，也只象徵性地收一點。他說：「你們跟我把其他班上的學生帶到我這裏來玩就行了。」

學生們自然是為他做義務宣傳，一傳十，十傳百，全校學生差不多都知道崇文小學有個老師下了海做遊戲機生意，有空都跑來玩一玩。學生們一傳開，不少家長感到有趣、好奇，也跑到金海這裏來打幾盤。於是，他的遊戲室一天到晚都算得上顧客盈門了。

金海也蠻會籠絡顧客，他說：「我就是要吸引回頭客。」買一個牌子收費三毛；兩個以上優惠，每個只收兩毛五；如果買十個，每個只收兩毛。有時，顧客買的牌子打完了正準備離開，只要遊戲室的人不多，金海就主動遞過去一兩個牌子說：「來，送給你繼續玩一玩。」這往往會使正準備離開的顧客喜出望外。金海對我說：「這樣做有兩個好處，一是拉攏了顧客，二是可以使沒人的遊戲室顯得十分熱鬧，以吸引別的顧客。」

一個月下來，金海算了一下賬，除開房租以及雜七雜八必須繳納的費用，他純賺了兩千五百多元，每天盈利高達八十多元。也就是說，他只要工作三天多，就可以抵得上過去教書一個月的工資了；而經營一個多月呢？就是一年的收入了，難怪那個方老闆說遊戲機生意做得了。做這生意，人一天到晚守在這，半步也不能離開，就連吃飯拉屎也像衝鋒似的，累是累點，可值得呀，不知比教書坐班泡在那裏強似多少倍呢。

這天上午，約莫十點鐘的樣子，上課的預備鈴聲一響，學生們皆離開了遊戲室，一時間，熱鬧嘈雜的室內顯得十分清淨。金海一直很忙，每天晚上要營業到十點甚至十一二點才關門。勞累了一天，人一躺下來，就「呼嚕呼嚕」地睡著了，連翻書的時間與精力都沒有了。此刻，遊戲室內一個顧客都沒有，難得有這種悠閒清靜的時刻，於是，金海就拿出一本《文學世界》的雜誌翻看起來。這是是我送給他的禮物，因為上面發了我的一篇小小說《破爛王》。金海將這本雜誌從頭到尾草草地翻了一遍，然後就重點讀我的那篇。剛剛進入狀態，就聽得有人跟他打招呼。

「老闆，你生意麼樣呀？」

金海聞言，眼睛馬上離開雜誌，抬頭一望，一個約莫一百八十公分的大塊頭青年像門板一樣站在他的面前。

「生意還可以，」金海道，「怎麼，想不想玩？打幾盤吧！」

大塊頭青年說：「想當然是想，可口袋裏沒有這個。」他說著，右手的三個指頭並在一起，做了一個數錢的動作。

金海大方地說：「沒有錢不要緊，我送你幾個牌子玩，只要你能幫我到處宣傳宣傳就得啦。」

青年說：「呵，真沒想到，還蠻夠哥們的呀，看來是一個挺好搭夥的人。」說著，就從口袋裏掏出一包「紅雙喜」香煙，抽出一支遞給金海。

金海瞧了瞧，趕緊從口袋裏掏出「紅塔山」。他煙癮本來就不大，如今賺了錢，更是要抽好一點的了。

那青年一見狀就說：「我的沒有你的好，只怪咱站錯了單位，效益太差了。」

金海道：「什麼好不好的，就抽我的吧，煙酒不分家。」

青年接過，先為金海點上，然後再點自己的。

金海問他：「你在哪個單位上班？」

「市棉紡廠。」

「哦，原來是這個廠呀，聽說工資都發不出來了。」

「就是呀，每個月發八十元的生活費自謀生路。唉，這生路也不是那麼好謀的，只能到處撮一點，混張嘴巴而已。」

這時，金海不禁想起了方華，就問他認不認得。

「方華？咋不認得？他過去跟我在一個車間呢！這傢伙，現在可搞好嘍，開了一個遊戲室，人都快賺腫了！」

「賺是賺了一點，小本生意麼，哪能就賺腫呢？」

大塊頭青年笑道：「這當然是誇張，我的意思是說他跟我比較，是賺腫了。」又說：「一會生，二回熟，咱們交個朋友吧。我姓羅，單名寶字。請問你貴姓呀？」

金海就將自己的姓名告訴了他。

大塊頭青年說：「金老闆，我想跟你談個事兒，不知你肯不肯幫忙。」

「說吧，只要我辦得到，當然是沒有問題的，我這人最好結交朋友了。」

羅寶說：「事情是這樣的，我想跟我女朋友找個事情做做。她跟我一個廠的，現在待業在家，半點事也沒得做。我麼，雖然只拿一點生活費，可到處混一混，吃穿就不愁了。但是，我還要養她，為她買東買西、買這買那，就有點承受不起了。所以呀，就想為她找點事情做做。我看你這裏沒有請人，每天都是你自己一人照看，簡直太忙了，也太累了。金老闆呀，你能不能想穿一點，讓我女朋友到你這裏來賺點錢，幫你守遊戲室賣牌子，這既幫了我，也輕閒了你自己，不知你意下如何？」

金海想了想，問道：「你怎麼不去找方華呢？你們過去是同事，一個戰壕的戰友呀，他肯定會答應的。」

羅寶說：「去找過，方華是個大好人，他自然同意，可他老婆不答應。」

「為什麼？」

「他老婆不願方華閒著沒事幹，也眼紅咱女朋友賺她的錢。」

「原來如此。」金海想，雇個人照看其實也要得，自己白天守在這裏，晚上睡在這裏，一天二十四小時，太累了，日子一長也不是個事。請個人，自己閒下來，可以看點書，寫寫東西，這樣錢也賺了，創作也搞了，一舉兩得，何樂而不為呢？於是，他爽快地回道，「好吧，我就請你女朋友來幫我照看機子。」

羅寶激動地說：「我沒有看錯人，金老闆，你這人心很善，為人太好了！」

金海問他：「不知你有一些什麼要求？」

「要求麼……」他沉吟道，「要求不高，每月有個兩百塊錢的工資就行了。」

「那沒有問題，搞好了，我這兒的效益提高了，還可以另外為她發獎金的。」

於是，他們趁熱打鐵，馬上談一些具體事宜，沒有半點討價還價的味道，都感到相當的愉快。他們商定，羅寶的女朋友白丹丹上午八點來這裏上班，下午六點離開回家，中午金海管她一頓速食就可以了。

口頭協定達成，第二天早晨八點，羅寶就帶白丹丹準時來到樂樂遊戲室。

令他感到驚奇的是，白丹丹雖然沒有什麼氣質，身材也一般，但長得水靈靈的，臉蛋紅潤，五官搭配得恰到好處，看上去顯得十分漂亮可愛。

羅寶將白丹丹介紹給金海，隨便聊了幾句，打聲招呼，就離開了。

室內就只剩下了他們兩人，金海說：「你今天什麼都不用做，就在旁邊看，把一些事項記清楚，明天我可就要交班了。其實，這照看遊戲機賣牌子的事挺簡單的，別人給你錢，你將牌子賣給他就行了。不過，這裏邊也有蠻深的學問，要把生意做好做活，很不容易呢。」

白丹丹說：「我會虛心向你學習的。」

金海說：「你每月的基本工資是兩百，做好了我會獎勵你的。」

「那就靠金老闆多多關照了。」

跟了一天班，第二天，金海就放手讓白丹丹做了。

他覺得她腦袋挺靈光的，遊戲室有這麼一個水靈漂亮的姑娘，肯定會有一股奇特的吸引力，生意會更加地好起來。而金海現在關心考慮的，就是如何擴大經營。他想再購幾台遊戲機，將規模搞大一些。而這又需要錢，上哪兒再弄一筆錢呢？

金海絞盡腦汁地琢磨著，到處逛來逛去的尋找靈感與機會。這天，他像個幽靈似的突然出現在我的辦公室，說：「曾哥，我現在時間是有了，人也自由了，可腦袋裏裝不進去書，靜不下心來搞創作，一心只想賺錢，賺很多很多的錢。照這個樣子下去，你看我這人是不是廢了？」

我趕緊勸他道：「你不會廢的，你的中國的《百年孤獨》還沒有完成呢，哪能就會廢呢？像你現在這種情況，正常得很，等你還了債，手裏又有了一筆存款，就會有良好的創作心態了。」

「但願如此。」他說。

兩人又隨便聊了一會，金海就提出了請客的事。他說他賺了錢，想在金花大酒店好好地請一桌客。我說等以後吧，你才開張不久，還談不上賺了錢。金海堅持要請，我也沒有辦法，只好依了他。他說不想請巒多的人，只找幾個與他這次辭職下海有關的人就行了。他要我叫上汪汝義，因為開業那天他去慶賀了，還沾他的光白吃了一頓。我說：「你還應該請一下謝逸。」

金海想了想說：「是該請請她，我那麼對待她，心裏一直十分抱愧，總想找個機會補償補償。可這次請她，我覺得有點不合適。」

我問：「為什麼？」

他說：「林巧巧是有功之臣呀，這次請客，撇開她無論如何是說不過去的。可是，如果讓她們兩個女人碰在一起，總歸是一件不太明智的事情。況且巧巧知道我過去與謝逸的那份關係，她還以為我跟謝逸倆藕斷絲連拉扯不清呢，這會影響我跟她之間的感情，可能會傷她的心。」

我一想也有道理，就說：「也罷，那你總得找個機會道聲歉，讓她心裏好受一些。」

金海點頭不已。

兩天後，我與金海又聚在了一起。他說到做到，將酒宴設在江城新建不久的最為豪華的金花大酒店。他請了我、汪汝義、鄭才、林巧巧，還拉上員工白丹丹作陪。加上他本人，一共只有六人，可他卻訂了一個大大的包廂，點了一滿桌子菜。

鄭才說：「金海，你嚇老子呀，搞了這多的菜。」

我說：「何必搞這多呢，吃不完，可就要浪費了。」

汪汝義道：「這也叫多？你們真是沒有見過大場面！不過呢，要金海私人掏腰包，也確實是多了點。」

我挖苦汪汝義道：「是呀，我們這些小民百姓都是井底之蛙，一見到這麼多的菜，就嚇傻了眼。到底還是汪科長見多識廣，畢竟是經過大風大浪的人呵！」

鄭才也在一旁鼓噪：「可不是嘛，當官的就是與眾不同啊。」

汪汝義連連叫道：「莫整我，你們莫整我呀，我本來就不是你們的對手，要是你們聯合在一起，今天就莫要吃桌上的菜了，乾脆拿我當下酒菜得啦。」

頓時，大家被他逗得哈哈大笑不止。

笑過一陣，白丹丹就主動與坐在一旁的汪汝義搭腔，問他在哪裏當官發財。

金海一聽，趕忙道：「你看我這人，只顧將白小姐介紹給大家，還忘了把你們一一介紹給白小姐呢。」說著，就按先後順序，將汪汝義、我、鄭才向白丹丹介紹了一番。

介紹完畢，白丹丹就對汪汝義說：「今後還望汪科長多多關照。」

汪汝義滿口答應：「這沒問題。」

白丹丹端著酒杯敬他：「既然沒問題，那我就要開口了。」

汪汝義道：「說吧。」

「我想請你幫忙為我找份好一點的工作。」

「找好一點的工作？哦，好說好說，我會替你放在心上的，一有消息，就告訴你。」

我附在汪汝義耳邊悄悄說道：「我說汪科長呀，你莫打白丹丹的主意，人家可是有了主兒的黃花閨女喲。」

鄭才則在桌面上大聲說：「汪汝義，你要知道，今天是金海請客，可不要忘恩負義，挖他的人才喲。」

金海聞言，回道：「我這人開通得很，只要白小姐找到了比我這兒更好的工作，我不僅放行，還要親自把她送到新的工作崗位上去！」

「謝謝金老闆！」機靈的白丹丹趕緊討好似的給金海敬酒。

我說：「瞧，這就是新時代老闆與員工的關係，一個願打，一個願挨，相處得多麼融洽呀！我們這些旁觀者除了羨慕，就是無話可說。」

又是一陣哈哈大笑。

大家就這樣吃著喝著聊著，感到十分開心。

一連喝過幾杯，金海又叫林巧巧給大家敬了一個來回，再叫白丹丹給大家輪流敬上一番，然後你敬我敬鬧得不可開交。

喝到耳熱酒酣時，金海對汪汝義說：「汪科長，我也想跟你談件事，不知你為不為難。」

「麼子事？你說吧。」

「我想把遊戲機生意擴大一些，這得需要錢，不知你能不能為我想點辦法，就是在銀行貸款也成。」

「關鍵是我自己沒有錢，」一談到錢的事情，汪汝義也感到很為難，「現在找銀行貸款也不容易，找私人借錢更是不好開口。」

金海趕緊把話收回：「我喝了點酒，隨便問問而已，要是有困難，那就算了。」

我說：「金海，你何必忙著搞擴大呢？剛開張，我的意思，你最好是穩著一點，等經營一段時間了，用賺的錢再購遊戲機也不遲嘛。這就叫做穩紮穩打，步步為營。」

金海不同意我的觀點：「做生意就是要看得準，只要看準了，就要捨得投資，沒有一點氣魄與膽略是幹不成事的。這遊戲機的事情，我硬是看準了，真正叫做得，我只要還增加四台遊戲機，每月可以賺到五千元。一個月五千元，一年就是六萬，我要是做上個三五年，就有二三十萬的資本了，就可以轉產做別的生意，當一個真正的經理、老闆，甩開膀子正兒八經地大幹一番了……咳——可現在，我畢竟還是個小兒科呀！」

我不得不承認他的這番話有著一定的道理，於是說道：「那你還是找蔣佑坤借錢去吧。」

金海說：「已經借過一次，他未必肯再借。」

我說：「你只要像上次那樣給他25％的年息，他一定會借的。」

「那還得你出面擔保才行。」

「正好這期《七彩虹》雜誌印出來了，上面發了他的一個話劇小品《小站》，我們就以送雜誌的名義，明天再去找他試試看。」

這頓酒喝了三四個小時，大家都很盡興，直到酒醉菜飽方才散夥。

第二天，我與金海帶著幾本《七彩虹》樣刊又去找蔣佑坤。

見到自己的作品第一次變成鉛字，老蔣高興得像個小孩似的，說話的嗓門頓時也粗大了不少。

過了一會，金海囁嚅著小心翼翼地再次提及借錢，蔣佑坤不禁滿口答應。

還是由我擔保，金海又從老蔣那裏借了兩萬元。跟上次一樣，實際拿到手的仍只一萬五千元。

金海拿著借到的一萬五千元，加上賺來的兩千五百元，與林巧巧去了趟武漢，又購回四台遊戲機。

於是，樂樂遊戲室的遊戲機就翻了一番，由四台增加到八台。

17

自從雇請了白丹丹，金海不覺輕鬆了許多。每當上午八點白丹丹準時來到樂樂遊戲室，金海便獲得了自由。他可以離開遊藝室，也可繼續留在那兒，誰也不會來管他，他什麼也可以不必管，只要不做違法亂紀的事情，想幹什麼就幹什麼，進入到一種難得的灑脫境地。

時間有了，人自由了，遊戲機的生意紅火，金海感到一股從未有過的舒心與愜意。於是，他就靜下心來，將自己關在學校的那間寢室裏，刻苦地攻讀。他閱讀的範圍相當廣範，既有古今中外的文學名著，也有哲學、美學、歷史、社會學、心理學等各方面的社會科學著作。在他的寢室裏，有一個高大的書櫃，裏面全是他師範畢業後購買的各類書藉。他的工資，至少有三分之一花在了購書上。他閱讀著想要閱讀的書籍，不必上圖書館去借，只需在書櫃上挑選即可。閱讀的同時，他緊張地構思著，給自己將要創作的類似於馬爾克斯的《百年孤獨》的長篇小說取了一個題目，名叫《世紀滄桑》。說到底，他的閱讀，也是為創作長篇小說作準備。

他將自己給關在寢室裏，一個勁地做他的文學夢。他下定決心，一定要將《世紀滄桑》寫出來，不管品質如何效果怎樣，總之寫出來再說。即便是給謝逸一個驚奇也值得，他要用行動用事實向她證明，拳頭收回來後打出去要比直接打出去更加有力這一道理。

每到下午六點，金海就趕到樂樂遊戲室去接白丹丹的班。白丹丹將一應的牌子、錢款交付清楚，就回家去了。於是，他不得不暫時將閱讀與構思拋諸腦後，應付眼前鬧哄哄的場面。六點到七點，學生放學後還在外面逗留，是他們一天中最自由的時刻，也是遊戲生意的高峰期。一旦回家，行動就會受到家長的牢牢管束，因此，他們就在這段時間盡情地玩耍。七點到八點，大家回家吃飯，室內就變得比較冷落了。八點以後的顧客，主要是社會青年，生意視情況而定，有時滿場火爆好得沒法，有時一個人也沒有。一般來說，十點鐘就可以關門了。然後，金海躺在床上翻看一些娛樂類的雜誌消遣催眠，慢慢進入夢鄉。

日子就這樣一天天流逝，金海感到十分充實。從第二次又買回四台遊戲機的那天算起，一個月後，他盤了一下賬目，除去一應開支（包括白丹丹的工資），總共賺了五千兩百三十元。只一個月，就賺了這麼多，這遊戲機的生意真正叫做得。金海想，照這個樣子下去，實現自己的宏願是順理成章的事情，知難行易，看來孫中山先生的話真有幾分道理呢。

又一個月過去，金海賺了五千三百一十一元。他將這兩個月賺的錢攢在一起，在銀行裏存了一萬元。

揣著一萬元的存摺，金海有一種儼乎其然的感覺，彷彿自己成了一位百萬富翁。

可惜的是，好景不長，還不到三個月的時間，國家文化部下發了一個文件，內有一項規定，所有電子遊戲娛樂設施、館所，必須離開學校兩百米。也就是說，兩百米的範圍之內，是一塊真空地帶，不允許有任何電子娛樂室存在。而金海的樂樂遊戲室，就在學校旁邊，不說離開兩百米，就是二十米的距離也沒有。怎麼辦？金海真的著了急，剛剛理出點頭緒，就遇上這麼個紅頭文件，這真是人發憤，天不順呀！急歸急，但總得想點別的辦法才是。有什麼辦法可想呢？如果不搬頂風而上，肯定會受罰款、查封的懲處。唉，到了這個地步，已是沒有半點回頭的餘地了。想來想去，唯一的出路，只有搬家——離開現在的地盤，離開學校兩百米，另找一個門面。

金海清淨的日子又給打破了，他開始忙碌起來。一天到晚四處奔波，托關係，尋門路，找房子。最令人頭疼的首要問題是房子，自從文化部的文件下達後，所有離學校不到兩百米的電子遊戲室都被強制停業關門，樂樂遊戲室當然也不例外。他粗略計算了一下，每耽擱一天，包括房租、稅收、白丹丹的工資、營業收入等各項支出在內，就要損失兩百多元。如今，連借款都還沒有還，他哪裏承擔得起這大的損失呀！好在樂樂遊戲室的房租只交了半年，當初若是交了一年，損失就更大了。即使只交半年，他實際租了還不到四個月，這樣一算，也要損失六百多元。當然，有些賬是算不好的，越算越亂，越算越煩，現在的關鍵，是將損失減少到最低限度。

他跑了鬧市區的幾處地方，空房極少。即使有，價格也高得嚇人，月租皆在一千元以上。離開鬧市區，空房多，價格也合理，可金海又不想去，主要是地方太偏了，會影響生意。怎麼辦？不能再往下拖了，越拖損失越大，得及早決斷才是。幾乎跑遍全市，後來，金海在城西區的一個防空洞裏租了一塊地盤。防空洞背倚莽莽蒼蒼的黃龍山脈，都快接近郊區了，但是，這裏屬於經濟開發地帶，仍然比較繁華。金海看中的主要是這裏的一所小學，這所學校名叫馬家灣小學，規模較大，有學生兩千多人，而防空洞離這所學校正好兩百米。金海在過去三個多月的生意中，已摸索出了一定的經驗，開辦遊戲機，要賺還是只有賺學生口袋裏的錢，學生是最大的主顧。這裏地方偏僻，條件簡陋，好在防空洞冬暖夏涼，租金也不高，每月只收兩百八十元，比原來的房租還要少二十元。

防空洞離崇文小學挺遠，金海每天來這裏，要轉一次車，路途得花上半個多小時。但這兒離白丹丹的家近，步行六七分鐘就走到了。能夠方便白丹丹也是不錯的，自己跑遠點就跑遠點吧，金海想。

然而，遊戲室遷到防空洞後，生意明顯地比以前差多了。來這裏娛樂的，主要是一些小學生，社會青年極少，關鍵是地方偏了點。即使是學生，也不像原來的崇文小學，他過去的學生不僅跑他這兒玩，還帶來其他年級、班級的學生。金海跟馬家嘴小學的老師、學生不熟悉，來的也少。除此之外，還有一個最重要的因素，那就是防空洞裏一下搬進了五六家電子遊戲室。過去，湖濱路二巷就只金海一家，沒人與他競爭，而今，一碗飯分成五六份來吃，輪到金海的自然與原來不可同日而語了。半個月下來，他算了一下賬，刨開一應開支，純收入不到八百元。依此類推，每月收入只有一千五百多元，不及原來三分之一，離金海的預想，相差實在是太遠了。

怎麼辦？這樣子下去肯定不行，得想點別的主意與辦法。金海想了兩天，除了想出重新搬家一條法子外，簡直就沒有什麼更好的法子可想。後來又想，僅自己一人這麼閉門苦想也不是個事，得集思廣益才行。於是，他就去找方華，向他請教良策。

方華的遊戲室離學校挺遠，文化部下達的文件對他沒有半點影響，生意仍像過去那樣紅火。金海見到方華，第一句話就說：「方老闆，我這下算是廢了，生意做得好好的，哪個就曉得文化部下了這麼一個歪文件呢？真是把我給害苦了！」

方華說：「這做生意的事，有時候很玄，就看你這人走不走運。」

「你看我這人怎就這不走運呢？剛剛搞出點眉目，就碰上這麼個鬼政策。你這裏倒好，半點影響都沒有，我能不能搬到你們這裏來？」

「暫時恐怕不能，你看，一個蘿蔔一個坑，位置都占滿了，怎麼還擠得進來呢？再說，這裏的生意也不是那麼好做的，關鍵要靠自己出主意，想辦法。」

「我想來想去，就硬是一點好辦法都沒有，跟擠牙膏似的，都快擠乾了。」

方華說：「我跟你出個點子吧，包管你每月可多賺個五百元。」

金海一聽，急切地問：「什麼好點子？快告訴我吧。」

方華抽了一口煙道：「你看我這門面，掛的牌子是『小天使遊戲室』，實際上是我私人開的。也就是說，屬於個體性質，可我的營業執照上寫的卻是一家文化事業單位的。」

金海問：「這有什麼講究？」

「講究可大呢，」方華說，「國家的稅收政策對文化事業單位是傾斜的，也就是說，每月比個體的要少交幾百元的稅收。」

金海瞪大眼睛吃驚地問：「還有這麼一回事？」

「難道我騙你不成嗎？這遊戲室只要一打上事業單位的牌子，不僅少交稅，而且咱的腰桿子也硬多了。為啥？因為個體戶在社會上總是受人歧視，而國家事業單位就不一樣了。」

金海聞言，不覺有一種茅塞頓開之感，他高興地說道：「真是的，我怎就沒想到這上面去呢？方老闆，你給我出了個好主意，真得好好謝你才是。」

金海走時，方華再三再四地交代道：「這個點子，可莫讓外人知道了，要是給戳穿，不僅單位的牌照被取消，還要大大地罰款呢。」

「這個你放心，我絕對不會讓外人知道的。」

金海剛一離開小天使遊戲室，腦袋裏就走馬燈似地轉開了。找哪家單位做靠山好呢？方華說文化事業單位，那麼，最好的就是劇團、圖書館、博物館、群眾藝術館、藝術研究所等單位了。找這些單位固然好，可一個熟人都沒有，那怎成呢？現在辦事，沒有一定的關係，真是寸步難行呵！他想來想去，就想到了過去任教的崇文小學。學校辦實體，稅收是減免的，可以試一試。馬校長不是說過有事去找他，會把它當作自己的事情來解決的嗎？轉念一想，學校就是要禁止學生玩遊戲機，因為它影響了學生的學習，怎能依靠學校、打學校的牌子來辦遊戲室呢？再說，當初跟馬校長鬧到那樣一個程度，人家遞給你一個棒槌，哪能真的拿著當針使呢？金海呀金海，你都二十五六歲的人了，在社會上闖蕩了這麼多年，咋還這樣天真幼稚呢？

想了一會，沒有想出好的點子，金海就打電話給我，問我跟市裏的文化事業單位有沒有什麼聯繫。我問他什麼事，他說他在街頭打電話，有些話在電話裏不好說。

我說：「電話裏不好說，那你就過來談吧，反正你這傢伙現在有的是時間。」

「好吧，你等著，我馬上趕過來。」金海的聲音很快就從電話那頭傳了過來。

不一會，他就趕到了我的辦公室，把方華給他出的主意一五一十地跟我說了。

我聽後馬上叫道：「你還要上哪兒去找合作單位呀，眼前不就有現成的一家麼！」

金海眨眨眼睛道：「你是說你們雜誌社？」

「咱們雜誌社辦實體，是可以享受國家稅收優惠政策的。」

「你看我這人，想來想去地想了半天，咋就沒想到雜誌社呢？咳，我這人呀，一遇事，頭腦就糊了，想得就不全面……」

我打斷道：「不說這些了，現在又不是要你做檢討，旁觀者清，當局者迷麼。」

「也不知你們單位領導同不同意。」

「這有什麼不同意的？你打咱們單位的牌子，又不是做違法亂紀的事情。這樣吧，你掛靠雜誌社，半點血都不放也是說不過去的，每月給咱們象徵性地交一百元管理費吧。這樣一來，雜誌社什麼也不幹，每月白得一百元，我再給咱們頭頭做做工作，從支持文學青年、業餘作者的角度出發，他就是拒絕，也找不出什麼理由來。」

「曾哥，關鍵靠你幫我一把了。」

「事不宜遲，咱們這就行動吧。」

我趁熱打鐵地去找我們雜誌社的王主編，就讓金海坐我辦公室稍等一會。

王主編五十多歲，是個和善的長者，聽了我介紹的情況，拿過擱在辦公桌上的一盒「大前門」香煙，點上一支，悠悠地吸了一口道：「幫助文學青年，扶持業餘作者，為他們解決一點實際困難，是我們義不容辭的責任。」

我說：「雜誌社只需蓋幾個章子，又不出別的什麼東西，每月就可得個一百元，這樣的生意當然做得。」

「他該不會打咱們雜誌社的牌子亂來吧？」

「金海這人我瞭解得挺透，不是那種走歪門邪道的人。」

「行，那就讓他掛靠在我們這兒吧。」

「是不是讓他跟您談一談？」

「這點小事，我就不出面了，你跟他辦一下就是了。」

不過幾分鐘，問題就得到了解決，如果咱們中國辦事都有這樣的高效率高速度，趕超歐美那真是指日可待了。

於是，金海的個體執照，就換成了《七彩虹》雜誌社。戶頭一變，按國家文件精神享受優惠政策，每月少交稅收六百多元。扣除雜誌社的一百元管理費，他每月實際增加了五百多元的收入。

18

我本想成全金海，讓他掛靠《七彩虹》雜誌社，辦了一個事業單位的營業執照，沒想到的是，他差點在這上面栽了個跟頭。

這天上午，白丹丹正在值班，突然就進來了幾個穿制服的工商管理人員。為首的四十多歲，長得人高馬大，他往門口一站，白丹丹就感到光線全給遮沒了，眼前一片黯淡。頓時，她的心裏就湧出了一種不祥的預感。

「你們……」她緊張得不知說什麼才好。

為首的什麼也不說，只是那麼威嚴地望著她。

白丹丹不由自主地後退了一步。

「把你的營業執照拿出來檢查！」為首的終於開口道。

白丹丹道：「我不知道什麼營業執照，我只是一個打工的……」

「那就把你們老闆叫來。」

「我不知道老闆這時候在哪裏，他要到下午六點鐘才來接我的班。」

「我不管他什麼時候來接你的班，」為首的蠻不講理地說：「我只檢查執照，沒有營業執照，那就要關門、停業、整頓！」

白丹丹急得不知所措：「這……這……執照肯定是有的，只是在老闆手裏……你們能不能明天再來？今晚接班時我就跟老闆說好，要他作好準備，你們明天再來就什麼都有了……」

「少囉嗦！我可管不了你那麼多，要麼把營業執照拿出來檢查，要麼關門停業！就這兩點，由你挑吧！」

「這……關了門，老闆肯定要說我，要扣我的獎金……」白丹丹感到十分為難，「不關門呢，你們又……」

正在這時，金海突然出現在遊戲室門口。他早晨起床，感到心緒不佳，便到處轉轉，一轉就轉到了防空洞這邊，索性走到遊戲室，看看生意到底怎樣。

白丹丹看到金海，彷彿見了救星，她趕緊將那個為首的工商人員一撥，大聲叫道：「金老闆，你來得正好，要檢查你的營業執照呢，沒有執照，就要停業整頓。」

金海說：「我當然有執照，沒有執照怎麼個營業法？」又連忙對站在屋內的幾個工商人員陪著笑臉說：「你們好！」邊說邊往口袋裏掏煙。

金海一個個地敬煙，他們一個個推開了他的手，皆說不抽。

為首的道：「我們是城西工商所的，今天來執行公務，請把你的營業執照拿出來檢查。」

「好的，好的。」金海連連說著，掏出一串鑰匙，將白丹丹坐著收錢賣牌子的那張桌子的抽屜打開，拿出一應的手續讓他們檢查。

為首的一件一件地看著，態度很嚴肅，一副公事公辦的樣子。

看過所有的證件後，為首的一副高深莫測的樣子，仍是沒有發話。
金海小心翼翼地說：「我的證件都齊全，該辦的都辦了，我原來當過老師的，法制觀念最強了……」
突然，為首的冷笑一聲道：「恰恰是你這樣的人，最會鑽法律的空子了！」
金海辯解道：「沒……沒……我剛下海，什麼也不懂，能鑽什麼空子呢？」
「你這不是自相矛盾嗎？一會兒說法制觀念強，一會兒又說什麼也不懂，你拿咱們當小孩耍是不？」
金海趕緊鎮定自己：「沒……沒，我怎敢呢？我還要靠你們扶持幫助，尊敬都來不及呢。」
為首的冷冷地說道：「嘴裏說尊敬，骨子裏卻在欺騙咱們呢。你耍的一套花招，騙得了別人，可騙不過我，我跟你們這樣刁滑的人打交道實在是太多了。金老闆，我來問問你，你這遊戲室真的是《七彩虹》雜誌辦的嗎？」
金海連連點頭：「這樣的事，怎好弄虛作假呢？」
「事到如今，你還想騙我，你這遊戲室是打著《七彩虹》雜誌的名義，而實際上則是你個人私營辦的。像你這樣的情況，我見得多了，你就莫要繼續欺騙咱們了。」
「這……您聽我說，我這遊戲室真的是《七彩虹》雜誌社辦的，不信你們可以派人去調查。」
金海還想分辯，只聽得為首的那個工商人員一聲吼：「少跟咱們扯歪經，停業整頓！」然後，手一揮，就帶著幾個人走了。

金海只覺得頭皮在發麻，生意本來就不怎麼好，再一停業，一整頓，也不知要罰款多少，整頓多長時間。關門一天，損失就是一百多元，他金海可耗不起呀。怎麼辦？只有想辦法儘快解決才是！想什麼辦法呢？當然是找人了。突然遇到這麼個麻煩，眼前一抹黑，上哪兒去找人呢？找誰好呢？金海坐在遊戲室裏，悶著個臉，低頭抽煙，絞盡腦汁地想。他將所有的熟人在腦子裏篩了一遍，最後就剩下了一個人——王永明。

王永明是他以前教過的一個學生的家長，現在市工商局工作，還是一個什麼科的科長。金海還是兩年前家訪時見過他的，也不知他還認不認識金海。可事到如今，也只有厚著臉皮去找他了。好在當時的班主任金海，對他那個調皮搗蛋的兒子十分關心，他興許會念著過去這份情誼，給金海一臂之力的。

主意打定，金海就乘車去了工商局。一打聽，得知王永明在五樓上班。金海「蹬蹬蹬」地爬著樓梯，感到有了一線希望。氣喘吁吁地爬到五樓，辦公室卻沒有人。金海在旁邊一問，說是王科長在六樓開會。他想跟蹤到六樓去找，轉念一想，又覺不妥，便在他辦公室外等著。等了好半天，金海看看錶，已是十一點一刻了，王科長也沒有下來。又擔心他開完會後不來辦公室而直接回家，就走出辦公室，守在五樓的樓梯口。

十一點半，沒有動靜；十一點三刻，也沒有動靜；十二點，還是沒有動靜……這是怎麼回事，難道會議還沒有開完嗎？樓道口刮著一股勁風，吹得金海四肢發冷。他上到六樓，一個房間

一個房間地往裏看。終於透過一個視窗，發現一圈桌子前面坐著好些人，這才放下心來，仍舊回到五樓，選了一個適於觀察的位置等著。

一直等到十二點二十分，會議才散了場。金海瞪大眼睛，一個一個地搜索著，終於發現了老王。

「王科長，」金海叫道，伸出手，熱情地迎了上去，「您還認識我吧？」

王科長握著他手說：「認識，當然認識，你不金老師嗎？你對我兒子那麼好，咋就一下忘得了你！」

寒暄幾句，王科長就邀請他到辦公室坐坐。

進到辦公室，金海說：「我等了你好長的時間。」

「你有什麼事找我吧？」

「是的，一點急事。」

「什麼事？你說吧。」

「我遇到了一點麻煩……」於是，金海就將他下海經商、轉移地點、掛靠雜誌社、遇到工商所檢查刁難的事簡明扼要地說了一番。說完後，他懇切地望著王科長：「我想請您出面幫我周旋一下，不知……」

王科長爽快地說道：「這個沒有問題，我下午還有一個會，明天要到下面去搞檢查，看來只有後天給你幫忙了。」

金海試探著問：「您能不能抽空打個電話過去問一下？」

「電話裏面不好說，也說不清楚，我只有親自跑一趟才成。」說到這裏，王科長站起身伸出手道，「那就這樣吧，你後天下午再到我這裏來一趟，看看情況到底怎樣。」

金海緊緊地握住他的手說：「那太謝謝您了！」

王科長說：「應該的，應該的。」

告辭時，金海從隨身帶著的一個包裏掏出兩條用報紙包著的「紅塔山」香煙放在王科長的桌上：「王科長，這是我的一點小意思，您一定得收下。」

「金老師，你這是怎麼啦，你把我當成什麼人了？」王科長將煙塞回他的包裏，「人活在世上，總得講點感情才是，你過去對我兒子好，我一直都沒有感謝。這次，好不容易有了為你幫忙的機會，怎能收你的禮品呢？」

金海聞言，不禁十分感動：「王科長，我不是給您買的，您找人幫忙，也要打發，我怎好意思讓您給我掏腰包呢？」說著，又將煙放回桌上。

王科長見狀，忙又塞回金海提包：「你就莫推了，你再推我可就要發火了。我是上級，找下級辦事，買什麼禮品？即使打發點什麼，那也是我的事，你莫管就是了。」

金海只得將煙裝回包裏，再三再四地向老科長說著一些感激不盡的話。

好不容易捱到第三天下午，金海再次來到市工商局。

王科長正在辦公室等著，一見面，就對金海說：「你的事情辦妥了。」

金海聞言大喜，剛剛落座，王科長又說：「金老師，原來你是得罪人了。」

金海大惑不解：「我怎麼得罪人了？這段時間，我沒跟任何人發生衝突呀！」

「你是無形中得罪了城西工商所的副所長，就是到你遊戲室去的那個大塊頭，他的外號叫做『國民黨』。」

「王科長，這到底是怎麼回事呀？」

「事情是這樣的，『國民黨』有個小孩在馬家灣小學讀書，那天，老師要學生們交早餐費，他兒子回家找他要了，卻沒有交給老師，而是把錢拿到你那裏，全部打了遊戲機。班主任找他兒子要錢，他就說家長不願給。第二天，『國民黨』正好碰見了班主任。班主任說：『你這個當副所長的，孩子找你要一點早餐錢，怎不願交呀？』一句話，問得『國民黨』莫名其妙，他說：『我給了的呀，這幾個錢對我來說算得了什麼？就是幾百上千地交，我也不會含糊的。』當天晚上，他審訊兒子，兒子先是不願講，後來，『國民黨』棍子一舉，兒子害怕了，就一五一十地說了。他就問，你是在哪裏打的遊戲機？他兒子說是在你這一家。他就說：『這遊戲機真是害人呀！』過了一會又說：『膽敢欺負到老子頭上，太不像話了！』第二天，他就帶著幾個人故意找你的歪來了……」

「原來是這麼回事呀，怪不得蠻不講理的。他兒子打遊戲機的事我半點都不知情，白天我雇請了一個人在那裏幫忙看著，要到下午六點鐘，我才去遊戲室。」

王科長說：「就是你值班，也不可能知道這事呀！他主要是想發洩一通，只要咱們工商部門去找歪，多多少少總能找出一點麻煩來的。」

「他想怎樣處理？」

「我找到『國民黨』，跟他說了幾句好話。他看我出面，就給了個面子，答應算了。剛開始，我也不知道事情原委，直到要走時，他自己才主動告訴了我。他還說，若不是我去求情，他要狠狠地罰，罰死你，要搞得你徹底關門才是。」

金海說：「王科長，要不是您幫忙，這回我可就真正地栽了，太謝謝您啦！」

王科長說：「金老師你怎麼這麼客氣呀，不用謝，真的不用謝，以後在工商口這方面遇到了什麼麻煩，你儘管找我就是了。」

19

城西區防空洞離市政府很遠，約十多公里，可汪汝義總是有事無事地往樂樂遊戲室跑。他去那裏的目的，並不是看望金海，也不是格外關心遊戲室的生意情況，而是在那兒打工的白丹丹吸引著他。

白丹丹像一顆鮮豔欲滴的太陽，汪汝義則成了一朵向日葵。向日葵圍著太陽旋轉不已，汪汝義只要一有空閒，就想到了白丹丹，就情不自禁地跑到樂樂遊戲室，向丹丹大獻殷勤。這種時候，他最怕見到金海了，好在白天金海一般都不在，他找白丹丹的時候，一次也沒碰到過。

汪汝義結婚早，妻子是他父親戰友的一個女兒，長得黃皮寡瘦。他們結婚時，她已經二十二歲了，可看上去，還像一個十六七歲發育不良的小女孩。汪汝義十分不願這門婚事，可懾於家庭壓力，又無法拒絕，只得湊合著在一起過。結婚後，他將妻子稱為「黃臉婆」，可想而知在性愛與婚姻方面受到了多大的壓抑與打擊。因此，他一見到漂亮的姑娘白丹丹，就被迷住了心竅，恨不得馬上將她弄到手。白丹丹請他幫忙找工作，他非常樂意，也真的盡心盡意為她跑路，並且還跑出了一點眉目。

這天下午，汪汝義又來到樂樂遊戲室，一進門就說：「丹丹，告訴你一個好消息，我為你找到了一個比較滿意的工作。」

白丹丹聞言，不覺喜出望外：「真的？」

「不真（蒸）的還是煮的？哪個跑這遠的路來騙你喲。」

「到底是什麼工作，做什麼事情呀？」

汪汝義說：「跟我一個開公司的經理朋友去當秘書。」

白丹丹說：「可我唯讀了個初中，既不能寫，又不能畫，怎麼當得好秘書呢？」

「只要你做好接待方面的工作就行了。」

「我知道，那些經理們都是不大好伺候的，弄不好就會炒我的魷魚的。」

「你不用怕，他是我的朋友，人家不會虧待你，也不好隨隨便便就炒你的魷魚的。再說，他炒你，你還不是照樣可以炒他。只要有我汪汝義在，你就不用擔心人家炒，再給你找份更好的，不就得了嗎？」

白丹丹一想也有道理，汪汝義就是他的靠山，去那兒工作，比憋在這個小小的遊戲室不知強似多少倍呢！

汪汝義又說：「丹丹，你去那兒幹，我那朋友答應每月開你一千元的工資。」

一千元，抵得上在這兒工作四五個月呢，還有什麼猶豫的？主意已定，白丹丹就說：「好吧，我就去那裏工作。只是這兒的金老闆對我蠻好的，我不好意思開口跟他辭職呀。」

汪汝義說：「這有什麼不好說的？你不好說，就由我出面跟你說吧。」

「這樣最好。」白丹丹說著，想了想，又道，「汪科長，往後去，你要是能跟我找一個固定的工作，也就是說，能把我的工作關係轉進去的單位就好噠。」

「這個麼……」汪汝義沉吟道，「要慢慢來，一口不能吃成一個胖子，你先在我介紹的那個公司幹著，我跟你抓緊找人聯繫新的好單位就是了。」

白丹丹深情地望著汪汝義說：「汪科長，你對我這麼好，我真不知該怎麼感謝你才好呢！」

汪汝義故意問道：「你打算怎麼感謝我呢？」

「這個……這個……我還沒有想過……我想，汪科長今後只要有什麼用得著我的地方，我一定會盡全力為你幫忙的。」

「難得你有這麼一片好心，」汪汝義色迷迷地望著白丹丹，「丹丹，我不想要你為我做什麼，只要你有這份心意，也就滿足了。」

兩人談著聊著，汪汝義看看錶，已經五點半了，他知道金海就要來接班了。以前，他不願意金海知道他來找白丹丹，可今天，他倒樂意見見他了，他要把白丹丹辭職離開的事親口告訴他。

白丹丹見汪汝義看錶，就說：「你還有急事嗎？」

汪汝義道：「我今天沒有什麼事了，主要是陪白小姐，再就是想見金老闆，把你準備跳槽的事跟他說一說，求他為你放行。」

白丹丹說：「我想，他是不會故意留我卡我的。」

「可說不定呢，你這幾個月做得好，人又長得漂亮，他怎麼捨得你喲！」

「只要我要走，他就是留，也留不住的。況且，那天喝酒，他還說過不僅不卡我，還要為我送行呢。」

「話是這麼說，可人的感情又是另外一回事。就拿我來說，只想天天能夠見到你，要是我是一個經理就好噠，就把你留在我身邊，天天見你，跟你說話，跟你逗樂，跟你每月開五千元的工資……」

「那你就趕快當一個經理嘛。」

「是的，看來我也得準備下海了。丹丹，你今天就讓我做一回經理怎麼樣？」

「此話怎講？」

「今天晚上我想把你留在我的身邊，我要請你吃飯、跳舞，咱們在一起好好玩玩。」

白丹丹聞言，有點猶豫了：「我也想跟你在一起玩玩，可是，就怕男朋友羅寶來找我，我還怕他知道你請我吃飯跳舞的事。他這人的脾氣蠻不好，動不動就要大動肝火發脾氣的。」

「跟你吃餐把飯，跳次把舞算得了什麼？他就是曉得了也不打緊的。再說，你又沒跟他結婚，他憑什麼管你那麼多？就是結婚了，也要互相尊重，給對方一定的自由嘛。」

汪汝義的話堅定了白丹丹的決心，她說道：「好吧，今天晚上我就跟你在一起玩，我什麼也不怕，我光明正大呢。」

汪汝義稱讚道：「你真是一個有個性、有膽略的好姑娘。」

兩人正聊著，金海就來了。

金海這人很敏感，他一見到汪汝義，就知道他是衝著白丹丹而來的。於是一見面，他就說道：「汪科長，今天怎麼有空光臨敝處？恐怕是咱們白小姐的魅力所致吧？」

「這回倒真讓你給猜對了，」汪汝義毫不含糊地說，「我想挖你的牆角呢！」

對白丹丹的離去，金海早有準備，並且在心底還希望她早點離去，一則因為白丹丹的漂亮一下子就將林巧巧給比下去了，如果他往樂樂遊戲室跑得勤了，林巧巧就有點吃醋；二呢，他想徹底騰不身來，再添個百把元，請一個男人整天照看，晚上也在這裏睡覺。他自然每天還要來一趟，但只是象徵性地看看、轉轉，瞭解一下當天情況，收收錢、算算賬而已。這樣，他每天只在遊戲室待上半小時足夠了，他真不願意每天六點來接班，晚上還要睡在防空洞中。三百元一個月，找這樣的男工，容易得很。而他金海，就可以拿出全副精力來搞他的文學了，就可以真正享受拳頭收回來再打出去更加有力的滋味了。只是礙著羅寶與白丹丹的情面，金海才一直沒有開口。

聽說汪汝義是來挖牆角的，金海不禁喜出望外：「汪科長，你這麼快就為丹丹找到了一份好工作，可真有本事呀！」

汪汝義說：「工作是為她找好了，就看你金老闆放不放人了。」

金海聞言，也就假戲真做，故意裝出一副為難的樣子說：「白丹丹幹得挺不錯呢，為遊戲室帶來了人氣，帶來了生意，我實在捨不得放她走呢。再說呀，說聲走馬上就離開，我一時半刻上哪兒去找合適的人來照看呀？」

白丹丹說：「金老闆上次喝酒還說只要有好的單位，不僅不卡我，還要為我放行呢，可今天說話，怎麼就變得吞吞吐吐了？」

金海說：「從我個人的角度來說，我的確不願讓你走。但是，為了你的事業、未來與前途，我又巴不得你早日離開。好吧，丹丹，你既然想走，我也不攔你，就是想攔，也攔不住呀。說句內心話，我只希望你飛得越高越遠越好。那麼，你打算什麼時候走呢，我也好有個安排？」

白丹丹沒有回答，而是望著汪汝義。

汪汝義說：「你明天就可以去那裏上班了。」

白丹丹說：「那麼，我想今天就走，明天就不來你這裏了。」

金海說：「好吧，今天是十四號，但你這個月的工資，我為你全開。」

白丹丹也不推辭：「那就謝謝金老闆了。」

汪汝義說：「剛一開始肯定找不到人來值班，那就得金老闆親自披卦上陣了。」

金海說：「過去白丹丹沒來時，我不就是整天整夜地守著遊戲室嗎？吃慣了苦的人，什麼也不在乎呢！」

白丹丹將款項交清之後，就準備離開了。金海將全天的營業款湊在一起，也只有一百五十多元，他掏掏口袋，找出一把零票子，終於湊足兩百元，遞給白丹丹。

白丹丹道過謝，說聲再見，轉身離去。

汪汝義說：「我也得走了。」一跟金海打聲招呼，緊走兩步，趕上前去。

金海望著他們倆並排遠去的身影，心頭突然緊縮了一下。他不明白怎麼會有這樣一種感覺，一個人呆呆地坐著想了好半天，也想不出個所以然來。

20

汪汝義帶著白丹丹來到一家餐館，要了一個包廂。

兩人剛落座，服務小姐就送來菜譜。

汪汝義將菜譜往白丹丹面前一推說：「丹丹，你點菜，隨你點，多貴的都行。」

白丹丹說：「反正你是公家報銷。」

「這點小錢，就我自己出，也是出得起的。」汪汝義說著，深情地望著她，「只要用在白小姐身上，再多的錢我也願意出的。」

「我相信你說的是真話。」

白丹丹的智商也不低，她心底當然清楚汪汝義對她有意。她知道汪汝義結了婚，還有一個上幼稚園的兒子。她不想做第三者，但是，她又需要汪汝義，想利用他解決一點實際問題。她不是水性楊花的風流女人，但也並不怎麼封建。男女之間的事，她與羅寶早就嘗試過了。令她感到奇怪的是，女人沒有經歷過那種事時，並不怎麼想，可只要有了第一次，就想第二次了，心裏想得癢癢的。只要跟羅寶單獨在一起，兩人免不了就要「遊戲」一番。羅寶說：「咱們一定得小心，每次都得戴套子，半點馬虎眼都不行，如果懷上小孩可就麻煩了，要結婚，要生下來，要好好養育，會惹來一攤子的麻煩。像咱們這個樣子，暫時還不能結婚，先玩幾年再說。」所以兩人上床，也跟玩遊戲機一樣，純粹娛樂，滿足內在本能與青春慾望，不留下實質性的東西。

因此，深諳男女之事的白丹丹第一次見到汪汝義的目光，就感到裏面有一種異樣的東西，覺得可以利用他做許多的事情。當然，她也得付出點什麼才是。可白丹丹不怕付出，大不了讓汪汝義在她身上占點便宜。佔便宜對白丹丹來說算不得什麼，男女之間反正就那麼一回事，她只要把握分寸，不跟他動真格的，就算對得起羅寶了。

白丹丹聽汪汝義這麼一說，也就真的挑最貴的菜點了幾個，她一邊點一邊說：「跟汪科長在一起，咱也要學會享受。」

汪汝義說：「是啊，人生苦短，若不享受生活的樂趣，那不是活得太不值得了嗎？丹丹，你說我這話說得對不對？」

「你是文化人，說的話當然有道理！」

「那你今天就跟我放開一點，咱們在一起好好地樂一樂行不行？」

白丹丹目光傳情地望了他一眼說：「我這人一直放得開。」

「真的？」

「我白丹丹從來沒有跟你說過假話。」

「好吧，我這就看你到底說的是真話，還是假話。」汪汝義說著，將屁股挪了挪，移在白丹丹旁邊的一把椅子上，然後一把抓住那隻白嫩的右手。

白丹丹沒有反抗，也沒有動作，就任他那麼握在手中。握了一會，汪汝義開始輕輕地撫摸。白丹丹覺得有一種異樣的舒適感，羅寶也握過她的手，那是用了全身的力氣，令白丹丹疼痛難耐，哪像汪汝義握得這麼溫柔，令人心旌搖盪？

汪汝義握著，全身似在微微顫抖。這是一隻什麼樣的手啊，豐腴、白皙、柔嫩，這不是一隻手，簡直就是一件珍貴的藝術品呢！他握過「黃臉婆」的手，可那也叫手嗎？一把骨頭，幾根血管，一張黃皮，令他噁心。這幾年，他從來不握「黃臉婆」的手了，想一想都感到不是滋味。要握，就握白丹丹的手，這樣的手才稱得上手，才是真正的享受。

汪汝義握著，開始不由自主地用勁，將白丹丹的手往他胸口拉。白丹丹沒有反抗。他以為不論怎麼做，她今天都不會反抗的，就突然用勁，將白丹丹的右手往上拉，然後俯下身子，嘴唇湊著她的手背狂吻。沒想到白丹丹反抗了，她猛地一下將手往回抽。汪汝義猝不及防，頭往下一傾，嘴唇差點磕在了桌子上。

汪汝義感到自己的失態，忙道：「丹丹，對不起，實在對不起……」他一邊說一邊拿眼看她，只見她低著頭，紅著臉，並沒有發火，也就住了口，不再道歉。

這時，服務小姐開始上菜了，他看看桌面道：「喂，小姐，還忘了讓你上酒呢！」

「請問先生喝什麼酒？」

汪汝義望一眼白丹丹：「丹丹，你想喝什麼酒？」

「我什麼酒也不喝。」

「你今天非喝一點不可，」汪汝義說，「要不就上紮啤吧。」

「好的。」服務小姐答著，退出了包廂。

白丹丹說：「我真的不喝酒，要喝就喝一點飲料吧。」

汪汝義說：「你是客，客隨主便麼，今天不能讓你喝飲料，要讓你嚐嚐紮啤的味道。紮啤喝過嗎？我就知道你沒喝過，好喝得很呢，我不騙你，你可以喝一點試試嘛。」

白丹丹經不住勸，只得說：「好吧，我就喝一點試試看，若是不好喝，我就不喝。」

「那當然，哪能強迫你呢？」

菜端上來了，紮啤也上來了。

眼見著汪汝義在一個透明玻璃杯裏倒了半杯還在繼續往裏倒，白丹丹一把搶過杯子說：「我哪能喝得了這麼多呢？你都把我當成一個酒罈子了。」

「女人本身就是一個酒罈子麼。」

兩人都笑。

汪汝義舉了舉筷子說：「喝吧，吃吧。」

白丹丹喝了一口啤酒，做出一副怪相，大聲叫道：「你不是說很好喝的嗎？怎麼這樣一股怪味？你騙我，我不喝了。」

汪汝義說：「啤酒就是這樣一個味，你是沒有喝習慣，習慣了就比什麼酒都好喝了。」

白丹丹將杯子一推說：「再好喝我也不喝了。」

汪汝義又將杯子推回她面前：「別耍小孩脾氣，倒了就要喝，鼓足勇氣，再喝一口吧，我擔保比第一口好喝多了。」

汪汝義一勸再勸，白丹丹推辭不過，只得端了杯子，閉上眼睛，又喝了一口，說：「嗯，是比第一口好喝多了。」

汪汝義馬上道：「就是嘛，這裏面有一個習慣與適應的問題。」

兩人一邊喝一邊談，顯得十分火熱。

喝到最後，白丹丹的臉頰紅了，像是塗抹上去的兩朵朝霞，把她襯托得更加美麗了。汪汝義望一眼，心裏火燒火燎的，恨不得一把將她抱在懷裏狂吻一番。他知道，心急吃不得熱粥，急了反而要壞事，就強忍住心頭的慾火。

「怎麼樣，這啤酒味道還可以吧？」汪汝義問白丹丹。

白丹丹說：「越喝的確是越好喝了，只是喝了有點頭暈。」

「這是正常現象，不然的話，也就不叫喝酒了。」

「汪科長，我這麼時候看你，你都變了相。」

「變成了一個什麼相？」

白丹丹笑道：「我不說。」

「我要你說。」

「你要我說真話還是說假話？」

「當然是真話啦。」

「我覺得你變成了一個『四不像』。」

「什麼『四不像』？」

「既不像人，也不像鬼；既不像牛，也不像馬……」

「那成了一個什麼？」

「所以就叫『四不像』嘛，我一望你，就感到好笑，像是一個怪物。」

「想笑你就笑嘛。」

「那我就真的笑了。」

白丹丹說著，發出了一陣不由自主的哈哈大笑。

汪汝義也笑，他為白丹丹的好笑而笑。

白丹丹笑彎了腰，汪汝義走過去提醒道：「丹丹，小心笑岔了氣。」說著，就一手扶住她的肩頭，一手抓住她的右手。

白丹丹仍在笑，聲音卻慢慢變弱。

汪汝義說：「丹丹，咱們走吧。」

「上哪？」

「去跳舞。」

「好吧。」

白丹丹轉身，汪汝義將一隻手從他肩頭放下，另一隻手仍將她右手握得緊緊的。走到門口，白丹丹腳下稍稍滑了一下，汪汝義乘勢將她往懷裏一抱，然後以閃電般的速度在她的臉上印了一吻。

白丹丹並未生氣，只是輕輕地將他推開，抽回右手。

結過賬，走出餐館，汪汝義說：「丹丹，今晚我要帶你去一家第一流的舞廳。」

「什麼舞廳？」

「紅樓歌舞廳。」

「聽說過，名氣蠻大的，早就想去了，可一直沒有機會。」

「機會就在今天。」

他們倆搭了兩站公車，又走了一程，就到了紅樓歌舞廳門口。汪汝義掏出六十元錢來，買了兩張舞票。

白丹丹說：「這裏的舞票怎麼這麼貴？」

汪汝義道：「又不是今天漲了價，一直都這樣貴呢。」

進到裏面，兩人坐在同一個包廂。汪汝義叫過服務小姐，上了兩聽椰汁飲料、一碟瓜子、兩包口香糖。

白丹丹也不客氣，她打開飲料，喝了一口道：「酒喝多了口好渴，正好要喝一點什麼。」

「你儘管喝吧，喝完了再上就是了。」

喝過飲料，白丹丹開始嚼口香糖。

這時，舞會開始了。汪汝義做了一個瀟灑的邀請手勢，白丹丹站起身，兩人一併步入舞池。樂曲悠揚，歌手賣勁地抒情，七彩燈光搖曳旋轉，組合成一個獨特而浪漫的天地。

汪汝義與白丹丹相擁，翩翩起舞。

一曲接一曲，跳了慢步又跳快步，他們幾乎一曲不拉地跳著，沒有半點倦意，都覺得十分盡興。

到了「溫柔十分鐘」時刻，所有的燈光都熄滅了，整個舞廳一片黑暗。樂曲婉轉，黑影幢幢，汪汝義將白丹丹抱得緊緊的。剛開始，白丹丹還想反抗，但汪汝義怎麼也不鬆手。他聽到了她那粗重的喘息，可就是不放開。白丹丹拿他沒有辦法，只有聽之任之。到後來，汪汝義的左手也放了下來，兩隻手箍著她的腰肢，箍得緊緊的。

這時，他們已經亂了舞步，汪汝義推著白丹丹往前走，白丹丹一步步地往後退，至於是否合著節拍，他們半點也顧不得了，就那麼隨意地、慢慢地走著。跳到這種程度，汪汝義不覺熱血沸騰，他明顯地感覺到了白丹丹胸前那對乳房的挺突，不覺心迷神亂。白丹丹喝了酒，頭腦暈暈乎乎的，也感到了一股從未有過的快感，便小鳥依人般地隨汪汝義腳步的移動而移動。

對此，汪汝義並沒有感到滿足，他要白丹丹，想整個地得到她。於是，他變得更加不安分起來，將嘴唇往白丹丹臉上湊。白丹丹感到他鬍鬚的侵襲，本能地往旁邊一擺頭。汪汝義又不依不饒地追了過來。她無法躲避，內心似乎也需要這種刺激。他的嘴挨上了她的臉，又慢慢地向她嘴邊移動。她沒有反抗，任憑汪汝義動作。他將舌頭伸進她的嘴裏，兩張嘴唇膠合在一起。而這時的他們倆，早已停止腳步的移動，就那麼站在原地，緊張而愜意地親吻著。

他們忘卻了自我，忘記了周身的世界。

突然，舞曲終止，燈光大亮，他們彷彿從睡夢中醒來，燙了似的趕緊分開……

21

現在，我該寫寫謝逸了。

那天晚上金海大聲吼了她，她撐著一把雨傘走入夜幕與雨幕交織的世界，路燈將她的身影拉得很長很長，有一種怪誕變形的感覺。皮鞋鞋釘與馬路地面相互碰撞，發出「橐橐橐」的聲響，在寂靜的街道上迴響，顯得格外孤獨寂寥。於是，謝逸想起了戴望舒的名詩《雨巷》，不禁輕輕地吟誦起來：

撐著油紙傘，獨自
徬徨在悠長、悠長
又寂寥的雨巷，
我希望逢著
一個丁香一樣地
結著愁怨的姑娘。

她是有
丁香一樣的顏色，
丁香一樣的芬芳，
丁香一樣的憂愁，
在雨中哀怨，
哀怨又徬徨。

她徬徨在這寂寥的雨巷，
撐著油紙傘
像我一樣，
像我一樣地
默默地彳亍著，
冷漠，淒清，又惆悵。

她默默地走近
走近，又投出
太息一般的眼光，

她飄過
像夢一般地，
像夢一般地淒婉迷茫……

這個像丁香一樣結著愁怨的姑娘是誰？不正就是我謝逸今晚的真實寫照嗎？想於此，她不覺倍感淒涼。回到宿舍，關了門窗，不由自主地輕聲哭了起來。

在骨子裏，謝逸是深愛著金海的，她希望他的道路越走越寬，更希望他在文學上有所建樹。可是，金海卻要下海經商，他是一塊經商的料子嗎？不論是憑了解，還是憑直覺，她都覺得金海只是一個書生，下海經商，會被海水嗆了喉嚨，弄不好還會被海浪吞沒得無影無蹤的。那時候，窮困破產不說，還會丟了好不容易弄到手的「鐵飯碗」。金海認準了辭職經商的道，謝逸則認準他在一以貫之的路上走下去的理。於是，兩人的矛盾勢不可免，結果造成現在的局面。

謝逸痛哭一陣過後，就決定再也不想金海了。已經到了這般田地，想之何益？除非他回心轉意，給她賠理道歉。可就金海的性格而言，他顯然不是這樣的人。

說不想金海，卻總是忘不了他。這兩年，他們的感情稱得上刻骨銘心。金海之所以很快就忘了她，主要是擁有了林巧巧的緣故。而在謝逸，還沒有其他男人來填補，所以就留下了一塊空白。這塊空白很大很刺眼，令謝逸失落、惆悵、迷惘，有點苦不堪言的味道。

於是，她就經常來《七彩虹》編輯部找我，與我交心談心，將她新寫的作品送我，要我為她「斧正」。

她送來的作品，我都認真地讀過，雖然小說味不夠，但也有它的可取之處，那就是充滿了濃濃的詩情畫意，可以作為探索小說推出。

為了鼓勵謝逸，也為了排解她寂寞憂愁、痛苦不堪的心境，經與主編商量，決定為她在下期《七彩虹》上推出一個作品小輯。當我把這一消息告訴她時，她像個小孩一樣，當時就高興得跳了起來，大聲叫道：「太好了，這真是太好了，謝謝你的鼓勵，也謝謝你的幫助！」

看著她一副天真愉快的樣子，我的心裏也充滿了一股快樂。

但是，她總還是念著金海，希望他有回心轉意的那一天。當他知道金海越走越遠後，仍沒有灰心。她說：「他會摔跤的，他摔了跤就會回頭的，就會再來找我的。男人不能太得志，得志了就會忘乎所以，只有多摔幾個跟頭，多磨練磨練，男人才會成熟。」

一天，她突然給我打來電話。以前，她只是來辦公室找我，從不打電話的。她打來電話，我就有一種不祥的預感，肯定出了什麼大事。

出乎我意料之外的是，她彷彿什麼事也沒有，只是在電話裏問我，金海是不是真的又談了一個女朋友。

我不想為金海隱瞞，也覺得沒有隱瞞的必要，再說呢，實話告訴謝逸，也好讓她拋開過去，面向新的生活。於是，我在電話裏說道：「是的，這已經不是什麼秘密了，他們早就公開了。」

謝逸問：「聽說那女的是他過去的同事？」

「是的，同在一個年級組。」

「難怪金海要吼我，對我這麼絕情的，原來他早就移情了。也許他跟我在一起的時候，心底正想著那個什麼巧巧呢，男人都是一些花花腸子花花公子。」

我說：「金海沒有腳踏兩條船，他是在跟你鬧翻後才與林巧巧建立的關係，這點我可以作證，因為金海是我最好的朋友，他對我無話不說。」

謝逸問：「那個林巧巧，你見著她沒有？」

「見過，你問這幹什麼？」

「你覺得她……是不是要比我強蠻多？」

「自然是趕不上你囉，謝小姐，不是我恭維，在咱們江城，能趕上和超過你的姑娘很少。」

「你少往我臉上抹油彩。」

「我說的是真話。」

「那他為什麼要找一個比我還差的女人？」

「這……這……我一下子怎麼說得清楚呢？恐怕只有去問金海本人了。」我支支吾吾道。

「總歸一句話，你們男人都不是一些好東西！」

「你怎麼一棍子打一排人呀？」

謝逸沒有正面回答，只是說道：「金海不是東西，我要好好報復他才是！」

我擔心謝逸做出什麼喪失理智的事出來，趕緊勸道：「謝逸，你聽我說，你要想穿一點，可不能亂來呀！」

「你就放心好啦，我不會做出什麼越軌的暴力行為來的。」

謝逸說著，道了聲再見，就「啪」地一聲掛了電話。

我將謝逸打電話的事告訴金海，他聽後很擔心：「這個謝逸，她該不會做出什麼出格的事情來吧？」

「你是不是跟她單獨談一談呢？」

「事已至此，還有什麼談的必要呢？」

我一想也對。

金海又說：「我擔心她在談的時候突然掏出一瓶硫酸潑在我的臉上。」

「這怎麼可能呢？」

「愛有多深，恨就有多深。」

「可見謝逸是真心愛著你的，可見你的確像她說的那樣，有點花花腸子、花花公子的味道。」

金海笑了笑說：「你怎麼能這樣評價我呢？不過，女人的確要比男人癡情一些。」

我說：「不管怎麼說，你對謝逸得防著一點，要是真的出了什麼事，可就悔之晚矣。」

金海說：「曾哥，你就放心吧，她不會對我怎麼樣的。」

金海很坦然，根本不把我的話放在心上，而我卻為他擔心得沒法。聽謝逸當時的口氣，並不是說著玩的。

過了一段時間，我在惴惴不安的等待中，終於等來了謝逸所謂報復的消息：她經別人介紹，談了一個腰纏萬貫的個體戶。

我知道，她是以一種自虐的方式報復金海！

由此可知，她的內心該是痛苦到了多麼深刻的程度！

22

這天下午，我坐在辦公室閱讀作者來稿。下一期的《七彩虹》發稿在即，我再也不能閒散地優悠遊哉了，得抓緊大量時間投入到閱稿審稿的工作中去。好在我們雜誌是雙月刊，每兩個月忙著的也就只這麼幾天。

「曾老師，」這時，我突然聽得有人叫，趕緊抬起頭來，只見門口站著一個二十六七歲的高個陌生男子，他右手拎著一個裝得鼓鼓囊囊的旅行包。

我疑惑地問道：「你是……」

他自我介紹道：「我叫蕭丁，是金海的老鄉、同學、朋友，您在上期的《七彩虹》雜誌上為我編發過一篇散文《父親》。」

「噢，你就是蕭丁，」我馬上站起身，熱情地迎上前去，緊緊握住他的右手，「你這篇《父親》寫得很不錯，有真情實感，很打動人心。」

蕭丁說：「我寫的是真人真事，幾乎濃縮了父親一生所經歷的坎坷。」

我說：「文學源於生活，是一條顛撲不破的真理。」又問：「寄給你的樣刊，收到了嗎？」

「兩本樣刊，還有五十五元稿費，我都收到了。」他說著，仍拘謹地站在原地。

我拉過一把椅子，要他坐下。遞一支煙過去，他說不會抽，就為他泡了一杯茉莉花香茶。蕭丁接過茶杯，捧在手中，兩眼直直地望著我。

「曾老師，」他說，「您給我的幫助太大了，我真不知道應該怎樣感謝您才好。」

我說：「扶植培養業餘作者，是我們應盡的職責，關鍵還在於你的文章寫得好。」

「這是我第一次在公開發行的文學刊物上發表文章，您給我的鼓勵實在是太重要了，也更加堅定了我繼續在文學道路上走下去的決心。」

「繼續寫吧，有好的稿子，別忘了給我們《七彩虹》。」

「今後還得靠您多多指教才是。」蕭丁說著，打開旅行包，從中掏出厚厚的一遝稿子來，「這是我最近的習作，裏面不知有不有夠得上發表水準的東西。」

我接過稿子說：「你先留下來吧，我一定抽時間認真看，待看過之後，再跟你交換意見。」

「好的，那又給您添麻煩了。」

「應該的，這是我的工作嘛。」

蕭丁又從旅行包中掏出兩包茶葉，放在我的桌上說：「曾老師，這是我的一點心意，不成敬意。」

我不肯收，放回他的旅行包道：「別這樣，蕭丁，你還是一個民辦教師，過日子也難，怎能要你花錢買什麼東西呢？」

「再窮，兩包茶葉我還是買得起的，這是鄉下的一點土特產。」

「每年開春，我就把一年要喝的茶葉給全買了。」

蕭丁說：「您有是您的，這是我買的，又不多。金海說您是一個茶罐子，所以我別的什麼都沒買，就只買了兩包茶葉，您要是不收下，那就看不起咱們鄉下人了。」

他這麼一說，我只好收了下來。

「你見過金海了嗎？」我問。

「這次來，我還沒有見到他。」蕭丁答道，「剛到市裏，我就到教委把事情辦了，然後上學校去找他，哪知他已經下海了，說是在城西區開了一個電子遊戲室。我跑到那邊找了一圈，也沒有找到，就奔您這兒來了。」

我說：「他的遊戲室開在一個防空洞裏。」

「難怪找不到的，告訴我的人把地點沒有說清楚。」

「一般的人也不知道詳細地點，除了幾個要好的朋友，上他那兒去的人很少。」

「城西區好偏呀！」

「是有點偏，」我看看錶說，「這樣吧，我帶你去找他。」

「您正在上班……」

「不礙事，反正也快下班了。」

說著，兩人一同走了出去。

天空陰沉沉的，像是要下雨了。

蕭丁說：「這天氣也怪，我動身時還在出太陽，可一轉眼，就變得陰沉沉的了。」

「下雨怕什麼？你反正今天又不回家。」

「也是。」

上了公共汽車，車內人不多，空位多的是，我與蕭丁坐在同一排，又開始了談話。

我問：「金海說你在忙民轉公的事情，怎麼樣，有點眉目了吧？」

「快了。」談到民辦教師轉公辦老師的事情，蕭丁的話明顯地多了起來，「我主要就是為這事來市裏的，上午去找了金海為我介紹的他讀師範時的同學，現在的市教委人事科副科長。」

「結果怎樣？」我問。

「結果很好，」蕭丁高興地說，「本來這次民轉公我是免試對象，因為我參加了一個大專中文函授班的學習，拿到了畢業證書。當時搞函授，只是為了充實自己，增強自己的文學修養，根本沒想到在民轉公時能起關鍵作用。這次市教委下文，像我這種情況都成了免試對象，你看我這人，硬是走起運來了。我父親在世時說過，人走起運來，門板都擋不住的，還真是這麼一回事呢。」

我也為他感到高興，就說：「是的，你的處女作發表了，馬上又要轉成公辦老師了，真是走起好運來嘍。」

蕭丁說：「不過呢，也有坎坷，不是那麼一帆風順。這次民轉公，本來是一點問題都沒有的，可是，我那個大專函授畢業證書卻給弄丟了，不管怎麼找也找不著。前幾天，可真把我的頭髮都快急白了。到處找遍，哪裏也沒有。本來學校的其他老師就在嫉妒我，說我這次是在走狗屎運。的確，要是憑考試，我是轉不成的，因為我的數學成績不行，每次考試，數學有個二三十分就蠻不錯的了。於是，他們都想看我的笑話，看我怎樣從臺上摔下來。我要學校給我開一個證明，就說我是有大專函授文憑的，只不過弄丟了。校長還是我的一個親戚，可他就是不肯開。找鄉教育組，說沒有文憑原件，也無法可想。這可真把我給急壞了，急得差點跳河自殺。後來，我就想到了金海，想到了他在市教委當副科長的同學。今天我一到教委，事情很順利地就解決了。他那同學說文憑丟了不要緊，進修學校還有存根呢，只要將學籍檔案和畢業生花名冊複印一份就行了。他還說我不認識人，一切交他去辦就行了。他見我疑疑惑惑的，就說你儘管放心好啦，我跟你打包票。他的話像是給我吃了一顆定心丸。您看看，事情就是這樣的簡單，可在鄉下，卻差點把我給難死了……」

我說：「這就叫做山重水複疑無路，柳暗花明又一村。」

「還是您形容得好。」

「真該好好祝賀你才是。」

「是的，等見到了金海，我就請你們兩人的客，感謝你們給我幫了大忙。」

兩人說著講著，汽車搖搖晃晃地停下。我朝外一望，趕緊說：「到站了，下去吧。」

我在前，蕭丁在後，側身穿過上上下下擁擠的人群，好不容易走下公共汽車。

蕭丁說：「城裏的人真多。」

「是啊，我真嚮往恬靜的鄉村生活呢！」

「也不一定，您要是到了鄉下，又會懷念城市的生活了。」

我說：「也許吧，人是一種很怪很怪的動物。」

「比如我，就很嚮往城市的生活，恨不得削尖了腦袋鑽進來。」蕭丁十分坦誠地對我說，「人的慾望真是沒有止境，我以前的奮鬥目標，就是希望當個公辦教師。我在心底說，我當了十多年民辦教師，只要轉成公辦，這輩子就心滿意足了。可是，當我真的馬上就要轉成公辦教師時，又在想，轉正後要是調到城裏來教書就好嗟。剛才，我一見到您，不禁又想到，要是調到城裏後能夠跳出教育戰線，調到《七彩虹》編輯部就更好嗟。」說到這裏，蕭丁不覺笑了，「您看，我就是這樣一個人，硬是這山望著那山高。您也許會說這是人心不足蛇吞象了，可我心底，的的確確就是這麼個想的。」

我鼓勵他說：「這是一種進取心的表現，並且，也不是胡思亂想，有一定的現實作基礎，只要努力，這些願望是不難達到的。」

不知不覺間，就走到了防空洞。進到樂樂遊戲室，我不覺驚叫一聲道：「老蔣，你怎麼也在這裏？」

蔣佑坤正在金海的指點下打著遊戲機，聽見我一聲驚呼，他馬上回過頭來道：「難道只許你來，我就不能來呀？」

我說：「你也捨得出門呀？」

「就不興出來體驗生活麼？」

「你不是說你的生活可以寫一輩子，再也不要積累了麼？」

「那是跟你開玩笑，毛主席曾經教導我們說：『活到老，學到老。』他老人家雖然離開我們很久很久了，但他的教導我永遠牢記在心呢。」

我笑了：「難得你對毛主席他老人家有這麼一份誠心，等你下輩子在他手下當老百姓，他就不會像過去那樣整你了。」

蔣佑坤說：「我這輩子都還沒完，管它下輩子幹什麼！就是有下輩子，我也不願意做人了。」

「你想做什麼？」

「做什麼都可以，就是不想做人！人有頭腦，會思想，在這個世界上，只有會思想的動物才有痛苦，其他動物都是幸福的。」

我說：「你越來越像個哲學家了。」

我故意與蔣佑坤尋開心，另一邊，金海則與蕭丁談得十分火熱。

我和蔣佑坤望他們一眼，話題就轉到了金海的遊戲室。

「看金海這樣子，遊戲機生意做得還不錯。」老蔣說。

「是的，」我想有意為金海誇張，好使老蔣為他的借款放心，就說道，「你不要小看這十幾個平方米的空間，也不要小瞧這麼幾台遊戲機，這幾個月，金海已經賺了這個數。」

我伸出兩個指頭在他面前晃了晃。

「兩千元？」他問。

「兩千？你真捨得說！幾個月只賺兩千有什麼幹頭？你只管往多處想！」

老蔣眨眨眼問：「難道兩萬不成？」

我說：「他已經賺了兩萬多，都快三萬元了。」

老蔣驚奇地叫道：「真的？」

「我騙你做甚！」

蔣佑坤不由得感歎道：「唉，要是曉得遊戲機生意這麼有做頭，我也會做了。」

我說：「你現在做也不遲嘛。」

「錢都讓人家賺走了，我還來湊什麼熱鬧？」

「你這話也有道理。」

這時，蔣佑坤望了金海一眼，見他沒有注意我們，就小聲說道：「小曾，跟你說句實話，我今天就是專門來考察一下的，看金海一年後是不是有償還能力。照此說來，我的擔心完全是多餘的了。」

「當然是多餘的呀。」

「那麼，他手頭有了錢怎麼還不還我呢？」

「你們之間的借期是一年呢，要是他現在還，你可就要退利息給他了。你願意退利息嗎？只要你願意，我現在就跟金海說，要他馬上把錢還你。」

「別，別，」老蔣立時拉住我的衣角道，「算了，借期一年，一諾千金，我怎好現在就要他還呢？不管怎樣，我這點朋友義氣還是要講的。」

談過一陣，看看天色已晚，蔣佑坤起身告辭。

金海挽留道：「這麼晚了，你還走什麼呀？今天我請客，也算是感謝你老蔣。」

蕭丁說：「別，別，今晚我來請，我是雙喜臨門呢。我一要感謝曾老師為我發表了文章，二要感謝金海為我幫忙解決了民轉公的根本問題，三是有幸結識蔣老師這位文藝界的老前輩。說句大實話，我這輩子還從來沒有這麼高興過呢。你們就不要客氣了，我在鄉下，窮是窮點，但請幾個人吃頓飯還是沒問題的。這次來城之前，我賣了一頭肥豬，口袋暖和著呢。金海呀，曾老師，你們就莫要搶了，這頓酒我算是請定了！」

見蕭丁如此誠心，我與金海只得作罷。

於是，客人反而成了東道主。

23

自從白丹丹走後，金海一直沒有雇到合適的幫手。於是，就跟剛開業時那樣，天天自己照看，吃、住、睡全在防空洞的樂樂遊戲室。

半月後，他終於雇到了一個十七八歲的姓張的小青年。條件跟金海當初想像的完全吻合，每月三百五十元的工資，吃喝不管。那青年從早到晚都在樂樂遊戲室守著，晚上也在那裏睡覺。而每天三頓飯，是在附近一家餐館訂的，由服務員送來，飯錢歸小張自己出。

金海每天只來收一次錢，他是徹底地自由了。

就在小張前來正式上班的這天晚上，金海來到了林巧巧的單身宿舍。

他原是想在自己未退的學校宿舍裏好好睡上一晚的，但一想到又有好久沒與林巧巧見面了，總得聯絡一下感情才是，就敲響了她的房門。

林巧巧正在燈下批改作業，她真可以稱得上是一位兢兢業業、勤勤懇懇的人民教師。

聽見敲門聲，她問道：「誰呀？」

「是我。」

林巧巧聽出金海的聲音，趕緊打開房門，將他迎進屋內，又馬上將門關嚴。

兩人一見面，二話不說，就相互抱了狂吻起來。

金海說：「好想你。」

林巧巧做了一個鬼臉道：「你開口就是假話，真想我怎不來寢室找我？」

「沒有時間。」

「怕是又被那位白小姐給迷住了吧？」

「白小姐已經走了。」

「走了？她怎麼說走就走了？」

「汪汝義給她找了一個比較好的工作，就跳槽走了，都快半個月了。遊戲室沒人照看，我就獨自一人在那裏守著，直到今天，才又雇請了一個男工。」

「原來是我誤解你了。」林巧巧說著，主動地湊上前去，又在金海臉上深深地印了一吻。

金海說：「我不來找你，你應該想到我肯定有事，主動到樂樂遊戲室去找我才是呀！」

「我當然想去呀，可白天要上課，根本抽不出時間，晚上一個人跑那麼遠的路，蠻害怕的。」

「怕什麼？」

「怕鬼，還怕歹徒。」

金海問：「怕不怕我？」

「不怕你。」林巧巧頑皮地一笑說，又說：「你問得真怪，我怎麼會怕你呢？」

「你真的不怕？」

「真的不怕！」

「那太好了！」金海說著，一把抱住林巧巧，將她往床上一放，身子就壓了上去。他伏在她的身上，輕輕地吻她，從嘴唇、鼻子、眉毛，一直吻到耳朵、下巴、脖子，直吻得林巧巧如癡如醉。然後，他就掀開她的上衣，將手伸了進去，摸她那對突挺的乳房。林巧巧先是掙扎了一下，金海壓得她緊緊的，根本無法反抗，也就任憑他動作。她感到了一種從未有過的快感，陶醉得閉上了雙眼。金海繼續深入著，從背後解開她的乳罩，將頭伸進她的內衣，將一隻乳頭銜在嘴裏，使勁地吮吸著。林巧巧躺在床上，發出了一陣輕微的幸福的呻吟。

過了一會，金海又將手伸向她的下身。當他一旦觸摸到她的褲襠時，林巧巧不知哪來的一股勁，一下子掀開了金海，挺身坐了起來。

金海一愣，不認識似的望著她：「巧巧，你怎麼啦？」

林巧巧漲著通紅的臉說：「金海，你不要亂來。」

金海說：「我要你。」

「我現在不能給你。」

「為什麼？」

「因為我們還沒有結婚。」

「那我們馬上就跟你去領結婚證。」

林巧巧不言。

金海雙手抱住她，又慢慢地壓將上去。

「巧巧，我實在忍不住了，你就答應我吧。」金海幾乎是在哀求了。

「不，我不能。」林巧巧仍然反抗著，但已沒有先前的堅決。

「我要你，反正咱們總歸有那麼一天的。」

金海說著，猛然使勁，一下解開了她的褲帶扣，順勢將手快速地伸了進去。

頓時，林巧巧感到全身癱軟，她想反抗，已沒有半點力氣。

金海沉浸在激動的海洋與狂潮中，根本就沒有想到要採取什麼防範避孕措施。於是，他們的第一次，金海就在林巧巧肥沃的土地上播下了一顆種子。

24

人是自由閒散了，可金海一時間卻沒有良好的心境置身於文學的海洋。他根本無法動筆創作他的《世紀滄桑》。強迫自己，也只能勉強讀幾本書籍，且理論性稍微強一點的就看不進去。有時便想，像這麼個樣子，是不是有點多餘人的味道呢？每天只是吃喝睡拉撒，什麼事情也不必做，而下午五點去遊戲室收一次款，也不能算做事，只能說是到外面散散心而已。以前教書，一天到晚，日程排得滿滿的，忙是忙點，可感覺活得格外地充實。而現在，竟有點懶懶散散、相當空虛的味道了。照這樣子下去，我恐怕真的會一事無成了，金海每每想到這，就不由得渾身一陣激凌，湧過一股無可名狀的惶惑、緊迫、憂慮甚至恐懼的感覺。一切順其自然吧，也許是還沒有適應當下變故與眼前情境的緣故吧。書看不進去就不要硬看，小說寫不下去也不要硬寫，他是有這方面的體會的，如果硬來，收效必定甚微。於是，就從文學的王國脫身出來，還是想他的遊戲機，想怎樣賺錢，賺更多的錢。

他有時待在樂樂遊戲室裏，一坐就是一整天。小張幹了一段時間，對業務已十分熟悉，賣牌子，張羅管理，跟一些顧客套近乎，簡直遊刃有餘。金海無事可幹，就在一旁像個外人似的當看客。當然，他的看，也是有目的的看，在看的同時，一個勁地琢磨著遊戲機，琢磨玩遊戲機的人，琢磨「遊戲」這兩個字眼的內在含義。他發現那些前來打遊戲機的顧客，不論老少，差不多都是男人。玩遊戲機的人以學生居多，不論中小學生，清一色的男孩。中青年、老年人跑來玩，也是男的。偶爾出現女顧客，要麼男的帶來，要麼結伴而來，單獨一人前來從未有過，玩不多久，大多匆匆離去，絕對不會出現「纏纏綿綿」或「泡」在遊戲機前的情形。並且前來的女人，其打扮與談吐，都有一種「姐們」或「玩主」的味道，屬世俗之人眼中的「不務正業」之流。

男人熱衷遊戲，的確是一種普遍的社會現象，打牌的，遊獵的，作樂的，自古皆然，尤以古代為甚。近現代，女子走出家庭的束縛，或多或少有所改觀，但人類的天性與發展歷史決定了男人在遊戲的主角地位。

靜靜地觀察，金海發現，一連幾天，遊戲室裏都有一個男人在那兒不知疲倦地玩著。早上開門不久，他就來了，一來就買上大半天的牌子。生手投進一個牌子，打不幾個回合就輸了，牌子被遊戲機吞掉。而他一個牌子可以打很長的時間，一望而知就是一個老玩家。一旦站在遊戲機前，他就目不旁視，心不旁鶩，一門心思撲在遊戲機上。隨著機屏的畫面與內容，有時竟全然忘卻周圍的環境，沉浸在個人的內心與遊戲的世界，忘形得大呼小叫，簡直達到了走火入魔的程度。金海發現這個玩主的第一天，他沒吃午飯，一直玩到下午四五點鐘才離開。估計第一天玩瘋了餓得夠嗆，第二天吸取教訓，他帶了一瓶飲料與點心，但沒有騰出專門的時間就餐，而是邊吃邊玩。待離開時，金海主動與他搭腔，說明天他可以訂餐的，就跟管理員小張一樣，讓餐館服務員送到遊戲室。第三天，他便採納了金海的建議。

遊戲機何以具有如此魔力，將一個人牢牢吸附？金海想弄個道道出來，也就放下老闆的架子，占了一台打起來。慢慢進入狀態，也就什麼都忘了，眼裏心中只有虛擬的遊戲世界。

他琢磨著，探尋著，又抽空去了新華書店、市圖書館，購買或借了十來本與遊戲有關的書籍，內容涉及遊戲史、遊戲專案介紹、遊戲製作等。

一連半月，他都捧讀著這些有關遊戲書籍，還沉下心來，做了不少讀書卡片。根據遊戲的歷史理論，結合自己開設遊戲室的一番實踐，金海從感性到理性，將具體的遊戲機抽象為整個遊戲，又將遊戲推導到人生與社會，就有了許許多多新的發現與認識。

這天，金海興沖沖地跑到我辦公室，要我撇開案頭工作，給他兩個小時的時間，他要與我探討人類與遊戲的關係問題。

我不便掃他的興，好在手頭的事情並不太急，就離開辦公桌，索性關了門，兩人坐在沙發上，抽煙泡茶，胡侃神吹。當然，主題集中，緊緊圍繞著「遊戲」二字作文章。金海說是與我探討，其實就他一人長篇大論、滔滔不絕，我不過當了一回聽眾而已。

「曾哥，」他說，「我不是跟你說過嘛，遊戲是一種有趣的現象，我要抽個時間好好研究一番。近來，我一頭扎了進去，真是收穫多多呀。以前呀，我認為遊戲算個什麼？不就是玩麼。其實呀，這裏面的學問可深著呢。我查看了一下遊戲史，它與人類形影不離，幾乎伴隨著人類的發展。也就是說，人剛一進化為人，就有遊戲了，不，應該說還沒進化成真正的人時，就有遊戲了。人類不能缺少遊戲，遊戲是放鬆，是找樂，是歡笑，你想想，我們怎麼能缺少這些珍貴的元素呢？一個人，只有進入遊戲狀況，才是一個真正的人，一個純粹的人。這，我可是親身體驗了的。在遊戲中，我忘了成功失敗，忘了功名利祿，忘了周圍的社會。人到這種境界呀，才是一種真正的健康狀態。時間不知不覺在身邊流逝，可全然不察，對什麼也不在意，也不計較。曾哥，我在那個來我遊戲室走火入魔的顧客身上得到啟發，嘗試著進入到物我兩忘的境界。過後有一種什麼感覺？身心得到放鬆，過剩的生命力得到釋放，情緒得到發洩，我感到的是歡樂、愉悅、激奮。遊戲過後，人變得前所未有的平靜，可見遊戲真的是人生的潤滑劑，是沉重人生的一種補充與調節。曾哥呀，因為看了遊戲史，我還在玩遊戲機的過程中，找到了一種與遠古相通的資訊。說到底，遊戲也是一種文化，也許，文化的本質就是遊戲？這麼一想呀，就覺得遊戲可以涵蓋我們的歷史、人生乃至社會。柏拉圖有一段關於遊戲的論述，實在是太精妙了，我讀了一遍又一遍，都可以背誦了。他說：「每一個男人和女人都必須過相應的生活，必須進行最高尚的遊戲，必須培養有別於目前的心靈狀態……那麼，什麼是正確的生活方式呢？我們必須把生活當作遊戲來過，必須玩遊戲、奉獻祭品、唱歌、跳舞，如果這樣生活，人就可以使神息怒，就可以保護自己不受敵人侵犯，就可以在競賽裏獲勝。」曾哥，這是他在《對話》一書的《法律篇》中說的，他說我們人類必須進行最高尚的遊戲，必須把生活當遊戲來過，這位兩千四百多年前的古希臘哲人，說得真是太好了……」

趁金海說得口乾舌燥喝茶的機會，我開玩笑道：「瞧你呀，雖然下海了，還是本性難改，總不忘自己的教師出身，說起來一套一套的，像在上課呢。」

我這麼一說，金海感到不好意思了，他嘴唇囁嚅著，掏出一支煙塞進口中，點燃，默默地抽著，顯然是忍著將要說的話給憋在肚裏了。

我見狀，趕緊打圓場：「我的意思，是說你都像個哲學家了。金海呀，你這傢伙就是跟他人不一樣，幹什麼，就鑽研什麼。下海沒有合適的路子，只好開遊戲室。不就幾台遊戲機麼？沒想到就讓你給研究出這麼深奧實在的大道理來，不簡單，真不簡單呀！」

「哪裏哪裏，」金海道，「我不過瞎琢磨而已。」

「你說的好些方面，都探到了遊戲的本質。要我說呀，你如果開上幾年遊戲室，沉下心來研究一陣子，都可以成為一個研究遊戲的專家，出版相關專著了。」

我一鼓勵，金海又獲得了一種自信：「下海開遊戲室，我是付出了決心與代價的，總得要有所收穫才是。」

「其實呀，如果你將下海開遊戲室也當作一種遊戲，也許能進入真正健康的人生狀態，獲得的啟發或許會更多一些。」

金海聞言，眼睛頓時一亮：「對，曾哥你說得對，如果我將下海也視作一種遊戲，那麼，我就不會執著於賺錢，不過於看重結果……哦，對！好！畫龍點睛，可真是畫龍點睛之言呀！」

金海一激賞，我就有點飄飄然了，不禁繼續往下說道：「其實，文學藝術也是一種遊戲，如果將其視為改造社會的工具，作為謀生的手段，便失卻了本真，會使文學藝術變得沒有血色、蒼白無力、一塌糊塗。」

「你的意思，是說我追求的文學，我計畫創作的長篇小說，都可看成是一場遊戲？」

我點點頭。

「唔，這個……我倒從來沒有想過……」金海沉吟道。

「你剛才不是說遊戲可以涵蓋我們的歷史、人生乃至社會嗎？我是在套用你的理論推而廣之呢。」

「嗯，有道理，還真是這麼一回事兒呢。」

金海關於遊戲的探討與言說一時間也啟動了我的思想：「遊戲是原始，是質樸，是本真，是本能，是自覺自願，是無處不在，是悠然自得，是超越庸俗……金海呀，當你進入到這種最佳遊戲境界時，就不愁寫不出好作品來！」

「哦，對對對，我又想起了一句名言，是昨天才見到的，印象蠻深，我抄在卡片上了的。」金海說著，到處翻口袋尋找。什麼也沒找到，便打開隨身帶著的一個真皮小包，又是好一陣翻尋，終於摸出幾張紙片來。

他一張一張快速地看著，突然高興地叫道：「呀，找到了，終於找到了！這不，我記得一清二楚呢，在這，曾哥你看！」

金海湊到我跟前，左手拿著其中的一張紙片，右手指點著，一字一頓地念道：「『玩遊戲的時候，人處在創造力的巔峰，他完全擺脫了互相仇視的羈絆，他從粗俗的需求中徹底解放出來。』是喬治・史丹納說的。」

「喬治・史丹納是個什麼人物？我可從來沒有聽說過。」

「好像是美國的一位文化學家吧，我也弄不太清楚，這是一篇文章轉引的一段話。作者抄他的，我抄作者的，抄來抄去，即使具體文字有誤，我想意思還是八九不離十的。曾哥，你瞧他說得多好啊，『玩遊戲的時候，人處在創造力的巔峰』，也就是說，只要我進入你所說的最佳遊戲境界，就站在了創造力的巔峰。如此一來，自然就能創作出好的滿意的作品來了。而我現在正開著遊戲室，遊戲呀遊戲，只要我將下海視作遊戲，將創作視作遊戲，那麼……唉呀呀，曾哥呀，只要這麼一想，我都感到興奮，看來我這回是歪打正著呢！」

「不過呢，遊戲的理解也有很多，我們剛才說的都是正面積極的，它也有負面消極的成分與意義呀。」

「取其正面積極的意義不就得啦！」

「嗯，這就對了。」

自從這番對話過後，金海就有意識地讓自己沉浸到遊戲狀態之中。當然啦，進入遊戲狀態不等於無所作為，而是有所不為才能有所為。

幹一行，學一行。金海在實踐中學習，在學習中摸索，在摸索中成熟，越來越認識到做生意，門面是至關重要的。門面選得好，生意也就成功了一半。而他現在的門面——城西區防空洞，實在是太偏了一點。

一段時間，他就專門跑門面。功夫不負苦心人，他跑來跑去，終於找到了一處較為理想的所在——市中心繁華路段上海路的一間門面。租金也合理，每月一交，不必預付半年或是一年。

雙方談妥後，金海請人將新門面稍稍裝修了一下，就開始「搬家」了。在江城，金海還沒有成家，要說「家」，這八台遊戲機就是他真正的家當了。

樂樂遊戲室搬到上海路後，仍由小張照看，生意與防空洞那邊相比，是明顯地好多了。現在的門面離住的宿舍也近，他仍是每天去結一次賬，收一次款。而週六、週日這兩天，生意比平日強多了，他差不多全泡在了那兒。常常是不到半天，備用的所有牌子就被玩家買完了。而牌子一用完，他就得把鎖著的遊戲機打開，拿出吞進去的牌子交給小張。顧客憑牌子打遊戲機，他對小張的管理，便以牌子為依據結賬。比如一個牌子賣三毛錢，他給小張一百個牌子，小張就得交三十元給他。為鼓勵小張，提高他的積極性與靈活性，金海將他每月的固定工資作為底薪，另外還給他一定的提成與獎勵。

生意一好，金海的內心安寧下來，又開始構思他的《世紀滄桑》。他準備創作三十萬字，寫一個家族四代人在近一個世紀中的歷史變遷，把人物放在時代的風雲與大潮之中，將家與國的命運揉在一起，從而展示中國二十世紀的獨特歷史與風貌。主題已定，他就開始設計人物，結構情節，並著手擬定詳細的寫作提綱。

這天，金海前往樂樂遊戲室去收款時，偶然遇到了方華。

方華急急地往前走著，金海一眼就看見了他。

「方老闆，這麼急呀，去哪？」金海大聲叫道。

方華聽見有人叫，馬上停住腳步，見是金海，也大聲地叫道：「小金，原來是你呀！」

「匆匆忙忙的，像要去救火，什麼事這樣急呀？」

方華笑道：「也沒什麼大不了的事，我就是這麼一個性格，做事總是風風火火的。」

「最近生意還好吧？也不上我這兒來玩玩。」

「生意好，真是好得沒辦法！」方華說，「小金，你恐怕還不知道吧，我現在已經改做賭機了。」

「什麼賭機？」

「賭機你都不知道？就是馬機和牌機呀！」

「這段時間，我只忙自己的，也沒和同行們聯繫，不知道大家在怎樣賺錢。」

「你應該經常轉轉才是，做生意就是要摸資訊，書呆子氣是賺不到錢的。」

「那麼，我明天就去看看你的賭機，看到底是怎麼一回事。」

「好的，我明天上午在遊戲室等你。」說到這裏，方華又想起了什麼似的，「噢，差點忘了告訴你，我的遊戲室改名了，不再叫小天使遊戲室，而是叫帝王遊戲室，這樣要名副其實一些。」

兩人又聊了幾句，道聲別，就匆匆分手了。

第二天上午，金海去了市文化宮，來到方華的帝王遊戲室，見裏面的遊戲機果然全部改成了賭機。

金海說：「你的決心真大呀，一改就全都改了。」

方華說：「做生意，說到底就是賭博。看準了，就將賭注押上去，不要三心二意，這就是氣魄。咱雖然做的是小本生意，也得有一點子氣魄才行。你看咱們文化宮裏，就只我一家全部改成了賭機，其餘的，有的是沒改，有的只改了兩台試一試。金海老弟，你聽我說，做生意就是不能小氣，小眉小眼是辦不成大事的。」

金海說：「是的，做生意沒有氣魄不行，但是，我就擔心改機後生意不行。」

「生意好，你看我今天上午，還不到兩個小時，就已經賺了五百塊錢，若是單做遊戲機生意，怎麼也賺不到這麼多。我都是賺的社會上一些小青年的錢，他們一個個都不把錢當回事，其實他們並不怎麼有錢，但都裝出一副蠻瀟灑的樣子。我就是利用他們這種心理，賺一次就是一次，哪像原來賺那些學生的錢，一天守到晚，賺到的沒有幾個。」

金海說：「小青年的錢恐怕也不是那麼好賺的吧？他們天天輸，哪個還來玩這個賭機？」

「這就看你會不會經營了，」方華壓低聲音說，「金海，我看你這人有文化，又厚道，我是把你當成我的小兄弟來看待的。跟你說幾句實話吧，做生意人要精，要會出主意，想辦法才是。就拿我這賭機來說，開張第一天，我一分錢都不賺，凡是來打的，我都讓他贏一點，讓他嚐到甜頭，帝王遊戲室的名氣就打出去了，顧客也就多了起來。我這遊戲室的牌機和馬機，也有讓顧客贏的時候，激發他的興趣，讓他捨不得走，使那些贏了的想再來，輸了的也要想再來，就跟釣魚一樣，要讓人家上鉤。怎樣才能讓顧客上鉤呢？不是三兩句說得清楚的，這裏面的學問深得很，得靠自己摸索才是。」

金海說：「方老闆，你這一番話，把我的心都說動了，我也想做賭機的生意了。」

方華說：「那你就改吧，我不擔心你來搶我的生意。我現在已經做出了一點門道，如果你有什麼搞不清楚的，保證毫不保留地教給你。」

「那太好了！」金海高興地說，「方哥，我做遊戲機生意，能夠遇見你認識你，真是我的福氣。」

方華說：「這也是緣分，我一見到你，憑直感，就覺得你是好人，是一個可以結交的朋友。」

方華的馬機和牌機令金海心旌搖盪、見異思遷，幾乎在一瞬間就作出了「上馬」的決斷。晚上，他專門去找林巧巧，把準備改遊戲機為賭機的想法跟她談了，最後強調道：「賺錢要捨得投資，也要有勇氣和氣魄才是！」

剛開始，林巧巧不怎麼同意金海改弦更轍，她說：「你現在不是做得好好的麼？改賭機幹什麼呀，不又自我折騰麼！我個人的意見是，最好先穩著一點。」

金海說：「還穩什麼呀穩！如果追求四平八穩，什麼事都不做最穩妥了。再穩，錢都讓人家賺走了。事不宜遲，稍一猶豫拖延，就會錯失良機呢。」

林巧巧說：「我就擔心改賭機後生意不好。」

「生意好不好，事在人為，方華改賭機後生意不是很好嗎？做生意就是要敢於冒險。」

「你說的這些道理我都懂，可我覺得最好是穩紮穩打，步步為營。」

「像你這樣，一輩子也做不成什麼大事。」

「我本來就不是一個做大事的人麼，」林巧巧笑道，「你若真的要改，我也同意，但我只希望你先改兩台試試看。若生意果真蠻好，再全部改也不遲。」

金海說：「你這是小農意識，小家子氣，要改就全部都改。只要看準了的事，我就堅決地幹到底！說到底，下海辦遊戲室，不論開普通遊戲機，還是馬機、牌機這樣的賭機，都是一樣的性質，現在我把它們都看成是一種遊戲。遊戲的競賽性越強，投入其中的熱情就越高，就越能進入最佳競技狀態，將個體的潛能發揮到一種少有的極致，幹出一番令人意想不到的成就。」

林巧巧歎一口氣道：「你要真的全部改，我也拿你沒辦法，只不過把我的意見說出來而已。我跟你不同，沒有絕對把握的事，一般是不會冒險的。但是，你有信心有勇氣改賭機，我也支持。」

望著小鳥依人般的林巧巧，金海很感動，他說：「巧巧，你真是我的好巧巧！」說著，就把她抱在懷裏吻。吻過之後，兩人又開始上床復習「功課」。男女之間的事情，只要有了第一次，就不愁沒有第二次、第三次了。

幾天後，他將八台遊戲機全部半價處理賣掉，把賺的一萬多元錢從銀行取出，買了八台馬機。馬機買回後，金海覺得再用「樂樂遊戲室」這一名字似乎太小氣了一點，就重新做了一塊牌子，上面鑲著五個燙金大字——「瀟灑遊戲室」，擇了一個吉日重新開業。

這回開業，金海沒有請我，但他還是告訴了我他改賭機重新開業的日子。我本想又去祝賀一番的，正好那天有事脫不開身，只得事後聽他告訴我開業時的情景。

那天，金海沒有請任何朋友，就只林巧巧作伴，還有雇請的幫工小張。他買了兩掛鞭炮，「劈劈啪啪」地放了好半天。硝煙還未散盡，就有人進來押馬機了。

金海的八台馬機，既可自由押，也可押程式。賭注押上去後，機屏上的駿馬開始奔騰，跨越障礙向前奔去。押一次，約莫半分鐘就跑一趟。駿馬若是跨越了所有障礙跑到終點，押主便贏了，否則，就算輸。不論自由押，還是打程式，憑的都是概率，而賭機概率的高低，老闆是可以調節的。因此，輸贏的主動權便掌握在了老闆手中。開業第一天，為吸引顧客，金海有意識將馬機的概率調高，使顧客贏錢的機會多一些。他的口袋裏，準備了幾千元人民幣，是專門用來讓顧客嚐甜頭的。後來他對我說，這就跟釣魚一樣，是在「撒窩子」，將那些大魚小魚全部吸引到「窩子」裏面，然後一條一條地釣上來。

第一天，金海「撒窩子」倒虧了兩千三百多元。

第二天，就開始回收了。

不到三天，就將兩千三百多元人民幣全部重行收歸囊中。

第四天，他開始賺錢了……

半月後，我見到了金海。他說過去開遊戲機，每天能夠賺個一兩百元錢，就覺得很不錯了，可與開賭機相比，簡直就叫小兒科。他說開賭機才真正叫賺錢，有一天最多賺了四千多元。

我說：「照這麼說來，你這半個月，不就賺了四五萬元麼？」

金海說：「哪有這麼多？我先『撒窩子』用了兩千多，再說，賭機的生意也不是天天都那麼好，最多的一天賺四千多，最少的時候也只賺個幾十元。這就叫做『公』一天，『母』一天，沒有遊戲機那麼均勻平穩。總之，扯平了還是要比做遊戲機生意劃得來多了。曾哥，實話告訴你，這半個月，我賺了一萬兩千多。」

「呵，照這樣子下去，你可是真正要發了呀。」

金海遞給我一支「紅塔山」說：「咱們這些窮光蛋也是該好好地發一發才是呀！」

25

押馬機的人是在賭博，作為開馬機的老闆金海來說，又何嘗不是在賭博呢？於是，雙方都用盡了心智，開展暗中較量，都想著把對方的錢弄到自己口袋中。

自從賭機開業後，金海便沒有心緒閱讀、構思了，他將一門心思全花在了馬機上。他希望自己能夠進入遊戲狀態，不要盯著「賺錢」二字，而事實上，他內心想著還是怎樣賺錢，賺更多的錢。與以前不同的是，賺多賺少順其自然，不會特別在意了。他讓小張做他的幫手，一天到晚地守在瀟灑遊戲室，幾乎每天都有不少收穫。扯平下來一算，他每天要賺個五六百元，數目相當可觀。

可惜的是，好景不長，馬機開業不到一個月，情況就發生了一個極大的逆轉。金海記得非常清楚，那天是十五號，就在十五號的那一天，瀟灑遊戲室的錢開始往外吐了。

這天，進來兩個穿牛仔服的青年。這兩個青年金海從未見過，也就是說，不是他以前的主顧。一進門，他們與金海打了聲招呼，然後一人嘴裏斜叼一支香煙開始押注。剛開始，他們是自由押，押的賭注挺大，輸多贏少，不一會，金海就從他們手裏贏了七百多元。他在心裏點著贏得的數字，喜滋滋的。但是，當他贏錢的數目達到八百元後，情況就開始急轉直下了。這時，兩個青年不再自由押注，而是打程式。金海買的這批馬機，在所有的程式中，只有押對其中唯一的一個程式，才贏得到錢。這唯一的程式是投八個牌子進去，押上二十倍。只要你押了這個程式，顧客就贏了，駿馬會跨越所有障礙跑到終點，而這時，馬機下麵就會「嘩啦嘩啦」地掉下一百六十個牌子。除此之外，不管你押上哪種，顧客都只有輸錢的份兒。按理說，顧客贏錢的機會極少，可十五號這天就是怪，兩個青年有百分之八十的時候押的是這個贏錢的程式。金海剛剛贏來的八百元不一會兒就回到了那兩個青年手中。可他們並不就此甘休，仍然繼續往下打。一小時後，金海就輸掉了九百多元。而他口袋裏準備的錢只有一千元，照此下去，不知道會有一個怎樣的局面出現，心裏不禁暗暗叫苦不迭。

怎麼辦？可不能讓他們繼續打下去了。唯一的辦法，只有將他們趕走。明趕顯然不行，只有暗趕才是。

於是，金海裝做突然想起了什麼似的說：「哎呀，差點忘了，我還有一件急事呢！兩位哥們，實在對不起，這時候不能奉陪了，我得關門才是。」

兩個青年正贏在興頭上，哪肯就此甘休？一個說：「咱們照顧你的生意，你怎就關門呀？」另一個說：「現在還早得很，根本沒到關門的時候。」

金海說：「今天是例外，我有一點事要急著去辦，兩位兄弟改日再來玩吧，我一定歡迎。」

「你這老闆真沒意思，咱們玩得正帶勁呢，就轟我們走，怕咱們贏你的錢是不是？這玩賭機的事，輸贏是算不到的。你不要看我們暫時贏了一點，說不定馬上就會吐出來還給你，把我們的本錢都輸光呢。」

金海陪著笑臉，趕緊給他們敬煙：「一回生，二回熟，歡迎你們改日來玩好不好？我今日真的是有事！」

陪了不是，敬過煙，又給他們點上，兩位青年不好繼續強打，就說道：「好吧，今天就算嗟，咱們改日再來吧。」

他們一走，金海就對小張說：「今天放你的假，不營業了，去逛街吧。」

小張一聽，喜不自禁，他一天到晚守在遊戲室裏，也夠累夠寂寞的，正值青春年少時期，他也極嚮往外面精彩的世界呢。「好的，」小張說了這麼一句，像隻出籠的小鳥，眨眼間便飛遠了。

小張一走，金海只有裝模作樣地關門打烊。

他無目的地逛了一圈，又回到瀟灑遊戲室，一邊開門一邊想，這兩個青年到底是怎麼一回事呢？難道是遊戲機的程式沒有調好嗎？那就再好好檢查一遍吧。

他將八台馬機逐一做了檢查，並未發現任何問題。於是就想，也許是那兩個青年碰巧，再三再四地碰上了那個贏錢的程式吧。可是，又怎麼碰得那麼巧呢？這裏頭總歸有什麼問題，得防著他們點才是。

第二天，那兩個青年沒有來，金海不禁暗自慶幸。又有別的人來打程式，奇怪的是，他們總是先輸後贏。這一天，他又被顧客贏走了一千多元。

一連四天，金海都在輸錢，每天都在一千元以上。僅四天就賠了近五千元，像這個樣子下去，前面真是個無底深淵了，多少錢都虧得下去呢。他預感情況不妙，看來這裏面肯定出了問題。到底是出了什麼問題呢？金海一時想不出個所以然來。想來想去，就想到了方華，他那邊的賭機生意怎樣，是不是也發生了類似不幸？何不去他那兒看看，也好請教一番。這樣想著時，就踅到了文化宮的帝王遊戲室，他往門口一站，方華愁眉苦臉地迎了上來。

「怎麼樣，這幾天的生意？」金海見他臉色黯然，顧不上寒暄，開口直奔主題。

方華說：「這幾天虧得一塌糊塗。」

「到底怎麼了？」

「我也不知道怎麼了，反正是輸。不到一個星期，我就虧下去一萬多元了。」方華說著，又問金海，「你那邊的情況呢？」

「也是輸，不過比你少輸一點罷了，五千多元的樣子。」

「我想肯定是咱們的賭機出了問題。」

「我檢查過好幾遍，什麼問題也沒有呀！」

「我指的是機器軟體，而不是硬體。文化宮開馬機的幾家，這幾天全都在輸。昨天，我隔壁的一家，口袋裏輸得沒有一分錢了，還欠人家幾百元。顧客硬是要抬走他的馬機，沒有辦法，他就跑過來向我借了幾百元，才將那夥人打發走了。」

金海說：「你能不能說得具體點，咱們的馬機到底出了什麼問題？」

「這幾天，我也老在琢磨著這件事兒，想來想去，覺得問題就出在程式塊上。」

「對，你跟我想到一塊去了，那些贏錢的顧客，都是打程式塊的時候贏錢。方兄，咱們購進的馬機，程式是不是一樣的？」

方華說：「江城這批馬機，包括你那幾台，都是同一個管道運進的貨，程式都一樣。我想，是不是咱們的程式被人給破了。」

金海道：「對，極有可能是程式被人破了，那麼，你準備怎麼辦？」

「我一時還沒有想出蠻好的辦法來，今天守在這裏，我抱定一個宗旨，那就是不讓任何人打程式。你自由押注可以，可你若是打程式，那就沒門。剛才進來了兩撥人，都是打程式塊的，我不讓打，他們硬要打，說了半天好話，才將他們哄走了。」

金海說：「這也是沒有辦法的辦法，看來我也只能像你這樣才能繼續營業了。不然的話，我們真的要虧死的。」

方華說：「就這樣先維持一段時間再說吧，有什麼情況，咱們互通聲氣。」

金海道：「那自然是。」

於是，金海回到瀟灑遊戲室，就又開始營業了。他對進來的每一位顧客，都瞪大了眼睛，嚴格地監視著，只讓自由押注，不准他們打程式。

這天下午，進來了兩男一女三個年輕人，他們嘻嘻笑著跟金海打招呼：「老闆生意好呀！」

金海說：「還靠各位多多關照關照呢。」

「咱們今天就是來關照你的生意的。」

「歡迎歡迎。」

金海對他們的到來，抱一種防範的態度，首先給兩位男子每人遞了一支煙：「若有怠慢不周之處，還望多多包涵。」

聊了幾句，兩個男青年就開始打了。他們一人占了一台馬機，那個女的就在旁邊看，她一會兒看看這個，一會兒瞧瞧那個，一副興趣盎然的樣子。

金海緊張地盯著他們押注，他發現，他們一個押的是自由注，另一個押的則是程式。剛開始，金海贏了一百多元。可不久，他就開始輸了。押自由注的在一旁迷惑、穩住金海，押程式的則每次都押上了那個能贏的程式。顯而易見，問題就出在程式塊上。不一會，金海就將贏的一百多元吐了出去，還倒輸了一百多元。他急了，再也不能讓他們這樣繼續打下去了。

於是，金海又敬煙，將那個打程式的長著滿臉絡腮鬍子的青年拉到一旁勸道：「師傅，你就莫打程式塊了。你這樣子打下去，我會輸得拆屋賣瓦的，我這兒的程式一般是不讓人打的。」

「不讓人打？那你怎麼做這個生意呢？」

「明顯的，你摸到了馬機竅門，像你這樣打，不在坑我嗎？」

「你這個老闆怎麼這樣說話呀？我摸到了什麼竅門？就算我摸到了竅門，也是我的本事麼。你是做馬機這門生意的，有什麼理由不讓我打？你若關門停業，那我就不打了。」

絡腮鬍顯然是在逞強霸蠻，可金海勢單力薄，無法與之抗爭，只有陪著笑臉說好話：「求兩位師傅多多包涵，高抬貴手了。這樣吧，今晚我請三位的客，希望你們賞臉。我這馬上就關門，咱們到對面那家餐館去坐坐怎麼樣？」

絡腮鬍說：「咱們這時候沒有興趣吃飯，只想打打馬機，玩玩樂樂。」

無可奈何，金海只得從口袋裏掏出一張百元票子道：「還望哥們姐們高抬貴手。」

三人望著百元大鈔，沒有言聲。

「江城就這麼屁股大一塊地方，咱們低頭不見抬頭見，說不定還會打交道的。今天算我求你們了，就跟我給一個面子吧。」金海說著，又掏出了一張百元大鈔。

這時，絡腮鬍臉色轉晴，咧嘴笑了笑：「老闆還是蠻夠哥們的，好吧，咱們今天就算了。」他接過兩張票子，往口袋裏一塞，手一揮，三人魚貫走出瀟灑遊戲室。

他們走後，金海坐在椅子上，氣得說不出話來。這不明顯在訛詐嗎？可你又拿他們沒辦法，只有自認倒楣乾生悶氣的份兒。

老像這樣任人宰割任人擺佈肯定不是事，得想個什麼對策才是。想來想去，金海就想了個以黑吃黑的點子。他想雇請兩個保鏢或是打手，專門對付類似剛才的特殊情況。

上哪兒去找會點武功的保鏢呢？專業保鏢請不起，就是請得起，人家也不一定願意到這十幾平方米的地方來，看來只有雇請業餘保鏢了。

金海將自己的一應社會關係在腦裏像過篦子似的梳了一遍，突然間想起一個人來——京劇團的熊編劇。他與熊編劇是在市裏舉行的一次文藝工作者會議上認識的，兩人一見如故，很談得來，當時雙方就留下了姓名和聯繫地址。熊編劇曾跟他談起過，他原來是唱戲的，練過武功，後來年紀大了，興趣轉移了，就改學寫戲。因為有舞臺經驗，一寫就寫成功了，他寫的劇本劇團演了，在省裏獲了獎，還在國家級的刊物上發表了。他曾說過，京劇團的年輕後生都練得一身武功，一般來說，對付兩三個人不成問題。當下，受電影、電視、錄影、卡拉ＯＫ等藝術形式的衝擊，舞臺演出不景氣，京劇團沒有什麼演出任務，大多演員都閒著呢。那麼，就請京劇團的年輕後生好啦。於是，金海翻出熊編劇留下的聯繫方式，馬上給他撥了個電話。

電話一通，金海開宗明義，簡明扼要地將他的想法說了。

熊編劇在電話裏回道：「這事兒不難，我明天就跟你聯繫吧。自從舞臺演出進入市場後，咱們京劇團一直沒有演出活動，工資難以發出，演員們大多自謀生路。跟你請上兩個人，應該不是一件什麼難事吧。」又問金海：「你打算每月給他們開多少錢的工資？」

「這個行情我也不清楚，你說開多少為好？」

熊編劇說：「這樣吧，我跟你雇請過去教過的兩個學生，工資的事情，就好談一些，估計每月開個三四百元就可以了。」

金海說：「這樣吧，我跟他們每月開五百。只要他們盡心盡力地幫我，每月一千元，我也出得起的。」

熊編劇道：「五百塊錢一個月，就在那裏站一站，肯定會有不少人願意幹。」

第二天下午，熊編劇果真就帶著兩個二十多歲的青年來到了瀟灑遊戲室。

熊編劇說：「這就是我幫你請的兩個演員，你不要看他們個子不高，瘦不啦嘰的，可武功都好，包管能為你做好保衛工作。他們兩人的名字也好記，一個叫張山，一個叫李實。」

金海聞言，不覺笑了：「張山、李實，哪有這樣巧？就跟古典小說裏寫的一個樣，嘿嘿嘿，可真有意思。」

熊編劇也笑了，指著兩個青年演員道：「不是一二三四的三與四，而是大山的山，老實的實。」

金海仍舊嘿嘿嘿地笑個不停：「哪怕是諧音，也太巧合了，恐怕就跟你編寫劇本差不多吧！」

張山、李實站在一旁，也跟著尷尬地笑了起來。

突然雇請兩人，金海的開支陡然上升。其實，遊戲室裏根本要不了這麼多的人，他只好狠心辭掉一直做得很不錯的小張。

每天，由金海招呼顧客，而張山與李實，則站在大門兩旁，一邊一個，像兩個守門神。

自從雇了他們，金海就有了一種安全感。他自如地應付著顧客，該怎樣處理就怎樣處理，只許他們自由押注，不許打程式，半點也不能含糊。如果顧客堅持要打，金海首先是勸，實在勸不了，就交由張山、李實這兩個保鏢處理。

張山、李實先是將這樣的顧客叫到一邊，敬上一支煙說道：「師傅，幫幫忙，咱們都是小本生意，虧不起，就請莫打程式了。要玩，你們可以自由押注的。」

如果來客還是堅持要打程式，張山和李實就會做出一個邀請的手勢，將顧客朝外面引，邊引邊說：「喲，你們真的要打呀，那就在外面先會兩手再說吧。」

於是，識相的便走開了，或者只押自由注。

當然，也有不識相對著幹的。這天中午，瀟灑遊戲室進來一位約莫三十多歲長得人高馬大的男子堅持要打程式，無論怎麼勸說，他也聽不進去。於是，張山就將他請到了屋外。

李實站在門邊沒動窩，但他雙眼緊緊地盯著他們倆的一舉一動時刻準備出擊。

張山還沒有來人的下巴高，那男子也就根本不把他放在眼裏。

張山開口問道：「你真的要打程式？」

「是的，我今天專門來打程式的，你們不就做這生意的麼，怎麼干涉顧客自由？」

「我們做生意願意怎樣做就怎樣做，這你管不著，不讓你打程式，你就不能打！」

「我這人脾氣很怪的，你不讓我打，我今天非打不可！」

「我偏不讓你打！」

「我偏要打，你能把我怎麼樣？」

「我能把你怎麼樣？」張山話音未落，突然飛起一個掃堂腿。

來人猝不及防，「撲嗵」一聲，直挺挺地就躺在了地上。

張山猶不解恨，不待那人翻身，快速搶上前來，一把揪住他的領口，伸出右手，左右開弓，「啪」、「啪」就是兩巴掌，打得那人兩眼金星直冒。

「怎麼樣，還要打程式嗎？」張山惡狠狠地問。

那人沒想到會遇上這麼厲害的角色，只得認輸道：「好吧，你不讓我打，那我就不打了。」

張山說：「識相的早該知趣點，你也不去訪一訪，哥兒們都是些什麼人？告訴你吧，咱們是打遍江城無敵手的一幫英雄好漢！」

這時，李實就在一旁發出一陣令人毛骨悚然的怪笑。

張山放開那人，他趕緊站起身，望也不敢望張山、李實一眼，回頭就灰溜溜地跑開了。

當然，像這樣動真格的次數不多，自從雇請張山和李實後，也就只發生過這麼一次。

當時，金海對比上次所受的侮辱，不禁十分開心。後來一想，又覺得十分悲哀。他在心裏說：「金海呀金海，你怎就變成了今天這個樣子，這難道不是一種墮落嗎？」

噢，墮落，難道我金海真的墮落了嗎？這一困惑死死地糾纏不休，使他感到了一種無法形容的愧疚，一種難以言喻的隱疼。

後來，金海將武力與暴力、打鬥與戰爭納入遊戲的範疇：它們看似格格不入的兩對死敵，而實際上，武力與暴力、打鬥與戰爭也是遊戲，與普通遊戲的不同之處在於，它們是一種殘酷的遊戲、血腥的遊戲、致命的遊戲。既然都是遊戲，某些具體細節也就不必格外計較。他如此這般一個勁地寬慰自己，內心的沉重才多多少少有所解脫。

26

這天，金海正忙著接待顧客，方華來到瀟灑遊戲室。

金海趕緊遞過去一支煙道：「方兄，你時間一直挺金貴的，是哪陣風把你給吹來了？」

如今，金海已不再稱方華為方老闆，而是叫他方兄，這表示他們的關係更進了一層。

方華說：「專門來跟你說個事。」

「說個什麼事？」

方華指指兩個正在打馬機的顧客說：「你先忙過這一陣子再說吧。」

金海說：「不礙事的，咱們出去談。」說著，就向張山招了招手，將他叫到身邊，「小張，我跟這位客人到旁邊談點事，馬機你就跟我照看一下。」

「好的。」張山答著，便站在了兩個顧客身邊。

金海將方華拉出遊戲室，兩人在一個僻靜的地方站了，金海問：「方兄，到底是什麼事，搞得神秘兮兮的？」

方華說：「我這兩天把情況摸準了，咱們的馬機程式，真的是叫人給破了。」

「看來咱們當時的猜測是對的。」

「說得準確一些，不是叫人破，而是被人出賣了。」

「什麼人出賣了？」

「一個柳州人，他原來在江城做馬機生意，跟我們是同行。前不久，他要回柳州做別的生意，就將馬機賣給了別人。就在他離開江城之前，一夥流打鬼的人找到了他，要他把馬機的程式說出來。剛開始，他也不願說，因為都是在一塊做過生意的，還有幾分良心。但是，那夥人威脅他說：『你要是不肯說出，明天就別想活著回柳州了。要是說了出來，咱們會給你酬金，就算買你的專利。』那夥人說著，並掏出了一遝錢放在這個柳州人面前。禁不住威逼利誘，他就將咱們江城做馬機生意的老闆全給出賣了。」

金海聞言，不覺大聲罵道：「這夥黑良心的傢伙！」

方華說：「事已至此，罵也無益，得趕緊想想別的辦法彌補才是。」

金海問：「有什麼好的法子嗎？」

「暫時還沒有鑾好的法子，今天來，就是想跟你商量商量辦法的。」

「一下哪有什麼好法子對付呀，看來只有自認倒楣了。」

「依我之見，咱們這馬機生意，是不能再做下去了。」

金海說：「也不見得吧？程式被人賣了，可自由押注是賣不，也破不了的。我現在做馬機生意，就只讓顧客自由押注，不准他們打程式。」

「可有人硬要打怎麼辦？比如昨天，我的遊戲室就來了一夥人，他們非要打程式不可，我怎麼也不讓，就吵了起來。他們要動手打人，沒有辦法，我只得破財免災，給他們兩百元錢，才將這夥瘟神打發走了。老像這樣子，也不是個事呀！」

金海朝自己的遊戲室一指道：「你可以學學我這法子，專門雇請兩個保鏢，只准來人自由押，不准他們打程式。先是勸，來點文的；勸不聽，就來武的。文武兼備，諒那夥人也沒有辦法。」

「你是沒有遇到狠人，若是遇到，可就麻煩了。」

金海說：「我怕什麼？他狠我比他更狠！這個世界，就是弱肉強食，哪個厲害哪個為王。前兩天，我這裏還不是來了一個狠人，長得人高馬大的，他非要打程式不可，讓我雇請的保鏢張山將他教訓了一頓，當時灰溜溜地就跑了，現在也一直沒來找歪。這夥人，只有對他們也狠一點才是，斜不壓正呢。」

方華不無憂慮地說：「難保他們不會接二連三地跑來找岔子，若是一下擁來十幾人或是幾十人，會把你這個店子鬧得個天翻地覆的。」

金海說：「他們還沒有膽大狂為到這種程度，就是來，我也不怕的，我請的是京劇團的人，若他們被打，他們團裏的那夥兄弟個個都會武功，好生了得，會為他們報仇的。」

「若這樣子鬧，還做個什麼生意呀？」

「我這是假設，當然不會鬧到這種程度的，說到底，人人心底都怕把事鬧大呢。」金海說到這裏，又問方華，「方兄，你請不請保鏢？這個忙，我可以為你幫的，我有個朋友是京劇團的編劇，跟你請兩個會武功的人是沒有問題的。」

方華說：「請保鏢做生意，我總覺得心裏在打鼓，冒的風險太大了。」

「做生意要賺錢，哪能不冒點風險呢？」

「這樣的話我也會說，可做起來又是另外一回事了。」

「那你打算怎麼辦？」金海問。

方華想了一會，說：「我總覺得，這馬機生意是不能再做下去了，再做，很有可能要翻船的。剛才聽你談了這麼多，越聽，我心裏就越是下了決心。」

「下了什麼決心？」

「決心不做馬機生意了，還是回頭去開遊戲機。做遊戲機生意固然賺不到大錢，但不冒什麼風險，收入也平穩，總比工薪階層強多了。人要知足，比上不足，比下有餘，這就夠了。」

金海問：「剛買的這麼多馬機怎麼辦？」

「只有賣給別人了。」

「到了這種時候，哪個還來買你的馬機呀？」

「那就賤價賣掉吧。」

「賤價賣掉也不一定有人買。」

「可以賣給遊戲機行的老闆，他們一改造，又可以變成別的機子。」

金海叫道：「他們的心黑得很，那得打多少折扣呀？」

「估計可以賣個半價吧，要能賣個三折，咬咬牙，我也準備賣了。」

「這該賒多少本呀？剛買的新機子，就這樣處理，太划不來了。」

「划不來怎麼辦？事情到了現在這個地步，明知划不來，也只得這樣子做了。」

金海想了想，說：「方兄，不管你怎麼辦，反正我暫時是不改的。這馬機生意，只讓別人自由押注，平均扯下來，我每天能夠賺個三四百元，比做遊戲機生意還是要強一倍。只要能做下去，我就繼續做下去，是不會輕易亂改的，做生意，經不起折騰呀！」

方華說：「我總覺得還是穩妥一些為好。」

金海說：「那咱們先就各做各的，要是有什麼問題，我再去向你請教。」

「哪裏稱得上請教呢？咱們是互相關照、互相幫助呢。」

「也算得上是同病相憐吧。」

金海這麼一說，不禁把方華逗笑了：「但願咱們不要吃錯了藥。」

27

就在金海開馬機的這段時間裏，汪汝義與白丹丹的關係正在一步步向縱深發展。

白丹丹在汪汝義一個開公司的姓黃的經理朋友手下當秘書，公司名叫龍騰貿易公司，經營鋼材、水泥、木材、煤炭等物質的買賣。這是一家私營性質的企業，只要是賺錢的生意，他們什麼都做。

黃經理對白丹丹很不錯的，名曰秘書，其實只做一下接待工作，相當於一個服務員而已。每天的活不多，也不重，但黃經理給白丹丹的工資開的是每月一千元。按說，白丹丹應該心滿意足了。可是不，她想找一個國營或者集體性質的單位，能夠將她的工作關係正式轉入，而不是像現在這樣的招聘，她想嚐嚐「鐵飯碗」的味道。而這，她認為憑著汪汝義的本事，是完全有可能辦到的，關鍵就看他是不是真心為她辦事了。因此，她將汪汝義追得很緊，汪汝義也樂於白小姐主動找他。在白丹丹心裏，總有一種緊迫感，不管什麼事情，只有到手，才算辦成了。時間一長，就會夜長夢多。再則，如果不抓緊的話，青春年華一過，就不會有單位接收了，能在與羅寶結婚之前將工作正式調動的事情辦成最好，白丹丹心裏這樣想。

汪汝義也不是一個糊塗蟲，他知道白丹丹追得這樣緊，並不是真正愛上了他，而是要利用他。利用就利用吧，你利用我，我也得在你身上占點便宜才是。

平心而論，要說白丹丹完全在利用汪汝義，也不儘然。她在汪汝義身上，得到了過去許多在羅寶身上沒有得到的東西，對愛以及男女兩性之間的關係又有了更加豐富而深刻的認識。可以說，她一半是在利用汪汝義，也有一半是愛上了他。

一有空閒，白丹丹就跟汪汝義掛電話。每次一通話，白丹丹就直奔主題，問工作的事替她聯繫得怎樣了。然後，兩人才在電話裏聊些別的。汪汝義也喜歡白丹丹這種風格，請人辦事，直接說好了，他討厭轉彎抹角、含糊其辭。

這天，黃經理讓人給叫出去了，白丹丹一人在辦公室閑著，她正想給汪汝義打個電話，可巧，電話鈴聲突然就響了。她抓過聽筒，對方「喂」了一聲，馬上聽出是汪汝義的聲音。突然間，她想跟他開開玩笑，就憋著一副男聲說：「你找誰呀？」

汪汝義在電話裏說：「請問白丹丹在嗎？」

白丹丹說：「你是市政府的汪科長吧？」

汪汝義奇怪了：「是啊，我是汪汝義，你怎麼知道的？」

「白丹丹給人打電話打得最多的就是一個姓汪的科長，這在我們公司已是盡人皆知的事情了，大家都說他們兩人的關係非同一般呢！」

「這……」汪汝義在電話裏吞吞吐吐的，不知怎麼說才好。

這時，白丹丹恢復本聲，爆發似的哈哈大笑起來。

汪汝義一聽這笑聲，馬上恢復了元氣：「丹丹，原來是你呀，怎麼跟我開這樣的玩笑？」

「你擔心什麼是不是？」

「當然啦，我就擔心咱們單位有人知道我跟你關係不正常，影響我的工作和升遷。」

丹丹說：「既然怕，你就什麼也莫做呀，好漢做事，要有敢於承擔責任的勇氣嘛。」

汪汝義連連道：「那自然是，為了丹丹小姐，咱什麼都願豁出去，工作又算得了什麼！」

白丹丹說：「我不希望你什麼都豁出去，你都豁出去了，替我找工作的事，不就成一句空話了嗎？」

「不會成為一句空話的，我今天打電話給你，就是跟你談工作的事。」

白丹丹聞言，欣喜地問：「是嗎？有什麼好消息是不是？」

「當然是好消息啦，就看你願不願意去。」

「是個什麼工作？」

汪汝義說：「剛才，美麗服飾有限公司的羅經理來市政府辦事，我跟他談起了你工作的事。我說我有一個表妹，原來的廠子垮了，想找一個好一點的單位，不知羅經理能不能接收……」

白丹丹急切地問：「羅經理怎麼說？要是能進美麗服飾有限公司這樣全市有名效益好的單位，那真是求之不得啦！」

「羅經理說下個月要招收一批新的工人，你的事情可以考慮。招收進來後，先是學習三個月，然後是試用三個月；試用期滿，馬上轉為合同工；兩年合同期滿，就可以轉成正式職工了。不過，美麗服飾有限公司的工作量很大，比你現在當秘書可要忙多了，活路也要重許多呢。我現在跟你打電話，就是徵求你的意見，看你願不願意到那兒去接受鍛煉。」

「願去，我當然願意去啦！」白丹丹幾乎沒有半點猶豫地說道，「只要工作單位好，再重的活我願意幹，再大的苦我也願意吃，我白丹丹並不是一個怕吃苦的人。如今，找一個經濟效益好、工作有保障的單位很難，能進美麗服飾有限公司，我心滿意足了。再說，我在市棉紡廠幹過，工作性質也跟美麗服飾有限公司差不多，輕車熟路的，這樣最好了。」

汪汝義說：「我還擔心美麗服飾有限公司的活重，怕你吃不消呢。」

「吃得消，完全吃得消。汪科長，你不要看我現在的工作輕省，可一點都不穩固。反正現在辦公室裏也沒人，我跟你說幾句實話吧，你恐怕還不知道，龍老闆辦的其實是一個皮包公司，說不定明天就會倒閉的。就是他的公司不倒閉，我這工作也是臨時的，半點前途和保障都沒有。」

「好吧，那我就跟羅經理再說一聲，請他一定為你幫忙！」說到這裏，汪汝義又道，「丹丹，今晚能不能抽點空出來陪陪我？」

既然有求於汪汝義，就是沒有空，也要擠出時間來陪陪他才是。只是羅寶那邊，又要跟他撒謊了，好在羅寶頭腦簡單，隨便找一個理由就可以應付過去了。想到這裏，白丹丹便在電話裏回道：「是不是又要請我跳舞？」

「跳舞也成，散步也成，到時候再說吧。」

「好的。」

於是，兩人約好了見面的地點和時間。

晚上七點，他們準時在勞動路口見面了。

「今天去哪個歌舞廳？」白丹丹問。

汪汝義說：「今晚我不想上歌舞廳，咱們散散步怎麼樣？」

「散步就散步吧，隨你的便。」白丹丹一副無所謂的樣子。

兩人走出勞動路口，踅上沿江大道。沿江大道是江城的一條主要街道，長達十餘華里，幾乎與長江平等。

走了一程，汪汝義提議道：「咱們到江邊去走走怎麼樣？」

時令已是初冬，聽說要到江邊去散步，白丹丹道：「江邊肯定蠻冷的。」

汪汝義笑了笑：「有我為你擋風，你怕什麼冷？」

白丹丹也笑：「那就到江邊去吧。」

來到一個十字路口，他們往旁邊一折，就進入了一條狹窄的巷道。巷道盡頭，便是高大的江堤。

也許是由於時令的緣故，來江邊散步的人極少。兩人並排走著，起初還隔得很遠，慢慢地，兩人的距離就縮小了。剛開始，他們還碰上了兩對年輕的情侶，又走了一程，一個人也沒有遇到。於是，汪汝義的膽子變大了，他挨緊丹丹，一把挽住她的胳膊。白丹丹沒有反抗，任他挽著往前走。又走了一程，就見到了一片防護林。防護林長在江堤外面，清一色的楊柳。春天，那柔弱的枝條舞動著，像是一群群婀娜多姿的少女；如今，樹葉落盡，光禿禿的枝條下垂，仍然別有一番情趣。

汪汝義朝防護林一指說：「咱們到下面去坐坐怎麼樣？」

「好的。」白丹丹應道。

下坡時，倒是白丹丹挽著汪汝義了，她將他挽得很緊，以保持身體的平衡。

剛進防護林，汪汝義就回過身來，一把抱緊白丹丹，狂吻不已。

白丹丹配合著，兩人吻得如癡如醉。

吻過一陣，汪汝義緩過一口氣說：「丹丹，我好想你。」

白丹丹說：「我也是。」

聽過這話，汪汝義彷彿受到了鼓勵，又將白丹丹往防護林深處拖。

白丹丹跟著走，來到一棵高大的楊樹下，他們靠著坐了下來。

汪汝義說：「丹丹，要是我能夠天天跟你在一塊就好嗟。」

白丹丹說：「那是不可能的事，你已經有了老婆孩子。」

汪汝義也不想為白丹丹跟自己的「黃臉婆」鬧翻，影響自己的政治前途，只是想透過丹丹滿足這許多年來被壓抑了的生命欲望。於是，就避開老婆孩子的話題，柔情萬端地說道：「丹丹，我現在想要你。」

說著，汪汝義就將手往白丹丹的下身摸。

白丹丹堅決地推開他的手道：「不，不行，汪科長，這是不可能的事情，你知道的，我已經有了男朋友，我不能做對不起他的事情。咱們的關係，只能發展到此為止。」

汪汝義說：「我不是也有妻子嗎？可我……」

白丹丹說：「那你就更不應該做對不起你妻子的事來，你要對你的家庭負責。」

「我還用不著你來說教我，丹丹，人是一種有感情的動物，我跟你的交往發展到今天，咱們之間有點什麼，我認為這是很正常的事情，也是一種感情的需要。」

白丹丹說：「總得有一個道德規範，有一個度才是。我跟你，也只能是接接吻而已。」

「你這人太不講感情了，」汪汝義似乎很傷心地說，「丹丹，我為你的工作跑了那麼多的路，為的是什麼？丹丹，不怕你笑話我，打從我第一眼見到你的時候起，就愛上了你。我為你做這一切，完全是一種愛的力量在支撐著啊！可是，你對我卻是這麼一個態度，說句難聽的話，你根本就沒有半點感情，完全是在利用我呀！」

白丹丹叫道：「汪科長，不對，你說的不對，我……我對你……也是有感情的，只是……只是……」

「你若真的對我有感情，從現在開始，你就直呼我的名字，叫我汪汝義吧。」

「好的，我就叫你汪汝義。」

汪汝義繼續加重砝碼道：「你若真的真的對我有感情，那就不要拒絕我！」

白丹丹為難地說：「這……我實在是難以做到……」

汪汝義說：「只要想做，很簡單的，有什麼為難的呢？」

汪汝義說著，又開始動手了。白丹丹仍是反抗，態度仍是那麼堅決。她越是反抗，就越是激發了汪汝義的決心。今晚，一定要將白丹丹搞到手，如果今晚搞不到手的話，以後就再也不會有這樣的好機會了。這樣地想著時，汪汝義開始用勁，他抱著白丹丹的身子往旁邊一歪，就壓在了她的身上。

白丹丹使勁地掙扎著：「不，我不！汪汝義，我不，真的不，你不要強迫我。」

白丹丹的反抗弄得汪汝義氣喘吁吁的，一邊喘氣一邊道：「丹丹，我要你，今天我要定了，就是你不同意，我也要你。」

「你太不尊重人了，你若真的這樣做了，我會恨你一輩子的！」

「那你就恨我好了。」

「汪汝義，你滾開，不要壓在我的身上！你要是再不滾開，我就要喊人了。」

「你就是喊人我也不會鬆開的！」汪汝義一邊說著一邊動作，他的手伸進她的腰裏，開始解她的皮帶扣。

白丹丹沒有喊叫，只是使勁地掙扎著。可汪汝義壓在她的身上，壓得緊緊的，怎麼也推不開。這時，汪汝義已經解開了她的褲腰帶，將她的褲子往下褪。白丹丹仍然頑強而無聲地反抗著。

不一會，白丹丹的褲子就讓汪汝義給褪到了膝蓋上，白花花的一片刺得他心醉神迷。「已經都到這步田地了，你還反抗什麼呢？丹丹，我的好丹丹，我的親丹丹……」汪汝義在她露出的白花花的身子上狂吻不已。

白丹丹受到感染，反抗的力度在慢慢減弱。最後，她疲倦地躺在地上，半點反抗的力氣也沒有了，只有眼淚在一個勁地流淌……

完事後，白丹丹一把抱住汪汝義的脖子，輕聲啜泣：「汪汝義，你真不是個東西！」

汪汝義說：「丹丹，你說的是真話，我汪汝義真的不是東西，因為我是人啊，怎麼會是一件東西呢？」

「往後去，我該怎麼辦啊?!」白丹丹似在問自己，又似在問汪汝義。

汪汝義說：「該怎麼辦就怎麼辦，丹丹，只要有我在，你什麼都不用擔心，什麼也不要害怕！」

然而，此時的汪汝義萬萬沒有想到，他這多少帶有一點強迫意味的與白丹丹的野合，差點給他未來的日子帶來了一場嚴重的災難。

28

約莫一個星期之後，金海又到文化宮去找方華。

來到他的遊戲室門口，金海抬頭一望，招牌已不再是「帝王遊戲室」，又換成了過去的「小天使遊戲室」。

進到室內，金海發現，清一色的馬機已換成了清一色的遊戲機。

金海說：「方兄，你換得好快呀！」

方華說：「不換快點不行，做生意就是要會見風使舵。好在咱船小，掉起頭來容易得很。就拿外面這招牌來說，當時幸好沒有扔掉，現在找出來，重新往外面一掛就是了。」

金海說：「還是你靈活，在這方面我就趕不上你。」

「我這一改一換，就賠了兩萬多元進去了。做生意關鍵是看各人的想法，比如我，主要是想把事做穩妥一些，害怕出現什麼風險。其實，我並不是一個怕冒風險的人，只是心裏有一種不祥的預感，所以就趁早收手。我隔壁的幾家，跟你一樣，仍在做馬機生意，不過他們都換了板。」

「都換成什麼板了？」金海問。

方華答道：「都換成黑塊了。」

「什麼樣的黑塊？」

「這黑塊也真叫黑，顧客連一次贏錢的機會都沒有，只有輸錢的份兒。」

「那誰來打這樣的塊呀？」

方華說：「剛開始肯定還是有人來的，但打過兩次，就鬼都不上門了。」

「咱們到旁邊幾家看看吧，看他們的生意到底怎樣。」

「好吧。」

兩人說著，就往旁邊幾家開馬機的遊戲室走了一遭，真可謂門可羅雀。

金海說：「像這麼個樣子，那不要虧死人嗎？」

方華說：「是的，我敢打包票，過不了幾天，他們又會像我這樣，改回來辦遊戲機生意的。」

「可他們換一塊板，就要耗去一兩千塊，若是十台機子，就是一兩萬。再改回來，又要折騰個一兩萬元，哪像你一步到位，要少花個一兩萬呢。」

方華不免有幾分得意地說：「這就是決策問題，我想咱們辦賭機鑽了死胡同，是再也不能辦下去的了，莫如早點回頭的好。因為我有這一想法，少走了一段彎路，也就少虧了一兩萬元進去。」

金海不禁贊道：「方兄，還是你有遠見。」

「說到底，我也沒有什麼遠見，要是真正有遠見的話，趁程式還沒有破，而手頭又賺了錢的時候把馬機吐出去，那就一分錢都不會虧了。只有栽過一次跟頭，我才變得聰明了一些。」

金海說：「總而言之，你在咱們做遊戲機生意的同伴中，還是最精明的一個。」

對此，方華既不肯定，也不否定，而是轉移話題問道：「你還是像過去那樣子做？」

「是的，」金海答道，「我現在生意還可以，暫時還不想改回來。」

方華提醒道：「生意好當然可以繼續做下去，只是你這樣子做，的確要冒一定的風險，我都替你有幾分擔心，怕你出什麼事。小金，我希望你一定要穩一點，謹慎一點的好。」

金海認為方華說的也有道理：「你的話我記在心上了，謝謝你對我的關心。一有什麼問題，我也準備改回來算了。只是做到現在這個樣子，我一時還不想收手。」

「一切順其自然吧。」

說到這裏，金海邀請方華有空就到他那裏去玩玩、坐坐，然後就告辭了。

回到瀟灑遊戲室，生意跟往常一樣，不時有顧客來，每來一次顧客，金海或多或少地總是可以賺一點錢。

下午四點半的樣子，進來一個瘦高個青年。他一進來，就要打程式。金海自然是不讓他打，可他硬是非打不可，不論金海怎麼勸，怎麼說好話，他也聽不進去。

金海記住了方華的話，最好是謹慎一點，他一時不想動用張山和李實，仍一個勁地陪著笑臉勸說。勸說不起作用，金海又從口袋裏掏出一包香煙塞給他說：「師傅，行個方便吧，咱是小本買賣，經不起你打程式的。你若真的想打，就自由押注好啦。」

瘦高個說：「我對自由押注不感興趣，只想打程式。」說著，他從口袋裏掏出一大迭鈔票，

「我今天帶足了錢，輸就準備輸一點，若是贏，也就從你老闆這兒贏一點。」

金海說：「咱們馬機的程式，早就讓人給破了，這是盡人皆知的事情，你若還要打，這不明顯是在坑我嗎？」

瘦高個說：「我不知道什麼程式破沒破的事，只是你老闆開了這樣的馬機，我就要來打。」

既然勸說不起半點作用，金海只得動用張山和李實了。他將他們倆叫過來說：「這位兄弟硬是要打程式，我一點也勸不轉，還是你們幫我勸勸吧。」

「好的。」他們說異口同聲地說著，一左一右地站在瘦高個兩旁。

張山說：「你這位兄弟，人家老闆不讓你打程式，還是識相一點吧。你要知道，我們站在一旁，也不是吃閒飯的。」

瘦高個腰一挺，厲聲問道：「你們想怎樣？」

李實說：「你說想怎樣就怎樣，你若是堅持要打程式的話，咱們就到外面去會一手。」

「你們是他的什麼人？」

「我們是老闆請來的，專門對付像你這樣的傢伙的。」

「也就是說，你們是他雇請的打手！」

張山說：「隨便你怎麼說都成，今天反正就是不能讓你打程式！」

瘦高個冷冷地一笑道：「好啊，我今天總算抓到了幾個膽大狂為、違法亂紀的傢伙。」他說著，右手伸進上衣口袋，掏出一個證件，在張山和李實眼前晃了晃，「我是上海路派出所的，請你們兩人跟我走一趟。」然後，又指指金海道，「還有這位老闆，也只有暫時委屈一下了。」

金海見狀，頭腦不覺「嗡」地一聲巨響，眼前金星直冒。他趕緊穩住自己，走到那個瘦高個面前，一個勁地陪罪說好話。

「師傅，真對不起，」金海說，「咱不知道你是派出所的同志，要知道你是派出所的，咱就會讓你打程式了。您要是打，就儘管打吧，不論你贏多少錢，咱都願出……」

瘦高個打斷道：「哪個是真的來打你的程式？我是派出所的員警，是專門來查訪你們這些違法亂紀的傢伙的！」

「對，您不是來打程式的，是我們的不對。」

「你知道你錯在哪裏嗎？」

「這……」

「這什麼，你恐怕還不太清楚吧？一、違反了公安局的有關規定，凡打有獎遊戲機者不准兌換現金，只准兌換一百元以下的獎品，否則就屬賭博。而你的馬機，根本不兌換獎品，而是直接用牌子換取現金，且遠遠超過了一百元；二、私人擅自雇請保鏢，要脅顧客，非法牟取暴利；當然，我還可以舉出第三點來，不過呢，僅憑這兩點就可以治你的罪了。」

金海說：「師傅，只要不進派出所，我願意罰款，多少都成。」說著，將口袋裏所有的鈔票掏出，直往瘦高個懷裏塞，「這是我的一點小意思，請你不要推辭。」

瘦高個厲聲喝道：「少跟我來這一套，走吧！」

沒有辦法，金海只得關機鎖門，跟著瘦高個往外走。

張山、李實的功夫也沒了用武之地，只有老老實實地跟在後面往前走的份。

29

就這樣，金海被瘦高個關進了派出所。

第二天上班時，我接到熊編劇的電話，才知道金海被關的事兒。原來，瘦高個押著他們三人一同往前走，走到半路上，不知何故，突然發了善心，將張山和李實放了，也許是他們身上沒有多大油水的緣故吧。

張山和李實獲得自由後，顧不上吃飯，馬上跑到熊編劇家裏，將事情的經過原原本本地說了。熊編劇聽過，自然是十分著急，立即給我撥了電話。可是，當時都已經六點多鐘了，我早已在家捧著飯碗吃晚飯了。熊編劇不知道我家住哪兒，我家裏又沒有安電話，所以只有等到第二天上班，他繼續給我打電話，才知道了金海的事情。

放下電話，我腦海裏湧出的第一個念頭，就是趕緊將金海弄出來，誰都知道關在那裏面是個什麼滋味。

可是，我對公安部門這條線卻不怎麼熟悉，有兩個業餘作者是公安戰線的，而他們又在別的派出所工作，根本就派不上用場。怎麼辦？這時，我自自然然地想到了汪汝義。這傢伙在市政府的要害部門，肯定和公安局的頭頭腦腦們有關係。於是，馬上撥了一個電話給汪汝義，回話說他不在辦公室；我趕緊問他上哪兒去了，說到下面去搞一個什麼檢查去了；問是什麼地方，答曰華新鋼鐵廠。

知道了他的行蹤，我馬上乘車往華新鋼鐵廠趕去。匆匆忙忙進廠，我直奔廠長辦公室。沒有人，說是一行人到下面的軋鋼分廠去了。我跟蹤追擊，又往軋鋼分廠趕。到處尋問打探，終於在軋鋼分廠的初軋車間找到了汪汝義。

我將金海被關的事簡明扼要地跟他談了，他說：「這個事情呀，可大可小。若弄大了，會罰得金海破產；若找了關係，也不過就象徵性地交一點罰款了事。」

我說：「所以我就趕緊找你來了，夜長夢多，我就擔心時間一拖長，金海在那裏面要吃虧。」

「可我這時候的確抽不出時間來跑金海的事，今天來的，都是上面的頭頭腦腦，大家都生怕出什麼問題，我半點也不敢抽腿。」

「那……你能不能打電話聯繫一下，具體的事情由我去跑。」

汪汝義為難地說：「車間裏沒有電話，要跑到上面的辦公室去打才成。一去一來，大概得花個十來分鐘，我哪怕就現在跟你說幾句話，也是擠出的一點時間。」

「沒想到你今天會忙成這個樣子。」

「是啊，恰好就趕上了今天，能不能等到明天咱們再去找人？」

「那金海在裏面又要多受一天罪。」

汪汝義想了想，說：「這樣吧，我跟你寫一個條子，你去找西山公安分局的陳局長。上海路派出所歸西山分局管，我跟陳局長關係挺不錯的，只要你找到了他的人，這個忙，諒他一定會幫的。」

說著，汪汝義蹲下身子，掏出一個筆記本，「唰唰唰」地寫過幾行字，將那頁紙一扯，交給了我，然後趕緊回身陪上面下來的領導去了。

我揣著汪汝義的親筆手跡，馬不停蹄地往西山公安分局趕去。一邊趕一邊在心中祈禱，但願陳局長正在辦公室辦公。

來到西山公安分局，很快就找到了局長辦公室，門是關著的，我的心不覺懸在了空中。舉起右手，輕輕敲了兩下，裏面傳出一個宏亮的聲音：「請進。」

我推門，門是虛掩著的，一下就推開了一半。

我將頭探進去問道：「請問陳局長在嗎？」

「我就是。」坐在辦公桌前的一個穿制服的公安幹警站了起來，「找我有事嗎？」

我說：「是的，找您的麻煩。」

於是，我跨進室內，將汪汝義寫的紙條遞了過去：「我是汪汝義的朋友，這是他給您寫的一個條子。」

陳局長接過紙條，指著沙發對我說：「坐吧。」

我小心翼翼地坐上沙發，目光盯著陳局長。只見他看完汪汝義寫的條子後，臉上露出了一抹微笑，看來汪汝義這傢伙的條子還真的蠻管用呢。

「你那開遊戲機的朋友到底是怎麼一回事？」陳局長問。

於是，我就把所知道的情況一五一十地跟陳局長說了。

陳局長聽後說：「好吧，我先跟你打個電話問一下。」

「喂，楊所長嗎？」陳局長很快就撥通了上海路派出所的電話，「我是陳有明呀，昨天下午，你們是不是抓了瀟灑遊戲室一個姓金的老闆？怎麼，還不知道這回事？你能不能抽空親自過問一下？如果事情不大的話，最好是從教育的角度出發……好的，就這事……嗯，我等著你的回話。」

陳局長放下電話，和顏悅色地對我說：「你這朋友的事情，下午就會處理的，請你放心，他們會按政策和原則辦事，不會亂來的。」

「那太謝謝您了。」

「不用謝，也請你轉告汪科長，要他儘管放心好啦。」

我說：「有您幫忙，我們當然放心啦。」

他將我送到室外，兩人握手道別。

走出西山公安分局，我的心裏彷彿吃了一顆定心丸。

據我分析，上海路派出所的楊所長接到電話後，不會等到下午，馬上就會放出金海的。於是，我沒有回辦公室，也沒有回家，而是等在了上海路派出所門外。

果不其然，等了不到半個小時，金海就從裏面走了出來。

第一眼見到他，我不覺大吃一驚，一夜時間，金海彷彿變了一個人似的，只見他蓬頭垢面、脊背佝僂、腦袋低垂、精神不振，一副病病怏怏的樣子。

「金海，」我大聲叫道，「只一夜時間，你怎就變成了這個樣子？」

聽見叫聲，金海猛地抬起頭來，一見是我，立時露出一臉苦笑道：「曾哥，這下海的事，怎就這樣地難呀？魚沒摸到，還惹出了一身臊。」

我問：「你的事，到底怎樣處理的？」

金海說：「先把肚子填飽了再說吧，我昨天沒吃晚飯，今天沒吃早飯，肚子裏面一點內容都沒有了，餓得頭昏眼花的。」

我朝周圍張望了一下，發現馬路對面有家餐館，於是，手一指道：「咱們就在那裏搞點酒喝吧。」

兩人緩步走過馬路進入餐館，叫了幾個菜，要了一瓶「黃鶴樓」白酒。

啟開酒瓶，我要給金海倒酒，他連連擺手說：「我是一個空肚子，還哪能喝酒呀，先搞一點飯，把肚子填飽了再說。」

「只喝一杯，也算是為你接風吧。」

「接風？」金海又是一陣苦笑，「好吧，接風就接風吧。我知道，要不是你跑路，我不知還要關到幾時，也不知要罰款多少。」

我說：「主要是汪汝義起了作用。」

金海說：「難怪汪汝義要當官的，當官確實能夠解決一些實際問題。」

「來，金海，乾吧！」我舉起了酒杯，「祝你今後的生意一帆風順！」

「謝謝，謝謝！」

兩人一飲而盡。

然後，金海就捧著個飯碗，狼吞虎嚥地吃了起來。

我又倒了一杯酒，獨自一人一口一口地抿。「怎麼樣，裏面的滋味還可以吧？」我問。

金海扒了一口飯說：「我只關了一天一夜，就一言難盡呀！」

「說說吧，也讓我長長見識。」

「要不是下海做這馬機生意，我還真體會不到那裏面的生活；要不是真的給關在裏面過了一天一夜，我真不敢相信那裏面所發生的一切……」

「到底是怎麼一回事？」

「你莫急，聽我慢慢地告訴你吧。昨天下午五點多鐘，那個瘦高個把我往號子裏一關，就不管不問了。一直到剛才，才有一個員警將我叫出來訊問一番，要我下午來派出所交兩百元的罰款，然後就將我給放了。昨天剛一丟進號子，就遭到了裏面一夥人的暴打，打得我頭昏眼花，身上全是傷，」金海說著，將褲子、衣袖捲了給我看，果真見到了一塊一塊的青疤，「他們不打我的臉面，專門打我的上身、下身，不管我怎樣哀求都不行，只是沒緣沒故地打，全是一夥虐待狂。打了不說，他們還搜我的身，將我昨天賺的幾個錢全都搜走了。沒辦法，我只有忍氣吞聲，忍著饑餓，忍著疼痛，忍著寒冷，忍著一切呀！曾哥，那裏面的滋味可真是難受啊，我以前也受過不少的苦，可不管哪次，都沒有昨天的令人難以忍受，這是第一次切身地感受到度日如年的滋味。真難以想像，那些長期關在牢房裏面的囚犯是怎樣生活下去的，是一種什麼精神支撐著他們一天天活下去的……」

我一個勁地安慰道：「這就是生活，真正的生活，你過去無法體驗到的生活，這對你的創作會有莫大的幫助。」

「從文學的角度來看當然如此，只是當時難以忍受罷了，現在回過頭來看，我又覺得昨天的磨煉是生活對我的賜予。」

「金海，看到你對昨天的事情能有這樣一種認識，我感到十分高興。」

金海說：「說來說去，還是那個瘦高個不是東西，如果我當時讓他打程式了，他就將錢白白地贏走了，誰也不知道他的身分；見我死死地不讓打，他就報復我了。這樣的人，真是公安隊伍裏面的敗類，只有徹底清除出去才是，若是汪汝義能幫忙為我出出這口氣就好了。」

「光出氣又算得了什麼？你應該從這次事件中吸取深刻的教訓才是。」

「若談教訓，我出來了要做的第一件事情，就是儘快將這幾台害人的馬機處理掉。唉，早知如此，聽取方華的意見，跟他一起改遊戲機，也就不會遭遇昨天的磨難了。」

我勸慰道：「這是你人生的一劫，命該犯上，想躲是躲不脫的。」

金海說：「你這麼一說，我的心裏好受多了，總算得到了一點平衡。」

30

金海與我分手後的第一件事就是睡覺。

昨天晚上，他飽受了四種折磨：饑餓、寒冷、挨打與無法入睡。剛出來，溫飽問題得到解決，挨打已成往事，面臨的唯一問題就是休養生息了——睡眠。回到瀟灑遊戲室，金海將大門關嚴，往那狹窄的硬板床上一躺，就昏昏沉沉地睡了過去。

他滿以為可以美美睡上一覺的，可進入昏睡狀態後，卻老是做惡夢。他仍被關在那個號子裏，在受著一夥罪犯的虐待。金海忍無可忍，只得奮起還擊。然而，一個文弱書生，哪裏是那幫傢伙的對手？他很快就被打倒在地。這幫傢伙趕上前來，一個個使勁地用腳踢他。金海無法忍受，疼得嗷嗷直叫，在地上一個勁地打滾。可他們並未就此甘休，又一個個從褲襠裏掏出陽具，對準金海的頭臉，將一股股淡黃色的液體往下淋。立時，金海感到了一股難聞難耐的腥臊，不禁打了一個長長的噴嚏，發出一聲令人毛骨悚然的慘叫……

「啊——」金海被自己撕肝裂肺的叫聲驚醒了。醒後才知自己做了一個惡夢。可這夢境是那樣的真切，彷彿就是昨天所發生的一幕的真實再現。他一方面為眼前的處境感到慶幸，另一方面，又為昨天所受的不公正處罰感到憤怒。腦裏雜七雜八地想著，不一會兒，又沉入了夢境。仍是號子，仍是打罵，仍是受虐……在一片恐懼中，他又驚醒了。他想起床，免得再受這般惡夢的困擾，但是，他感到腦袋重似千鈞，怎麼也爬不起來。就又躺下入睡。惡夢，入睡，驚醒……然後又是入睡，惡夢，驚醒……整個下午，他就在瀟灑遊戲室的硬板床上受著這種折磨。

黃昏時分，金海起床了，用自來水洗了一下頭臉，關上大門，來到一家飲食店，叫了一碗牛肉麵條。吃完後，猶覺沒有填飽，便又叫了一碗。兩碗麵條下肚，他感到肚子鼓鼓囊囊的，伸手在衣服外面摸了摸，打了一個飽嗝，點上一支香煙。有了昨天晚上的經歷，他覺得眼前的生活實在是太珍貴了。不少哲人曾經說過，要珍惜生活，金海也不知將這句話念叨過多少遍，可一直沒有弄懂這句話的深刻內涵，只有經歷了昨天的遭遇之後，金海才覺得第一次弄懂了這句話的豐富意義。人呵人，一定要珍惜生活呀！他在心裏說著，恨不得在大街上大聲地喊上這麼一句。

一支煙抽完，金海走上街道，確定了一下方位，然後朝北走去。

他想找汪汝義，去他家中找他。他再忙，不至於忙得晚上也不歸家吧。

他不想乘車，就走著去。散步，特別是黃昏時的散步，才是一種享受呢。昨天的黃昏，他金海在哪裏？在幹什麼？正關在號子裏遭受非人的折磨呢。今天的黃昏，他可以自由散步了。明天的黃昏，他又將幹些什麼呢？生活，說簡單也簡單，說複雜也複雜；說它平靜如止水，說它險惡如波濤，都有道理，就看你怎樣去理解怎樣去選擇了。如果他金海不選擇下海，那麼，他的生活將永遠平靜如止水，絕對不會遭遇昨天的經歷。然而，他不後悔。人生在世，面對複雜的社會，總得要選擇，每天都有所選擇，然後是行動。這時，他不覺想到了海德格爾、薩特的存在主義哲學。人生在世，就是一種自覺或不自覺地存在。不管你自覺也好，糊塗也罷，活在這個世界上，每時每刻，都面臨著人生的選擇。有選擇就有放棄，有放棄就免不了遺憾。該如何選擇，才能達到人生的最佳效果呢？真正的智者才有可能解答人生的這一難題。應該說，人們活著，選擇著，行動著，都在自覺或不自覺地朝智者的方向在努力。但願這個世界上，人人都是智者，那麼，人間便沒有了邪惡、破壞、腐爛與病毒，唯有和平、博愛、正義與善良，這樣的世界，該是多麼地美好啊！這樣地想著時，金海心裏頓時充滿了一股奇異的光明，感到整個世界都被這片光明所籠罩……

邊想邊走，不知不覺就來到了汪汝義家所在的那棟樓下。他找汪汝義，原是想請他幫忙再找一下西山公安分局的陳局長，透過陳局長，給昨天那個瘦高個一個處罰，以報一箭之仇。但他一路行來，有了以上這些想法，心裏充滿一股奇異的光明後，覺得再找汪汝義，已是多餘的了。人人都在選擇，昨天那個瘦高個也在選擇，當然，他的選擇與行為是錯誤的。這並不等於他的心中就充滿了多少邪惡，只能說明他選擇失當，沒有找準、把握好一個度。況且，即使他心中是邪惡的，你也不能以惡對惡。這個世界上，人們應該多一點愛心才是。

於是，金海沒有半點猶豫，身一轉，就開始往回走了。

夜幕降臨，桔黃的路燈一盞盞地亮了起來，彷彿城市夜晚溫柔的眼睛。望著這些眼睛，金海就想到了林巧巧。是的，巧巧就長著這麼一雙並不怎麼漂亮但十分溫柔的雙眼。此刻，他的心中，充滿了一股愛心，他要將這愛心獻給心愛的巧巧。

來到過去工作過的崇文小學，金海的心裏就湧出了一股親切。走近林巧巧寢室，更是感到了一股從未有過的溫暖。就在這間斗室裏，他與林巧巧充滿了多少柔情蜜意啊。他給她以愛的雨露，她給他以愛的光輝，他們互相滋潤著，相濡以沫，終於結出了一顆愛的果實。這果實長在林巧巧肚裏，正一點點地茁壯。

兩人一見，當即迫不及待地擁在一起，自然又是一陣令人激動得透不過氣來的狂吻。吻過之後，林巧巧坐上金海的大腿，撫摸著他的臉頰說：「海，咱們該怎麼辦啊？」

「什麼怎麼辦？」

林巧巧一指自己的肚子說：「自然是他呀！」

金海早已知道愛情之果的存在，但是，馬機的事情一直困擾著他，使他無暇顧及。是的，巧巧說得對，應該想想辦法才是了，這顆愛情之果在她肚裏生長著，一點一點地長大，已到了不容忽視他存在的地步了。

「你說怎麼辦最好？」金海問。

「我問你呢。」林巧巧說。

金海在她眉毛上吻了一下說：「巧巧，我隨你的便，真的，你想怎樣就怎樣好啦。」

巧巧不作聲，只是那麼愣愣地望著金海。

「你倒是說話呀巧巧！」

林巧巧仍是不出聲。

「巧巧，你今天是怎麼了？」

過了好一會，巧巧才說：「我的心思，你應該知道。」

「你不說，我怎麼個知道法？」

「我的意思，自然是生下來，可就怕你不同意。」

「將孩子生下來，是有一點麻煩。首先咱們要結婚，而要結婚，又有好多問題非解決不可。」

「我就知道你不會同意的。」

「巧巧，不是我不同意，我極願意跟你結婚，真的，我半點假話也沒說。只是，結婚有好多事情要做，要準備房子，要打傢俱，要買這買那……可是，我的遊戲室又到了焦頭爛額、刻不容緩的關口……」

金海本來不想將昨天發生的事告訴林巧巧的，但是，談到結婚的事，他不得不向她訴苦了，就將昨天的事原原本本地跟巧巧講了一遍。

「你看，都到了這種時候，我哪有心思忙結婚的事？這馬機，是非換不可了！要換成普通遊戲機，又得虧個一兩萬元才能解決問題。一時間，哪有錢花在結婚上呢？巧巧，我說這些，並不是推辭什麼，而是希望你能理解我。」

林巧巧撫摸著他身上的一塊傷痕說：「海，昨天真的苦了你，這些傢伙也太心狠手辣了。我真不明白，咱們這個社會，怎就黑成了這個樣子？海，我理解你，真的，我完全理解你。只是……這肚裏的孩子，已經懷上了，又不想打下來……親愛的，我真是捨不得呀……」說到這裏，林巧巧眼圈都有些紅了。

金海十分理解她的心情：「既然捨不得，那就生下來吧。」

「要生下來，咱們就得趕緊行動了。小傢伙在肚裏，長得可快呢。再過一段日子，我的肚子就會鼓起來，就瞞不住人了。可是，我一個當老師的，成了那個樣子，怎麼為人師表呀！」

金海不覺笑了：「原來你還有一個面子觀念在作怪呢，不要緊的，反正是冬天，你把衣服多穿一點，外人就看不出來了。」

巧巧說：「都到了這種時候，你還有心思開玩笑呀。」

金海又笑：「對生活，咱們要報一種樂觀態度才是，要對未來充滿信心和希望，否則，像我們眼前這樣子，真是難以活下去了。」

「我想咱們結婚簡單搞一下就行了，不要什麼形式，關鍵是內容。沒有房子，就用我這間宿舍過渡，學校明年就做新房，只要咱們結了婚，我想明年我會分得到房子的。至於傢俱，打一套也可，不打也可，只要搞幾個櫃子，有個地方放衣服就行了。至於婚禮，我想也不要大操大辦，到時候，在哪家餐館擺個一兩桌，把我們兩人要好的朋友請來坐一坐就行了。反正就是這麼個意思，只要咱們生活在一起了，就算真正地結了婚。」

聽到這裏，金海十分感動：「巧巧，像你這樣不講排場和虛榮的女人，在今天這個社會，可真是百裏挑一了。」

林巧巧說：「我看上你，本來就不是愛你的金錢麼。」

「我這人才氣也不怎麼的，那你到底看上了我的什麼呢？」

林巧巧一字一頓地說：「金海，要說我愛上你，主要還是看上了你的精神，你身上的精神風貌太令我嚮往了。我總覺得，人活在世界上，是要有一點精神的。」

「知我心者，莫過於你。」金海一邊說著，一邊開始動手解林巧巧的衣服，「今晚，我就不走了。」

林巧巧深情地望著他，滿臉紅潤。

兩人上床，赤身裸體地躺進被子。

巧巧有了身孕，金海不能深入她的肉體，就用雙手撫摸她的全身，又將她的身子從頭到腳吻了個遍。他在做這一切時，感到了一種比性交更加奇妙動人的美好感覺。

31

要改普通遊戲機，首先得將馬機處理掉。一連幾天，金海都在為儘快將馬機推銷出去而奔波。生意是做不成的了，只有將門關上。如今，馬機已到了窮途末路之日，原先做馬機生意的老闆都在想辦法將它們吐出去，越快越好。一般開遊戲機的老闆誰也不會來買這個賠錢貨，只有遊戲機行的老闆肯要。他們將賭機低價買進，加以改造，變成普通遊戲機，然後賣出去。機行的老闆都很精明，他們見馬機的生意不行，一個個欲往外吐，就故意壓低價格。方華賣機時，還賣了個半價。輪到金海馬機吐出去時，就只能賣個三四折了。三四折賣出去，然後再買新遊戲機，這一折騰，不虧個兩三萬元把不住砣。一下子賠進去這麼多，金海怎麼也不甘心。他把江城的幾家機行老闆找了個遍，人家開的都是一樣的價。他不死心，決定到武漢去看看，看看那裏的價錢怎麼樣。上武漢跑了一遭，情況比江城要好一些，還可以賣個半價出去。但是，賣到武漢要貼進不少運輸費，又要多一份折騰。可是，為了少賠幾個錢，也為了多擠幾個錢出來結婚，金海還是下定決心，將全部馬機拖到武漢，賣了個半價。

處理馬機後，金海沒有急於購進遊戲機。並不是不想改做遊戲機生意，而是做了這長時間，他摸出了一點竅門，想來一次革新與創舉。

做遊戲機生意，最令老闆頭疼的一個問題，就是要經常換板。如果老是一塊舊板，顧客打來打去，都是一些同樣的節目，同樣的內容，日久了就會生厭，因此，板非經常更換不可。而換一塊板的價格相當昂貴，得在兩千元左右。一台遊戲機不到四千元，而一塊板就占去了一半多，且要經常更換，這對做遊戲機生意的人來講，不能不說是一種沉重的負擔。

於是，金海的腦裏就經常地想，能不能在板上做點文章，少花幾個錢呢？

時常想著這一問題，慢慢地就悟出了一點道道。

金海發現，家庭遊戲機就不用板，而是放帶子。一盒帶子打完，再換一盒就行了，十分方便。並且他發現，家庭遊戲機的帶子非常便宜，每盒只賣一百多元。若能將做生意的遊戲機改成家庭遊戲機的模式那就好了，帶子經常更換，可以吸引大量顧客，且又花費不了多少資金，用換一塊板的錢，可以買一二十盒帶子呢！

金海順著自己的思路想，越想越興奮，於是就下了決心，一定要弄出點名堂，一舉改造成功。只要改革成功，金海就在同行中佔據了優勢與主動，就能超過他們，擊敗他們，就能在短時間內賺很多很多的錢。做生意就是要出其不意，佔據優勢與主動才行。

有了這一想法，金海就開始付諸實施。

他先是買回來一個普通遊戲機架子和一台彩色電視機，然後就著手改造的工作了。他想，家庭遊戲機是在彩電上打的，只要將彩電與普通遊戲機的架子結合好，就算成功了。

幹一行，精一行。盤弄了這長時間的遊戲機和馬機，金海也認真地鑽研了一番，對其原理皆有所了解，只要不是很大的故障，他自己都能修理。三折肱乃良醫，這跟治病是一樣的道理。

金海沒有請別的師傅，就獨自一人在自己租下的那個門面內，下狠心地改造。剛開始，他將脈衝線路接錯了，結果將機架的有關零件燒壞。但他半點也不灰心，仍是不分白天黑夜地攻關改造。

搞了兩天兩夜，終於改造成功了：他將家庭遊戲機的帶子放進去，出現了與普通遊戲機同樣的效果。

「成功了，我成功了！」金海欣喜若狂，他跑出遊戲室，跑回崇文小學，跑進林巧巧的宿舍，氣喘吁吁地叫道：「巧巧，我成功了，成功了！這回，我可真的要大發了！」他不由分說地拉著林巧巧，要將她拉到遊戲室參觀他的傑作。

林巧巧說：「咱們吃晚飯了去看不遲麼！」

金海說：「吃飯莫慌，先去看了我改造的遊戲機再回來吃吧。」

林巧巧拗不過，只得放下手中擇著的小白菜，跟著金海出了門。

來到遊戲室，金海將家庭遊戲機的帶子裝上去，然後打給巧巧看。

「噢，真的改造成功了，金海，你真偉大，真了不起！」林巧巧說著，在他的臉上印了一吻。

金海受到讚揚，顯得容光煥發，高興異常，一個勁地說道：「巧巧，你打打試試看，打給我看呀，你就是我的第一個顧客呢！」

林巧巧只得伏在機子上開打。打了兩下，她說：「打一百下、一萬下都是一樣的，總之是你改造成功了。晚上我要多炒兩個菜，跟你買一瓶酒，祝賀你的改革成功！」

「既然夫人有這份美意，那我也就不推辭了。」

「婚都還沒結，誰是你的夫人？」

「結不結婚，是個形式問題，而實質上你早就是我的夫人了。況且，咱們馬上就要拿結婚證了呢。」

金海高興，林巧巧也高興，她挽著他的胳膊，兩人一同往學校走。

晚上喝得暈乎乎的，金海又在巧巧處留宿。他說：「我現在要抓緊時間跟你睡在一起，等購進了遊戲機，那裏就離不開人，我得天天在遊戲室過夜了。」

林巧巧說：「結婚了，我就不會讓你單獨一人睡在那個鬼地方了，我們可以像以前那樣，請個人照看嘛！」

「我暫時還不想請人，能節約一分錢，結婚時就可多買一分錢的東西呢。」

「沒想到你還會這樣地精打細算呀！」

「在一起過日子麼，只有實在一點才成。」

第二天上午，金海做的第一件事就是到銀行去取錢。做了幾個月的生意，他賺了兩萬多塊錢，加上處理馬機的一萬五千多元，都快存四萬元了。他一口氣取出三萬元，存款單上還剩八千多。他想，就用這三萬元改造遊戲機，剩下的八千元留著與巧巧結婚用。巧巧手頭一分錢的存款也沒有了，兩人結婚，再寒酸，八千塊錢還是要花的。至於蔣佑坤的借款，等以後賺了就跟他存在銀行裏，反正離一年的期限還遠得很。

金海懷揣三萬人民幣，這樣地計算著，來到一個機行老闆那裏，買了七台遊戲機架子，每台一千八百元。然後，又到百貨大樓買了七台彩色電視機，每台兩千一百元。加上原來買的一台遊戲機架子和一台彩電，他想改造成八台遊戲機。要得發，不離八，既是想圖一個吉利，也是根據他的經濟實力而定。

將彩電安裝在「世佳」的遊戲機架子上，經過改造的普通遊戲機也就成了。但外觀不那麼美觀，金海就想請木匠做外殼，做得跟普通遊戲機一模一樣。於是，他買了不少夾板回來。然後去請木匠。

金海東找西找，好不容易在一棟大樓施工處找到兩個木匠。正好那裏的事情已經完工，金海就將他們請到樂樂遊戲室，為他的機子做外殼。

當他的發明改造取得突破性進展時，金海打電話告訴了我。

我為他感到高興，就說：「這真是行行出狀元啊！」

金海道：「也許，我又是在瞎掰了。但是，我已經是摔過多次跟頭的人了，再摔次把對我來說也沒有多大關係，反正就當是一場遊戲唄，我早就具備了一定的心理承受能力。」

「這說明你做生意是越來越成熟了，你的這次改造，是有的放矢，一般說來，是不會失敗的。」

「但願這次能夠成功！」

金海請來木匠後，我就抽了個時間，專門來到樂樂遊戲室看他的改造。

進到室內，我聞到一股樹木的芳香，聽到了一陣叮噹的聲響。只見兩個木匠撅著個屁股，刨著，鋸著，敲著，忙得不亦樂乎，有一股粉塵與鋸末在空中飛揚。

我看金海，他在一旁指揮著，緊張地忙這忙那。

望著眼前的情景，我不由得脫口說道：「金海，你這才叫幹事業呢！」

他嘿嘿一笑道：「什麼幹事業？這叫逼上梁山，也可以說是趕鴨子上架吧！」

我說：「看到你這種勁頭，我的心裏也湧出了一股不可遏制的衝動。」

「什麼衝動？」

「把你的下海經過寫出來。」

「想寫，你就寫唄。」

「可這是你的專利呀！」

「什麼專利不專利，你要寫就寫得啦！我不一定能夠寫得出來，就是寫出來，肯定也沒有你寫得好。再說，你瞧我這個樣子，」金海說著，將一雙髒手伸到我的眼前，「一下子還怎麼寫得出東西來喲，就是寫，我也得先寫《百年滄桑》呢。」

「那麼，從今晚開始，就以你下海做遊戲機生意為素材，開始構思了。你放棄這樣一個好素材，真的捨得麼？」

「曾哥，捨得，我真捨得，我什麼時候跟你說過違心話？我只希望你儘快寫出來，好讓我這個作品主人公一睹為快。」

於是，我就真的以金海下海經商為素材，開始構思了，這就是讀者諸君此刻正在閱讀的《深度遊戲》。

工夫不負有心人，金海終於將八台世佳遊戲機改造出來了。他將「瀟灑遊戲室」的招牌取下，又掛上了「樂樂遊戲室」的牌子。為了表示新起新發，又放了一掛萬字鞭以示慶賀。

剛開始，他用的是《神龜》和《西部牛仔》這兩種家庭遊戲機的帶子，當時搞試驗，他用的也是這兩種。這兩種帶子用得很好，半點紕漏都沒有。可用了一個星期，有的顧客就覺得打厭了，要求金老闆換新帶。換一塊板要兩千元左右，而買一盒帶子只需一百多元，金海當初改造家庭遊戲機，為是就是換板便宜。於是，他二話沒說，花了兩百多元，又買回來兩盒新的家庭遊戲機帶子。

這兩盒帶子買回來後安上去，效果仍是一樣的好，這令金海喜不自禁。

但是，很快的，他就發現了問題。一個小孩買了兩個牌子，打了半個多小時，仍在那裏打得有滋有味。這是怎麼回事，難道是他的技術格外高超，常勝不敗嗎？就算他高超，也不可能兩個牌子連續不斷地打上半個多小時呀？這裏面肯定有名堂。

到底是什麼名堂呢？金海湊在那個孩子身邊認真觀看，只見螢幕上的武士揮舞著一把大刀，一路殺將過去，打敗了兩個對手，遇到第三個對手時，就給擊敗了躺倒在地。不一會，那個武士一躍而起，又勇敢地向前衝擊了。這一次，他一口氣打敗了六個對手，才讓人給殺倒在地。兩次了，他已經死過兩次了，也就是說，這個牌子已經打完，應該丟進新的牌子，才能繼續打下去了。可是不，那個武士又爬了起來，開始威風凜凜地揮刀前進。這到底是怎麼一回事？沒丟牌子進去，為什麼照樣能繼續打下去呢？

金海不好阻止那個小孩，就拿了一個牌子，在旁邊的一台遊戲機上打了起來。武士死過兩次，不丟牌子進去，爬起來後又繼續前進了。這是怎麼搞的？金海一時想不明白。是不是這幾台遊戲機又出了什麼問題？於是，他又換回《神龜》和《西部牛仔》的帶子，打了幾個回合，好好的並無半點問題。難道是兩盒新買的帶子出了問題？想到這裏，金海不覺恍然大悟：噢，對了，家庭遊戲機的帶子與做生意的遊戲機帶子是不同的！家庭遊戲機不帶營業性質，所以可以不扔牌子，連續不停地打下去。這對金海來說，無疑是一個致命打擊。也就是說，顧客在他這裏買上一個牌子，只要他願意，可以一直打下去，直到他不願打為止。既然如此，那他金海還做什麼生意呀!?

可是，同樣都是家庭遊戲機帶子，為什麼《神龜》、《西部牛仔》又具有商業性質呢？金海怎麼也想不明白。但願只是剛買的兩盒帶子有問題，而其餘的帶子都能為他所用。於是，他又到商場買了兩盒新帶子，回來一試，仍然可以一直打到底。

金海傻了眼，急得六神無主，這可怎麼辦呀？剛改造好的機子呀，難道就這樣白白地完了嗎？他不死心，跑到百貨大樓，找到那個賣遊戲機帶子的櫃檯主任，跟他說明了情況，交付一定的押金後，便將櫃檯各式各樣的帶子拿回去試驗。全部試驗過後，結果令金海大失所望：在他所能找得到的家庭遊戲機帶子中，只有《神龜》和《西部牛仔》具有商業價值，也就是說，只有這兩種帶子中的打主死過兩次後需要扔進牌子才能繼續打下去，而其他的都不需扔牌子，可以一打再打從早打到晚打到厭倦不願打為止。

望著業已改造的八台遊戲機，望著一大堆家庭遊戲機帶子，金海只覺得腦袋發暈，全身疲軟無力。

當時試驗時，怎麼恰恰就選了《神龜》和《西部牛仔》這兩種帶子呢？若非選上它們，試驗當即失敗，也就不至於出現大規模改換遊戲機的蠢事。是啊，當時為啥就沒有把家庭遊戲機帶子可以無限循環打下去的因素考慮進去呢？怪只怪被一時的成功沖昏了頭腦……唉，想來想去，又是一劫，冥冥之中，怎就這麼多的劫數呢？

金海雖然作了失敗的準備，但沒想到失敗來得如此之快，來得如此之慘。儘管他已栽過多次跟頭，有著一定的心理承受能力，但當這突如其來的打擊降臨時，仍砸得他暈頭轉向。「天絕我，天絕我也……」金海大聲叫著，這似哭似笑的聲音在樂樂遊戲室回蕩，聽著令人毛骨悚然，心酸至極。

32

遊戲機改造失敗，金海面臨的首要問題是怎樣處理被他弄得一塌糊塗的遊戲機。這些遊戲機，分彩電和普通遊戲機機架兩部分。彩電是剛購回來的，全新，完好無損；而機架，則被那些請來的木匠給削刨得不成樣子。現在，金海要繼續做普通遊戲機生意，彩電自然用不上，機架又因為刨削，也排不上用場了。一句話，他必須將現有的彩電和機架處理掉，重新購買遊戲機才行。

失敗的痛苦過後，金海稍作調整，又開始馬不停蹄地奔忙起來了。他找機行老闆，將他們帶到樂樂遊戲室看他那經過改造後的機架，希望發發善心，將這些機架買走。來了幾個老闆，一看這被削弄得不成樣子的世佳遊戲機機架，皆搖搖頭，二話沒說，就走了。金海不甘心，他想只要能將它們處理出去，能賣一分錢也是一分錢。又找別的老闆，找來找去，終於有一個機行老闆發了善心，以原價的20%給買走了。八台機架，每台一千八百元，買成一萬四千多，二折處理，僅賣兩千八百多元，光機架就虧損一萬一千多。但能夠將它們處理掉，金海也就心滿意足了，總比窩在手裏全部作廢要好得多。

機架處理後又忙彩電，八台彩電，自己結婚可以留用一台，還有七台需要處理。彩電的情況比機架要好一些，都是新的，沒有損壞，這是一大優勢。但是，一下子上哪兒去找這麼多的買主呢？恰好林巧巧班上一個學生家長在一家商場當經理，巧巧找他幫忙，那家商場便以批發價將七台彩電全給買走了。與機架相比，彩電虧的不多，只賠了個二三千元。全部算下來，金海這次遊戲機改造，總共賠了一萬四千多元。

從改做馬機生意到改造遊戲機，金海等於走了兩次彎路，比起同行來，他要多栽一次跟頭。處理機架與彩電後剩下的錢款，只夠買四台普通遊戲機了。金海想將銀行的八千元取出，再上哪兒借個七八千，湊成八台遊戲機。後來一想，兩次借蔣佑坤的錢已經快到期，得想辦法還才是，不能繼續增加自己的債務負擔了，況且，馬上就要結婚了，不能半點東西都不買，最起碼，八千塊錢還是要用的。這樣一想，金海就放棄了原先的打算，覺得還是穩妥一點的好，自己兩次栽跟頭，就吃虧在辦事太急躁了。於是，他只購進了四台遊戲機。

繞了一個圈，一切，又彷彿回到了下海之初的起點。不僅如此，還增加了兩萬元的債務。金海呀金海，你這下的是什麼海呀？魚沒摸到，反而掉進海中，惹了一身臊，還差點讓海水給嗆死了。每想於此，金海不覺十分悲哀。

但是，當他以遊戲的心態看待這段之字形彎路時，就覺得下海這幾個月來，雖然吃了不少虧，但也長了不少見識，積累了不少經驗。他沒有氣餒，也沒有灰心，他自信只要再做下去，穩一點，不浮躁，是一定能夠摸得到大魚的。

可是，一個多月後，為了加強對遊戲機市場的管理，市文化局、公安局、工商局、稅務局等幾家單位聯合採取了一次大的行動：將全市遊戲機全部集中在工人文化宮、大眾樂園、江城劇場、海員俱樂部等幾家大型娛樂場所。

正想安寧一段時間、穩紮穩打的金海，不得不面臨著又一次「搬家」的折騰。於是，他不禁哀歎道：這下海經商，怎就這樣的難呀?!人家一賺就是好幾萬、幾十萬、幾百萬甚至上千萬，賺得輕飄飄的，十分容易，可我不僅沒有賺到錢，還被折騰得死去活來，這到底是怎麼回事呀？難道我金海真的無能，真的不是一塊經商的料？這樣的折騰來折騰去，我到底得到了什麼？苦海無邊，回頭是岸，是不是回頭才是正道呀？……金海越想越悲哀，想到傷心之處，恨不得放開嗓子痛哭一場。但是，他沒有哭，而是發出了一陣笑聲。他「咯咯咯」地笑著，這怪異的笑聲在室內衝撞、迴盪，比哭聲聽著更加令人難受。「咯咯咯……」「咯咯咯……」「咯咯咯……」他放開嗓子，發洩似的大聲笑著，也不知笑了多長時間，反正他感覺笑得十分疲倦了，才收住嗓子。

金海閉眼養了一會神，慢慢地恢復了常態。恢復常態後，他的大腦又開始了快速思維。不就一場遊戲麼，哪能特別當真呢？索性，繼續玩到底吧，看終究能出現個啥局面。是的，你即使不玩到底，也沒有回頭的餘地了。即使前面是沙漠，是深淵，是火海，也不能退縮，不能回頭，只有一個勁地往前走下去了！

這樣一想，他又感到渾身是勁，不由得站起身來，激動得在室內走來走去。

對，幹下去，幹到底，再玩一把！古人云，置之死地而後生，只有走，繼續往前走，才是唯一的生路，才能走出一片新的天地。「走過去，前面是個天！」一首歌裏曾經這麼唱過，這句歌詞寫得真是太妙了，彷彿就是為他金海而創作的。

於是，金海不再悲觀，也不再猶豫。搬家就搬家吧，大風浪都闖過來了，還怕這次小小的折騰嗎？

可是，搬到哪裏為好呢？

他首先想到了文化宮，因為方華在那兒。到了那裏，相互間也有一個照應。可轉念一想，正因為方華在那裏，他不能去文化宮。為啥？做遊戲機生意的老闆都擠在了一起，一人吃的飯變成了幾個人，甚至是十幾個人來吃，肯定免不了會有一番競爭。去了文化宮，說不定會成為方華的一個競爭對手，朋友之間來上一番明爭暗鬥的。那時候再「搬家」，不僅又要多一份折騰，而且會失去一位要好的朋友。做事情，得有點先見之明才是。

那麼，到底上哪兒去呢？大眾樂園、江城劇場、海員俱樂部，他一個一個地琢磨著，覺得這幾個地方似乎都差不多。既然如此，那就選一處離崇文小學最近的吧，這樣離宿舍近，離林巧巧也近。大眾樂園離崇文小學最近，金海就選定了那裏。

過去，遊戲機散落在全市各地，並不怎麼起眼。如今全部集中在一起，就顯得格外地多，給人一種「機」滿為患的感覺。集中完畢後，光大眾樂園一處，就有一百多台遊戲機。

原先的遊戲機老闆，都有各自的顧客對象，這些顧客皆固定在一定的區域。如今，遊戲機轉移了，可這些顧客並沒有轉移，仍在各自的區域內，他們不可能為了玩幾場遊戲專門乘車跑很遠的路，這樣的顧客即使有，也不多。特別是那些學生，也就是在上學、放學的間隙順便放鬆一下，隨遊戲機轉移的情況就更少了，學校附近沒有遊戲機，他們就不打了。因此，學校老師和學生家長對市有關單位聯合採取的這次大規模整治行動，無不拍手稱快。

遊戲機扎堆似的擠在一處，僧多粥少，於是，老闆之間，勢不可免地就出現了競爭的現象，就跟金海事先預測的一模一樣。

大眾樂園附近只有一所小學、一所中學，過去的顧客並沒有增加多少，可一下子集中了一百多台遊戲機，便出現了嚴重的「機荒」，有的遊戲機整天沒有人打，擱在那兒彷彿成了一件可有可無的擺設。

各遊戲機老闆使出渾身解數，明裏暗裏展開激烈的競爭。可競爭來競爭去，也就只那麼一些顧客，攤到每個遊戲機主，不及過去的十分之一。即使競爭贏了，也撈不到多大油水，連過去的一半都趕不上呢。既然如此，這遊戲機生意還有什麼做頭？於是，不少遊戲機老闆們紛紛「轉產」，改做別的生意去了。

這次，金海一再告誡自己，不能頭腦發熱，要沉得住氣，不能看別人一走自己也想抽腿。大家都走，留下來的就是少數了。少數的幾人做遊戲機生意，行情會慢慢看好的。況且，上級有關部門見遊戲機生意如此不景氣，也不會眼睜睜地看著這一行業徹底垮臺，總會想出一些對策來彌補的。這樣一想，金海就堅定了繼續做下去的決心。況且，他手頭一時沒有資金，也不可能馬上轉移去做別的生意。那麼，不論從主觀還是從客觀上說，都決定了金海只有將遊戲機生意繼續做下去。這回，他不僅沒有動搖，還決定趁機將生意擴大。因為要「轉產」，就有不少遊戲機得處理掉。凡決定不做遊戲機生意了的，都急於將機子儘快賣出去。一時間，遊戲機價格直線下跌了，從六折跌到五折，又跌到四折，最後，只需花個一千五百元，就可以買到一台。這時，金海就想買幾台進來了。

他跟林巧巧商量買機的事，林巧巧說：「遊戲機普遍降溫，你卻還在升溫，不怕又栽跟頭嗎？」

金海說：「有些事情是說不準的，你看我上次的遊戲機改造，成功彷彿就在眼前，不僅是眼前，好像就是成功在握了，結果呢？一敗塗地。這次，大家都不做遊戲機生意了，彷彿再做下去，只有賠本一賠到底的份兒了，可是，我卻反其道而行之，認準了繼續做下去的理兒，我就不信再摔一次跤！」

林巧巧說：「只要認準了，你就做下去吧！」

金海說：「我得徵求你的同意才行呢。」

「生意上的事，我不怎麼懂，你自己拿主意吧。」

「可是，我要動用咱們兩人的錢，上次，我不是跟你說過嗎?存款單上留了八千元錢，原是準備結婚用的，如今看來，又存不住了。」

林巧巧爽快地說：「你要用就用唄！」

金海歉疚地說：「巧巧，真對不住你了，我想現在乘機再添四台遊戲機，每台一千五百元，又得取出六千元才成。」

林巧巧說：「不是還剩兩千麼，這段時間，我又攢了一千多，湊在一起，共是三千多。咱們彩電已經有了，再用這三千多元打一套組合傢俱就行了。」

「巧巧，真難為你了。今後，我一定要補償的，只要我賺了錢，我一定要投資把家庭建設搞好。」

林巧巧笑著說：「那是以後的事，等你還完了債，有了積蓄再說吧。我說過，人活在世界上，精神才是最重要的。至於物質方面，有飯吃，有衣穿，有房子住，我就滿足了。」

金海發自內心地說道：「在這物慾橫流的社會，能找到像你這樣通情達理的女人做妻子，真是我的幸運。」

兩天後，金海花了六千元，廉價購進四台遊戲機，於是，他又湊成了八台的數目。

不久，市有關部門見遊戲機生意競爭激烈，且網點稀少，分佈不均，便又擴大了幾個遊戲機點。通知傳達下來，大眾樂園就有不少老闆搬到新點去了。

轉行的轉行，搬走的搬走，到後來，包括金海在內，大眾樂園只剩下了三個做遊戲機生意的老闆。另外兩個，其中一個姓王，有二十台遊戲機；還一個姓曹，只有四台遊戲機。這樣一來，競爭便在三個老闆之間展開了。

從數量上看，王老闆佔有明顯的優勢，金海居中。如果單槍匹馬地幹，金海肯定不是王老闆的對手。怎樣才能佔據優勢與主動呢?金海絞盡腦汁，想出了一個主意，分三個步驟，付諸實施。

第一步，與弱者曹老闆聯手。

金海將曹老闆叫到一邊說：「你看現在，咱們大眾樂園就剩下了三家做遊戲機生意的，老王他一人就有二十台機子，比咱們兩人加在一起都多，如果不想點辦法，就要被他擠跑了。」

曹老闆也有相同的危機感：「是的，問題的嚴重性我早就看出來了，可我剛做遊戲機生意，一是沒有多大的本錢，二是沒有多少經驗，只有聽其自然了。」

「咱們不能聽其自然，要想辦法才是。」

「想什麼辦法呢？我簡直就覺得無法可想。」

「辦法是有的，就看你肯不肯動腦筋。」

「你有什麼法子？」

「咱們得聯合起來才行，最好合在一起做。這樣一來，就有了十二台機子，雖比老王的還少八台，但畢竟要比過去強多了。再說，咱們有兩個人，比他多一個腦袋，我就不信鬥不過他。」

曹老闆當然願意與金海合作，聽他這麼一說，當即表示同意：「行，金老闆，咱們就綁在一起做吧。至於營業收入，我們按機子的比例分成就是了。」

兩人一拍即合，事情很快談妥。

第二步，拉攏顧客。

兩人的遊戲機合在了一塊，每天只需一人看護就行了，另外一人便可騰出身來忙於「外交」。

曹老闆將他過去的顧客都拉在了自己身邊，金海除拉攏舊顧客外，還在兩所學校的身上打起了主意。

大眾樂園附近的兩所學校，一為沿江路小學，一為江城七中。這兩所學校中，金海有不少同學和同事，於是，他就一一找他們幫忙——如果班上學生打遊戲機的話，就請他們到一家姓金的老闆那兒去打。這家老闆的遊戲室很好找，進了大眾樂園，往右走十幾米，就可見到一個牌子，名叫樂樂遊戲室，那裏面共有十二台機子。金海一再強調說，你們無論如何不要讓學生走錯了地方，如果往左走，就是一家姓王的老闆開的，那裏面有二十台遊戲機，如果到了那裏，就是走錯了地方，一定要回頭才是。

每當金海找到這些過去的同學或同事時，他們都感到很為難：「就一般情況而言，學校是禁止學生打遊戲機的，作為一個教師來說，如果我在班上這麼一宣傳，那不是鼓勵學生們麼？」

金海說：「打遊戲機，可以開發學生的智力，只要他們不沉湎其中，適當地打一打又何嘗不可呢？我就不信你們學校在這方面對學生還有明文的禁止規定，如果有，為什麼還有那麼多學生去打呢？」

「明文的禁止倒沒有，只不過不提倡罷了。」

「既然如此，你就可以說，如果，你要特別強調一下『如果』二字，如果你們要打的話，就到樂樂遊戲室去。加了『如果』，就不是鼓勵了。況且，打打遊戲機，又不是一件壞事，對負擔很重的學生來說，換換腦筋，也是一種必要嘛。」

被金海纏不過，他們只得答應在適當的時候為他宣傳宣傳。

這樣一來，兩所學校來大眾樂園打遊戲機的學生，基本上都集中在了金海的樂樂遊戲室。

第三步，降低價格。

過去，一般來說，一個遊戲機牌子賣三毛，兩個賣五毛。王老闆實行的也是這一價格。為吸引顧客，金海將價格作了調整：買一個牌子，兩毛五；買兩個，四毛；一次性買得越多，價格就越便宜；有時，顧客打完了牌子餘興未盡，金海還有意送他兩個牌子打。

由於金海採取了這些措施，一段日子，王老闆的生意明顯地蕭條了。他也想過一些法子，但回天無力。他知道鬥不過金海，就選了一個新點，在一個陽光明媚的上午，租了一輛卡車，分兩次將二十台遊戲機全部拖走了。

臨走之前，他將曹老闆叫到一邊。

曹老闆敬一支煙給他，不好意思地說：「老王，希望你不要恨我，其實，我這人心善得很……可是，做生意嘛，你也知道，總免不了要競爭的……」

王老闆沒有接煙，只是冷冷地打斷他的話道：「曹老闆，你恐怕到現在都還不知道，你是讓人家當槍使了。你這人太糊塗了，我不恨你，只是為你感到可憐。我今天把話說到這裏，過不了一個星期，你的下場肯定比我的更慘！」

王老闆說完，將曹老闆一人晾在那裏，頭也不回地爬進卡車駕駛室，隨車一陣風似的走了。

王老闆走後根本不到一個星期，只在第二天，金海就迫不及待地提出了跟曹老闆分手的事。他說：「曹老闆，你心裏也清楚，咱們當初之所以聯合在一起，是為了對付老王。如今老王走了，咱們也就沒有聯合在一起的必要了。」

曹老闆當即一愣：「金老闆，你……你這是過河拆橋……過河拆橋……」

金海說：「咱們都是做生意的，你心裏也十分清楚，如果我現在還跟你聯合，那不明擺著是我吃虧嗎？你想想，我的機子有八台，而你的只有四台呀！」

既然金海不願跟他合作了，他也不好強迫，兩人只得分手。但是，分手後的他，這生意還怎麼做得下去呢？與金海合作這段時間，他心裏十分清楚，不僅遊戲機沒有金海的多，就是過去那些顧客，大多也是他拉來的。再則，他的頭腦也不如金海靈活，一句話，他根本就不是金海的對手。看來只有轉點了，可是，轉到哪裏為好呢？到處都是競爭，弱肉強食，罷罷罷，這遊戲機生意是做不下去了！最明智的做法，莫如趁早洗手不幹，朝別的方面發展。那麼，這四台遊戲機怎麼辦呢？賣給機行老闆，每台不過一千元。照此看來，這次的虧是吃定了，唯一的辦法是少虧一點，不如賣給金海吧。

這麼一想，曹老闆趕緊換了一副笑臉說：「金老闆，既然你要散夥，那就散吧。正好，我也不想做這遊戲機生意了，做得不開心沒有意思不說，還賺不到什麼錢。我想把這幾台機子賣了去幹點別的事，不知你能不能幫忙買下來？」

金海腦袋一轉，正好又可以趁機把生意擴大呢，能把這幾台機子買下來，當然是再好不過的了，可他一時又拿不出這麼多的錢來，於是就說道：「曹老闆，既然你不做了，我也想買，只是……」

曹老闆道：「金老闆，咱們合作這段時間，總的來說還是愉快的。人畢竟是有感情的，朋友一場，你買下這幾台遊戲機，就算是請你給我幫個忙怎麼樣？」

金海說：「我願意買，可現在一口氣拿不出這多的錢，真的，我半點假話也沒說。我栽跟頭的事，以前都跟你說過，做了這長時間的遊戲機生意，錢沒賺到一分，還虧了一屁股的債。我的手頭，能拿得出來的活錢只有兩千元，也就是這段時間跟你合夥賺的一筆錢。如果你真的願意賣我，我先付你兩千元，剩下的，跟你打張欠條，兩個月後還你。」

曹老闆想了想說：「也成。」

金海問：「你想賣多少錢一台？」

曹老闆說：「你開個價吧。」

金海試探著說：「每台一千五，怎麼樣？」又說：「最高也只能是這個價了，並且，我這是看在朋友的面子上才開這麼高的價。」

現在的市場行情，機行老闆每台只收一千元，能賣個一千五，相當不錯的了，曹老闆道：「好吧，一千五就一千五。」

雙方辦完買賣交付手續，金海又添了四台遊戲機，由八台發展到了十二台。

33

擠走了王老闆與曹老闆，大眾樂園的遊戲室就只剩了金海一家，原先一百多台機子的生意，現在就由他一人的十二台遊戲機來做。每台機子從早到晚，幾乎沒有歇著的時候。裏裏外外，一個人實在太忙了，他又雇請了一個幫工小田，每月開他三百元工資，還管早點及中午、晚上的盒飯。這好的待遇，在幫工中很少見，因此小田幹得極賣力，一天到晚十分勤勉。金海見小田為人忠厚老實，且有幾分經營頭腦，也很滿意，便放手讓他一人照看機子，他每天只去大眾樂園收兩次錢款。生意格外地好，平均每天的營業額有三四百元。於是，金海心裏喜滋滋的，自下海以來，總算是聰明了一回，成功了一次，只要這樣子下去，今後的日子還是蠻好過的，幸虧當時堅持下來，不然又要抓瞎了。

遊戲機的生意剛剛忙出了一點頭緒，又得考慮結婚的事情了。林巧巧這邊，肚子日漸鼓突，幸虧是冬天，衣服穿得多，不然的話，早就不能上講臺了。結婚是不能再拖下去的了，於是，他們到街道辦事處打了一個結婚證，就開始著手結婚的一應準備工作。

林巧巧的單身宿舍實在是太狹小了，怎樣才能把房子擴大一點呢？金海絞盡腦汁，終於想出了一個辦法。

這天，他到校長辦公室去找馬校長。

馬校長見到金海，出奇地熱情，又是敬煙，又是倒茶，又是讓座，真有點「相逢一笑泯恩仇」的味道。馬校長問他：「小金，生意做得怎樣呀？聽說你在大眾樂園大顯身手，將所有的競爭對手打得落荒而逃。不錯呀你，不愧是教育戰線出去的，素質就是要比一般人高一籌！」

金海說：「生意場上的事，說不好的，有時栽跟頭，有時占點上風，這是常事，總之是一件冒風險的事兒。」

馬校長說：「說句內心話，我希望你能早日發財。真的，你要是發了大財，說不定還會為咱們這所窮學校贊助一筆鉅款呢。」

「馬校長，你就莫譏諷我了，我一點小本生意，怎就發得了大財？」

「人不可貌相，海水不可斗量，年輕人，前途不可限量呢。」說到這裏，馬校長問，「你找我有什麼事吧？」

金海說：「是的，無事不登三寶殿，求馬校長發點善心呢！」

「到底什麼事？」

「我那間單身宿舍，不知學校準備什麼時候收回？」

「我們暫不收回，你願住多長時間就住多長時間。」

「有你這話，我就放心了。」

「不管怎麼說，你還是為咱們學校作出過貢獻的。」

「我正跟林巧巧準備婚事呢，想必學校領導已經知道了。」

「知道，知道，你們的結婚證明，就是學校開的嘛，小金，祝賀你呀！」

「可是，咱們的房子實在是太小了。今天，我就是為這事來找你的，看學校領導能不能將我和林巧巧的單身宿舍換在一起，讓住巧巧隔壁的小洪搬到我那間宿舍去。」

「這事麼，」馬校長沉吟道，「當然是可以的，只是我一人作不了主，領導班子要開會研究一下，還得徵求小洪的意見。」

金海說：「我已經私下跟小洪打了商量，她本人沒有半點意見。」

馬校長說：「既然小洪同意，我也沒有什麼意見，明天晚上咱們學校領導要開一個辦公會，我在會上把你這事提出來討論一下，如果大家不反對，這事情也就成了。」

「那麼，我後天再來打探結果。」

「好的。」

「謝謝了馬校長。」說到這裏，金海主動伸出手來，跟馬校長緊緊地握了握。

學校辦公會討論的結果，皆同意小洪與金海換房。

於是，金海與林巧巧的兩間單身宿舍就合在了一處。

金海花了半個月時間，先將房子佈置一番。一間放傢俱，放床，作為臥室；另一間則隔開來，前面部分做廚房，後面部分做書房。

婚期訂在三月八日這一天，他與林巧巧不想大操大辦，也沒有大肆鋪張的能力，只準備在附近的春城酒樓將要好的朋友請兩桌算了，一桌是金海的朋友，一桌是林巧巧的朋友，每桌限定十人。

不管婚禮準備得多麼倉促簡單，他們倆還是給每位邀請者發了一份大紅請帖。

金海給我請帖時，我問道：「你跟謝逸發了嗎？」

「我跟她的關係，都成為過去的故事了，還發什麼請帖呀！」

「畢竟還是普通朋友嘛，你應該大度一些才是。」

「就是發了，她也不會來的。」

「發不發在你，去不去在她，這是一個為人處事的風度問題。」

「曾哥，你說得有道理，過兩天，我就跟她送一份過去吧。」

可巧的是，就在收到金海結婚請帖的第二天，我又收到了謝逸送來的結婚請帖，並且婚期都訂在了同一天：三月八日國際婦女節。

是巧合，還是冥冥之中上帝的一種安排？我究竟去參加誰的婚禮為好呢？

我將金海的請帖找出來，與謝逸的擺放在一塊。我發現，金海的婚宴定在中午十一點半，而謝逸的則是下午五點鐘。哦，原來時間錯開了呢，正好同時都能參加，難題由此豁然而解。

謝逸見我又拿出一份大紅請帖，就問：「你最近要赴好幾處婚宴吧？」

我說：「是的，金海的婚期也訂在三月八日這一天。不過呢，他的婚宴在中午，你的是下午，兩處我都趕得上。」

謝逸聞言，頓時瞪大眼睛道：「真的嗎？這真是太巧了，世上一些事情，怎就這樣地巧合呢？」

我說：「這就叫無巧不成書。」又說：「你也應該跟金海發一份請帖才是。」

沒想到，謝逸的口氣竟跟金海的一模一樣：「都過去的事了，還提它幹嘛。」

我有意偏向金海道：「可是，金海卻專門給你寫了一份請帖呢，他說就在這幾天給你送過去的。」

謝逸聽了，不禁全身一震，急切地問：「這是真的？」

我扯一個謊說：「是真的，那份請帖我都見到了呢。」

「可是……可是……」謝逸嘴唇蠕動著，不知該說些什麼才好，「可是他……曾老師，過去的事情就別提啦，我心裏很難受……」

見謝逸一副痛苦不堪的樣子，我趕緊住口，與她聊些別的。我也不知道，怎就在金海的面前談起謝逸，又在謝逸的面前談到了金海，真是鬼使神差，還要他們互發什麼請帖。唉，事已至此，根本就沒有必要舊事重提了，唯有增加他們的痛苦而已。我想這樣的糊塗事，今後是再也不會重犯了。

三月八日這天中午，我準時趕赴春城酒樓參加金海與林巧巧的婚宴。人雖不多，但菜肴還算豐盛。前來參加婚宴的都是金海和林巧巧的至友，氣氛十分熱烈。大家喝著叫著鬧著，都很盡興，直到酒足菜飽，方才離開春城酒樓。離開酒樓後並沒有散去，而是去了他們的新房。金海在臥室開了一副麻將，在書房開了一副撲克。朋友們有的打麻將，有的打撲克，叫叫嚷嚷，鬧個不休。

在新房裏玩到四點鐘，我就向金海和林巧巧這對新婚夫婦告辭，趕到金花大酒店參加謝逸和蕭平的婚禮。

金花大酒店雖然只是一個三星級的酒店，但它卻是江城唯一一座帶星級的賓館。賓客剛到大門口，就傳來一陣洋鼓洋號的聲音，這是雇請的樂隊在歡迎客人的光臨。

進入大門，便有一位亭亭玉立的禮儀小姐前來引導，將我引到一張放有瓜子、水果、糖果的圓桌前。

五點半，瓜果撤去，開始上菜。

不一會，豐盛的菜肴就擺了一滿桌。

六點鐘，主持人站在麥克風前，宣佈婚禮正式開始。

震耳欲聾的鞭炮聲「劈劈啪啪」地響了足足一刻鐘。

鞭炮聲止，主持人介紹來賓，有市主要領導，有工商界要人，有文藝界客人，有其他行業的來賓，還有來自外地的親朋好友……

與此同時，請來的電視臺記者開始攝像。

當時，我聽說謝逸找了一個腰纏萬貫的個體戶時，很不以為然，及至今日參加他們的婚禮，方才見識了這位老闆的本事。光是婚宴，他們就擺了五十桌。其豪奢與金海、林巧巧婚宴的簡樸，形成了一種鮮明對比。

可是，晚上的酒宴我幾乎什麼也沒吃，這大概是因為中午吃得過飽喝得過多的緣故。又因為沒有幾張熟識的面孔，玩得也不怎麼開心。

34

白丹丹懷孕了！

羅寶知道後的第一個反應，就是覺得事情太麻煩了。最起碼，要帶白丹丹到醫院去打胎。如果她不願去醫院打胎呢？據有經驗的人說，這種情況很普遍很正常，女人只要懷上了，一般都想生下來，因為腹中的孩子啟動了潛藏在她們內心深處的母愛之情。可羅寶暫時還不想結婚，他覺得自己年齡還小，還沒有玩夠。即使結婚，也不想要孩子，他不願馬上承擔做父親的責任。

然而，將事情的前前後後反反覆覆地一想，羅寶又覺得事情有幾分蹊蹺。每次與白丹丹上床，他都採取了一定的措施，戴上了避孕套。戴避孕套與沒戴避孕套的感覺大不一樣，但為了避免麻煩，羅寶寧願感覺差一點，只要有那麼一回事，將青春的躁動與激情發洩一番，也就滿足了。

問題到底出在哪裏呢？戴避孕套「幹活」，一般來說是不會出什麼問題的，除非套子品質差，出現破裂或氣孔。羅寶雖是一個粗人，但怕丹丹懷孕，每次做這事時都挺細心，總是先將套子吹大，拿在手裏把玩一番，將氣放出後使用。

如此看來，問題不可能出在他羅寶身上。但總歸是出了問題，不然的話，白丹丹的肚子就不會鼓脹。既然不是他的問題，那麼，就一定是別人的問題了。

莫非白丹丹肚裏懷上的是一個野種不成？

一想到這點，羅寶就感到頭皮發炸，怎麼也接受不了這一事實。

難道說她腳踏兩隻船，在跟我談朋友的同時，又和別人勾勾搭搭嗎？難怪幾次找她約會，她都藉故推脫的，看來這情況還真有幾分可能呢。

羅寶認真地回想，覺得白丹丹待業在家時，是不大可能與別人勾搭上的，問題就出在她出來跟金海做幫工以後。他娘的，原以為跟她找點工作賺幾個錢用用的，沒想到自己辦了一件蠢事呢，這社會真是太複雜太污濁了，也怪白丹丹太沒操守太不正經了。

那麼，到底是誰的野種呢？羅寶將他熟識的可能之人在腦子裏篩來篩去，一個也不敢肯定。於是就想，白丹丹在龍騰貿易公司的黃經理手下當秘書，他們兩人經常混在一起，說不定這野種就是他的，當經理的人沒有一個好東西呢！懷疑歸懷疑，在沒有抓到任何把柄，沒有拿到確鑿事實之前，也不能去找人家的歪。

怎樣才抓得到把柄呢？唯一的辦法就是跟蹤、盯梢。

羅寶沒有心思打工了，幾天來，他不動聲色像條獵狗似的跟在白丹丹身後尋來尋去，以期發現哪怕是半點蛛絲馬跡。可是，結果卻令他非常失望。

難道是自己疑心生暗鬼嗎？但直覺告訴他，白丹丹跟他人一定有所勾搭。

要得人不知，除非己不為。只要白丹丹繼續跟那人來往，總有一天是會露出破綻的，羅寶半點也不敢放鬆對白丹丹的監視。

機會終於來了。

這天傍晚，羅寶約丹丹上街轉轉，白丹丹說：「街上有什麼轉頭？」

羅寶說：「散散步麼，逛一逛，開開心。」

白丹丹說：「要上街咱們就去舞廳，或是卡拉OK廳，好好地瀟灑瀟灑。」

「將錢花在那上面划不來，要跳，咱們放放錄音在家裏跳，在家裏唱一樣的效果。」

「你總是很小氣。」

羅寶說：「我不是小氣，而是要攢錢結婚。現在，我寧願小氣一點，可結婚那天，我就要好好地大氣一番，讓別人認為我羅寶不簡單。丹丹，我之所以節約，就是為了要在結婚那天好好地做一次人，也是為了我們兩人的風光呢。」

白丹丹說：「你不願把錢花在那上面，我能理解，你是為了我們兩人好。那麼，咱們就不上舞廳，不去卡拉OK廳好啦。可是，我不願上街瞎逛，到處都是灰，到處都是人和車，有個什麼逛頭呵！」

羅寶表示同意：「好吧，那咱們就不逛街了，今晚，我就在屋裏頭好好陪陪你。」

「可是……」聽羅寶這麼一說，白丹丹急了，「今天晚上我還要加班，咱們明天晚上在一起玩怎麼樣？」

要在過去，羅寶二話不說也就答應了，可是，自他心中有了那種懷疑後，便決定將事情弄個清清楚楚、明明白白。

「什麼事這忙呀？」他問。

白丹丹說：「黃經理晚上要跟外商談一筆生意，作為秘書，我非到場不可。」

「哦，原來是這麼回事呀，」羅寶故意輕描淡寫地說，「那你就去吧，我明天再來找你。」

「我明天一定好好陪你。」

「行，那我就先走了。」

羅寶與白丹丹告辭後，並沒有走遠，而是躲在了一個隱秘處窺探她的動靜。

約莫半小時後，白丹丹出來了。她穿一件風衣，描了淡妝，更顯得風姿綽約。她來到大街上，左右觀望一番，叫住一輛三輪車，坐了上去。

羅寶不敢怠慢，他馬上走了出來，也想叫一輛三輪，可一時間卻沒有一輛駛過。他娘的，要租三輪車一輛都沒有，不租時但見三輪滿街跑，真是太可恨了！正在心頭罵著，就見一輛摩托車駛了過來。但願這是一輛出租摩托，他暗暗祈禱著，趕緊招手叫停，摩托果真就停在了他的身邊。

「先生上哪？」車主問。

「先往前走。」羅寶說。

「你到底上哪呀？」

「我也搞不太清楚，你先跑一程了再說吧。」

羅寶上車，摩托車風馳電掣般駛了起來，有「呼呼」的風聲從耳邊掠過。不一會，就看得見白丹丹乘坐的那輛三輪車了。於是，羅寶朝前一指道：「師傅不要開快了，就跟在那輛三輪車後面，它上哪你就跟到哪。」

車主說：「原來你是要我搞地下工作呀。」

羅寶說：「你放心，我不是幹壞事，不會連累你的。」

「你要連累，也連累不上的，只要你到時候付我車費就是了。」

「車費一分錢都不會少你的。」

摩托車放慢速度，跟在三輪車後緩緩前行。

來到一個三岔路口，三輪車朝左邊拐了一個彎，摩托車也跟著拐彎。

約莫盯了一刻鐘的梢，三輪車停住，白丹丹從裏面走了出來。

摩托車趕緊剎車，羅寶低著個頭，生怕白丹丹發現了他，不然的話，他的一切努力就白費了。

白丹丹向前走，羅寶保持一段距離跟著向前。

走了一程，來到一家舞廳，一個男人上前將白丹丹迎了進去。

他娘的，上的什麼夜班呀？分明是跟人家幽會，還騙老子呢！狗日的，不把你們兩個狗娘養的錘匾老子就不是人，羅寶怒氣衝衝地想著，真想衝進舞廳將白丹丹拖出來痛打一頓。他的拳頭捏得格巴格巴響，最終還是忍住了。不能莽撞，這裏不是打人的地方，要打，也得找個隱密的地方才是。現在的關鍵，是要抓住白丹丹與他人調情的把柄。

站在舞廳外面，羅寶朝上一望，只見上面寫著「藍天歌舞廳」幾個字樣。什麼藍天歌舞廳？他娘的，名字叫得好聽，應該叫骯髒歌舞廳才是！羅寶認為，凡是歌廳舞廳、卡拉ＯＫ廳、美容院等等之類的場所，都是一些藏污納垢之處。這樣的地方，只有富人進得了，像他這樣的窮人，一年上頭進不了一次。而富人花錢買什麼？買的就是女人的歡笑，女人的貞潔。可他今天是非進不可的了，他花錢為什麼？為的是看清白丹丹的本來面目。

羅寶來到售票台前問道：「小姐，舞票多少錢一張？」

「三十元。」

「買一張吧。」

售票員問：「你怎麼只買一張呀？」

「我只需要一張，」他說著，又覺得不妥，便解釋道，「我們一共三人，已經買過兩張了。」

售票員「哦」了一聲，就扯了一張票給他。

羅寶憑票進了舞廳，揀一個不起眼的角落坐下。

他要儘量隱蔽自己，不讓白丹丹有所覺察。

舞曲奏響，白丹丹和那個男人相擁著走進舞池，開始跳了起來。這沒有什麼，跟一個男人跳跳舞也算不了什麼的，他羅寶並不是一個非常封建的人。只是明明來跳舞，為什麼要撒謊說是加夜班呢？那麼，這裏面就大有文章可作了。

他發現，白丹丹跟那個男人在一起配合得很好，真可以稱得上、翩翩起舞了。由此可見，他們已不是一兩次，而是經常在一起跳舞了。一男一女經常跳舞，能不擦出火花、碰出感情、跳出一段故事來嗎？除非是兩個冷血動物碰在了一起！

一曲跳完，他們進到中間一個幽暗的包廂。包廂是隱密的，他們在裏面會做些什麼呢？此刻，他們就是在一起接吻，吻得死去活來，羅寶也莫可奈何呵。這樣一想，他心裏煩躁得不行，使勁抓揉著自己的頭髮，悶著個頭，一個勁地吸煙。

慢步，快步，然後又是快步，慢步……他們兩人一曲不拉，跳得有勁帶力。跳著跳著，就到了「溫柔十分鐘」時刻。這時，所有的燈全部熄滅，場內一片漆黑。舞曲響了，溫柔舒緩，一對對黑影緊緊地貼在一起，隨樂曲如波浪般起伏不已。舞池的燈全是熄的，可吧台要營業，燈還亮著。借著吧台的燈光，只要認真地看，也可以看出舞池裏面的大致情景。羅寶的目光緊張地搜尋著白丹丹和那個男人的身影，可是，找來找去，總是看不真切。他急了，趕緊起身躍進舞池，做出一副獨舞的姿態。舞池裏面的人很多，這是舞會的高潮，誰也不願放過這一寶貴的「溫柔十分鐘」。其中有不少舞伴，就是衝著這一時刻來的。羅寶的雙腳快速地移動著，腦袋左右觀望不已。這時，他終於發現了白丹丹，只見她擁在那個男人的懷裏，正仰著個腦袋與他接吻呢。他們兩人吻得如癡如醉，腳步半點也沒有移動了，就那麼站在原地，陶醉得忘乎所以。他娘的，白丹丹跟老子接吻還從來沒有這麼投入呢！羅寶見狀，恨不得將他們兩人立時拉開，每人給賞上一頓飽拳。他在舞池移動時，雙拳本來就是握著的，現在只要稍稍用勁，就可一人一拳將他們打翻在地。可是，舞廳將因此而大亂，保安說不定會將他給銬起來，以擾亂公共娛樂場所秩序的罪名關進號子。好漢不吃眼前虧，他只有忍，一忍再忍！而眼前的情景，他是一秒鐘也看不下去了，再待上一會，難保不會做出失去理智的事情來。不用再看了，一切都十分清楚了，看來白丹丹肚裏懷著的，還真是一個野種呢！今晚的親眼所見，更加證實了羅寶的懷疑與猜測。

臨離開時，羅寶又將白丹丹與那個男人看了一眼，一副甜蜜的接吻剪影圖就那麼永遠地定格在他的腦子裏了。

他一口氣衝出舞廳跑上大街，恨不得發狂地大叫大嚷一通。但是，他還是忍住了。婊子養的白丹丹，你等著吧，明天晚上，老子不把你的皮剝下一層才怪呢！

35

第二天晚上，羅寶將白丹丹約出，約到了他的家裏。

羅寶家裏沒人，父母上夜班去了，一個弟弟在讀高中，也上晚自習去了。

白丹丹剛一進門，羅寶便「嗵」地一聲將門關了。

白丹丹說：「你就不能輕點，用那麼大的勁幹嘛，嚇了我一跳。」

羅寶冷笑道：「我不僅要嚇你，還要吃你呢。」

白丹丹以為他在玩笑，也就說道：「你吃不了我的，你吃了我要得消化不良症的。」

「是嗎？我今天就是不信邪，非把你吃進去不可！」

「好吧，那我就給你吃吧，」白丹丹說著，上前勾住他的脖子，「反正我早就是你的人了嘛。」

她還以為羅寶又要跟她上床，以前的約會，只要他家沒人，羅寶就猴急猴急地將丹丹往床上抱。可這回，沒料到羅寶將她使勁往前一推，大聲吼道：「臭婊子養的，你少跟老子來這一套！」

白丹丹一個趔趄差點摔倒在地，她不認識似的望著羅寶說：「寶寶，你怎麼啦？今日發了瘋啵?!」

「是的，老子今日是發了瘋，老子昨天晚上就瘋了，是讓你這個臭婊子養的給氣瘋的！」

「我氣你什麼了？你不要在別處碰了壁，就拿自己的女人來出氣，這樣的男人最沒出息了，我最瞧不起這樣的男人了！」

「是啊，你瞧不起老子呀，你如今找到了一份工作，就翹起尾巴來了，就不知天高地厚了，也不知這份工作到底是誰跟你找的。」

白丹丹委屈地說：「我翹了什麼尾巴？我哪裏就瞧不起你了？」

「他娘的，你還嘴硬！」羅寶吼著，一巴掌抽在她的左臉上，「你跟老子說說看，你昨天晚上到底幹什麼去了？」

白丹丹捂著左臉，「嗚嗚嗚」地哭了起來。

「你說呀，你昨天晚上到底幹什麼去了？」

白丹丹只是哭，就是不回答。

「你不說，就以為老子不知道嗎？你昨天上的什麼夜班？原來是到舞廳上夜班去了呀！」

白丹丹邊哭邊說：「是的，我昨天是在舞廳上班，陪客人跳舞。我是一個秘書，我的工作性質決定了有時不得不陪客人跳跳舞。」

「白丹丹，我並反對你因為工作關係而跳舞，可是，你們的黃經理跟外商談一筆生意，總該有一群人吧，為什麼你陪的就只一個人呢？」

「你怎知我陪的就只一個人？」白丹丹昂頭問道。

「我怎不知？這是我親眼看到的！白丹丹，你就不要騙老子了，都實話告訴你吧，我昨晚盯了你的梢，跟著你進了那個什麼藍鳥……哦，不，不是藍鳥，而是藍天……藍天歌舞廳，我不僅看見你跟那個男人在一起跳舞，還看見了我不願看見的事情！」

白丹丹說：「都在公共娛樂場所，我們沒有做什麼見不得人的事情！」

「他娘的，你還嘴硬！」羅寶吼著，又在白丹丹的右臉上抽了一巴掌，兩張漂亮的臉蛋給抽得紅通通的，「老子看見你們兩人抱在一起接吻，難道這還不是什麼見不得人的事情嗎？難道要我將你們兩人在床上抓住那才叫見得了人嗎?!」

完了，什麼都看見了！頓時，白丹丹的意志垮了，她無以反抗，只有用越來越大的哭聲表示自己的柔弱，求得羅寶的同情。

然而，此時的羅寶早已紅了眼，他的怒火積聚了整整一夜，他根本不會同情白丹丹，他要發洩：「你說，你是不是跟那個男人上過床？」

「嗚嗚嗚……」回答他的是一片哭聲。

「你說，你肚裏懷的是不是那個男人的野種？」

「嗚嗚嗚……」白丹丹不作聲，只是哭。

羅寶繼續吼道：「光哭是沒有用的，你今天不跟老子說清楚，把老子搞橫噠，老子就要你的命！」

白丹丹聞言，開始嚎啕大哭起來。

「再嚎，老子一刀殺了你！」羅寶叫著，上前就是一頓拳打腳踢，「快住嘴！你越哭，老子就越要打你！」

白丹丹只得將哭聲往肚裏咽。

「你今天只有老老實實全部告訴我，不然的話，我就一刀捅了你，反正老子也不想活了。白丹丹，你到底說不說？」羅寶使勁地捏著她的下巴骨問。

白丹丹望他一眼，見他滿臉殺氣，不禁害怕極了。她知道羅寶脾氣暴躁，若是把他搞強了，什麼事情都可以做出來，真可以拿刀殺人的，只得開口說道：「你到底要我說些什麼呢？」

「把你跟那個男人的情況統統告訴我！」

「你要一些什麼情況？」

羅寶審訊似的問道：「他叫什麼名字？在哪裏工作？」

「他叫汪汝義，在市政府工作。」

「你們是怎麼勾搭上的？」

「他是金老闆的朋友，我們在樂樂遊戲室認識……我要他幫我找工作，他幫了我的忙……我現在這份工作，就是他為我找的。」

「所以你就出賣了自己！實話告訴我，你跟他上過床沒有？」

到了這一關口，白丹丹死不承認：「我上哪兒去跟他上床呀？就跟他跳了幾次舞，接了兩次吻，我不願意，每次都是他強迫的我。」

「好啊，市政府的官員強迫老子女朋友接吻，老子不給他一點厲害就不是人！」羅寶咬牙切齒地說著，又轉向白丹丹，「你真的沒跟他上床？」

「真的沒有，就是他有這個心思，我也不會同意的。我早就是你的人了，怎會跟他做那種事呢？怪只怪我這人太沒頭腦，讓他占了一點便宜，但關鍵時刻，我是半點也不含糊的。」

「你以為讓人家接吻就不是關鍵時刻？」

「羅寶，實話跟你說吧，我把接吻看得不是那麼重，在國外，接吻是一種見面的禮節呢，人人都可以接吻的。」

「那你見人就吻好啦。」

「既然你不願意，頭腦封建，那我今後再也不跟人家接吻就是了。」

審訊至此，羅寶對白丹丹的氣不覺消了許多，只要沒有上床，接接吻，其實真的也算不了什麼。但是，他們之間真的會沒上床嗎？只要真的沒有上床，那就不跟白丹丹計較了。於是，他又問道：「你們沒有上床，肚裏的孩子是怎麼回事？」

「羅寶，這還要問我嗎？你不是比我知道得更清楚嗎？你想想，你每月要跟我來多少次？平均每星期至少有兩次，這麼頻繁，哪有不懷上的道理？」

「可是，每次我都採取了避孕措施呢。」

「不怕一萬，就怕萬一，只要一次失誤，就會懷上了。你能擔保每次完事後抽出來時就不漏一點出來嗎？只要漏上哪怕一點一滴，也就懷上了……」

白丹丹說的也不是沒有道理，有時射過之後，羅寶還不願意抽出來，直等到那個東西變得軟蹋蹋的了才肯「動窩」。如果精液過多，避孕套儲不下，難保不漏出來一些。照此看來，丹丹肚裏的孩子還真是自己的種呢。

是自己的種也好，不是自己的種也罷，反正暫時不要去動這個小生命，他要將其作為一件「武器」，刺向那個狗日的汪汝義，以達到自己的目的。

「好吧，我就相信你的話，」這時，羅寶緊繃的臉鬆馳下來，「你們就是上了床，我沒有當場抓住，你又死不承認，我也沒有辦法。這次，我就原諒你，下次，不管你跟誰，只要是偷了情，讓我知道，小心你的狗命！」

白丹丹不言，就那麼低著個頭，一副可憐兮兮的樣子。

羅寶見狀，不覺心軟，上前撫摸那被他打得紅腫、留下指印的臉蛋。「丹丹，剛才，是我的不對，我不該動手打你的。可是，你也不應該隨隨便便就跟人家接吻呀！」羅寶邊撫摸邊說。

「寶寶，我的心裏只有你，我對得起你，真的。可是，你卻對我這麼凶，那麼狠，我真想……真想……」

「丹丹，是我的不對，我向你認錯還不行麼？」羅寶將白丹丹緊緊地摟在懷中。

白丹丹又開始一抽一抽地哭了起來。

「別哭了，丹丹，讓你受委屈了。我明天就去市政府找那個欺負你的傢伙，他想在老子這裏佔便宜，沒門！」

「如果你真的對我好，就別去找他了，」白丹丹不想讓汪汝義吃虧，這段日子，他們之間畢竟還是產生了幾分感情的，於是就勸羅寶，「到時候，鬧得滿城風雨的，對我、對你都不好。再說，人家畢竟幫了我的忙，給找了一份工作。」

「不，丹丹，我非去找他不可！人生在世，就要活得硬氣，你就是丟了現在這份工作，今後什麼事也不做，天天在家吃閒飯，不是我羅寶吹牛皮，我也養得活你的。」

既然勸不轉，白丹丹沒有辦法，只有聽憑事情自然發展了。「要是有了孩子，平添兩張嘴巴，過日子就難了。」她順著羅寶的話說道。

「就是有了兒子，我也要養活的，老子畢竟還是一個大男人麼！」

丹丹望他一眼說：「那……那咱們就快點結婚吧。」

「還不慌，等我攢夠錢了再說。」

「那……我肚裏的孩子怎麼辦？只好去打胎了，要是再拖，就只有引產了。」

「肚裏的孩子，你也莫管，我自有辦法處理的。」

白丹丹在羅寶面前，不敢太硬，怕他發火動拳頭，她知道他的性格，即使要改變他，也只有「順毛摸」，以柔克剛。而現在，他正在火頭上，不是她發揮特長的時候，只好忍著點。

第二天上午八點，羅寶準時趕到市政府。

汪汝義將當天要辦的事情向下屬交代幾句，正準備外出，就被羅寶堵在了辦公室。

好在汪汝義是單獨一間辦公室，他們的談話沒有外人知道。

「請問，你就是汪科長嗎？」羅寶儘量裝出一副客氣文明的樣子問道。

汪汝義見一個面孔陌生的大塊頭年輕人找他，不覺感到十分詫異。「是的，我就是汪汝義，找我有什麼事情嗎？」他問。

「是的，專門有件事情來找你。」

「什麼事，說吧。」

「我首先想告訴你的是，我是白丹丹的男朋友。」

汪汝義聞言一愣，他預感事情不妙，不覺緊張地望著他的嘴唇，看他將要說出一些什麼樣的話來。

「怎麼，一聽說我是丹丹男朋友就害怕了吧？」羅寶冷冷地一笑道，「我還想告訴你的是，你把我女朋友的肚子搞大了！」

「這……這……」汪汝義緊張得吞吞吐吐，「這怎麼可能呢？不，我的意思是說，根本就沒有這回事。」

「根本就沒有這回事？」羅寶故意將他的話重複了一遍，「男子漢大丈夫，既然做了，就要敢於承擔嘛。」

「沒有這回事就沒有這回事，你莫在這裏誣陷好人。」汪汝義幾乎嚷了起來。

「你要嚷，那好，我就去找你們的市長，看他怎麼處理這件事情。」羅寶說著，就往外走。

汪汝義慌了，一把將他拉住：「朋友，有話好說，什麼事情咱們兩人當面說清楚就得啦。」

「好吧，我就跟你當面把話說清楚吧。你前天晚上約白丹丹在藍天歌舞廳跳舞，可有這回事？」

「有的。」汪汝義只好承認。

「你們兩人在『溫柔十分鐘』的曲子裏站著接吻，也可有這回事？」

「這……沒……沒有，根本沒有！」汪汝義一口否認。

「我的汪科長，你就莫在我面前扯謊了，告訴你吧，我前天一晚都在盯你們的梢。你跟她兩人接吻，是我親眼所見，你否認不了的，只有老老實實承認才是。汪科長，如果你真要嘴硬，吃的虧將會更大。」

汪汝義無法辯解，只好沉默以對，而沉默就意味著真的有這麼一回事。

羅寶繼續說：「老子昨天晚上狠狠地打了丹丹一通，她什麼都招了，她說她肚裏懷的就是你的種，這事你看該怎麼辦吧！」

接吻的事讓羅寶看見了，活該自己倒楣，可跟白丹丹在防護林裏的匆匆雲雨，是任何人也沒有發現的。況且，他跟白丹丹也就只這麼一次，她不會傻到什麼都承認。即使白丹丹承認了，他汪汝義也不能說，只要自己死不承認，任何人也拿他沒有辦法的，否則，他將會弄得聲敗名裂。接吻跟性交，二者有著本質的區別。腦裏緊張而快速地這麼一轉，汪汝義說道：「朋友，你說我跟白丹丹接了兩次吻，我承認。可你硬說她肚裏的孩子是跟我懷上的，這就不能接受了，因為我跟她沒有發生半點實質性的關係。」

「我想你也不會承認的，可事實勝於雄辯，她肚裏的孩子就是明證，你想狡辯耍賴是不成的。活生生的事情已經發生，汪科長，你就看著處理吧！」

「吻是接了的，可你要把那孩子栽髒栽在我的頭上，這是不可能的。」

「汪科長，」這時，羅寶不禁大聲吼道，「你算不得一個男子漢，做了的事情，又不肯承認！你就莫跟我狡辯了，狡辯無益，半點益處也沒有，否則，我就對你不客氣。」

汪汝義問：「你想怎樣？」

「想怎樣？你得給白丹丹賠償一筆青春損失費及善後處理費才行！」

汪汝義知道自己遇上了麻煩，他不想把事情鬧大，就說：「說到底，你不過是想詐我一筆錢，好吧，算我倒楣，破財免災，你要多少？」

「不多，三萬。」

「什麼？三萬？你這是訛詐！」

「隨你怎麼說都行，反正我開的就是這個價。三天後，我帶人來你這兒取錢，要是沒有的話，老子就要在你辦公室大鬧一通，讓你不得安生，還要讓你全家人提著腦袋過日子。汪科長，我羅寶說到做到，辦事從來是不含糊的，我，還有我的一幫哥們，都是些不怕事、不怕死的角色！」

羅寶將話丟下，看了汪汝義一眼，轉過身，頭也不回地走了。

36

汪汝義盯著羅寶的背影，直到他消失為止。

流氓，典型的流氓！無賴，他媽的無賴！他在心裏憤憤地罵著。可罵歸罵，並不能解決實際問題，頂多發洩一下而已。怎麼辦？得儘快想辦法解決這一棘手難題才是。

不管怎麼說，你總歸是搞了人家的女朋友，這就是報應！

他不想把事情鬧大，一來底氣不足，心裏虛得很；二則怕因此而影響家庭，影響自己的仕途；再說，若把這些社會上的亡命之徒惹怒了，難保他們不會做出什麼喪失理智的事情來。

到底怎樣才能將這一事件儘快平息呢？一時間，汪汝義急得像只熱鍋上的螞蟻，頗有點走投無路的味道。怎麼辦？怎麼辦？這三個字在他心中久久迴響不已。一開口就是三萬元，他汪汝義一口氣上哪兒去弄三萬元呀？就是有，也不能給他這麼多！可是，如果不給，他就要鬧，弄得你不得安生，事情一大，後果不堪設想。

說一千道一萬，事情的起因還是出在金海身上，如果金海不聘請這麼一個白丹丹，也就不會有今日的麻煩了。其實呢，也不能怪人家金海，誰要你汪汝義見到白丹丹就像貓子聞到魚腥一樣的呢？要怪，也只能怪自己！

怎麼辦？俗話說，解鈴還須繫鈴人，事情的起因在於金海，看能不能透過金海去找羅寶，將大事化小，小事化了。

這樣一想，汪汝義就沒有心思上班了，他找個由頭請了假，來到大眾樂園的樂樂遊戲室找金海。

汪汝義將事情的前因後果跟金海一講，金海二話沒說，馬上答應幫忙。

汪汝義說：「這件事，你要辦得快點才成，他說三天後就去找我，要是晚了，他到我那裏一鬧，我可就沒有臉面在市政府待下去了。」

金海說：「我想羅寶中午一定會在家裏吃午飯，我中午就幫你去把他找著，你下午再到我這裏來問結果怎樣？」

汪汝義問：「你曉得羅寶的家？」

金海說：「白丹丹帶我到他家裏去過一次的。」

「那太好了，希望你能跟我把事情辦好。如果他硬是要錢，我也只好破財免災了。太多的錢我出不起，給他千把兩千塊還是可以的。」

「好吧。」金海回道。

中午，汪汝義在街上吃了一碗麵條，早早地來到樂樂遊戲室等著金海。

金海剛一露面，他就急切地問道：「怎麼樣，事情？」

「情況不太妙。」說。

「到底怎麼一回事？」

「羅寶硬說白丹丹的肚子是你搞大的，他說要跟白丹丹打胎，要給她買營養品，得花不少的錢；他還說你搞了他的女人，陪個三萬元還是少的，如果狠心點，就要你賠五萬。」

「結果怎樣？」

「我跟他說了很多道理，也說了不少的好話，他說看在我的面子上，就少收你一萬，三天後，他要你跟他準備兩萬元。」

汪汝義叫苦不迭：「我上哪兒去弄兩萬塊錢呀？這回真是倒了邪霉！」

金海問他：「你跟我說句實話，白丹丹肚裏那個種到底是不是你給弄出來的？」

「剛才我都跟你說了，我跟她兩人就在那防護林裏搞過一次。只搞一次，哪能懷上呢？」

「你也是過來人，難道一次就不能懷上麼？」

「正因為我是過來人，我才不信是我懷上的。你想想，我就只打了一槍，並且還是射在外面了，怎就會讓她白丹丹懷上呢？」

金海說：「這事情是說不好的，有的女人沾不得，一沾就會出問題。我再問你一句，你在搞白丹丹時，她還是不是處女？」

「還是個什麼處女呀，都開得進去汽車了，像羅寶這樣的人，還不早就將她搞上床麼。」

「只要不是處女就好說，這說明她早就跟羅寶搞上了，也有可能是羅寶的種。只要你死不承認搞過她，只承認接過吻，諒他羅寶也不敢把你怎麼樣。」

「可是，就是承認接吻，也不是一件十分光彩的事情呀！」

「事情總要好辦一些麼！剛才，我又到文化宮去找了開遊戲機的朋友方華，他跟羅寶過去是同事，關係也不錯，讓他去跟你求求情吧。」

「那太謝謝你了，不知你那朋友方華準備什麼時候去找羅寶？」

「他說今天晚上去，那麼，你明天上午再來看看結果怎樣吧。」

「好的。」

第二天上午，方華將他昨晚找羅寶的情況告訴金海，金海又將結果告訴汪汝義：「羅寶說看在方華是他老朋友的份上，答應再減五千，也就是說，他還要一萬五。」

汪汝義聽金海這麼一說，不禁冷了半截腰：「還要一萬五呀？這不等於要我的命麼！」

金海說：「咱們再去找找曾哥吧，他點子多，在江城也有不少的熟人，興許能想出什麼辦法來的。」

「好吧。」汪汝義答著，就與金海一同乘車來到我的辦公室。

聽他們倆把事情的經過一說，我道：「你怎不去找公安局的出面解決呢？」

汪汝義說：「要出了什麼事情，才好去找公安局報案呀。他只是威脅，怎好報案？再說，我這事情，又不光彩，怎好去找公安局的熟人呢？」

他的話也有道理。

既然不能正面解決，那就只有透過側面或是反面來解決了，我這樣一想，思路就通了。

「羅寶耍無賴，」我說，「那咱們只有用同樣的手段對付他。」

汪汝義不解地問：「你的意思是……」

我做了一個手勢道：「以黑吃黑！」

金海問：「怎麼個吃法？」

我說：「這段時間，我沉到下面去體驗生活，認識了江城江湖上的一個頭面人物。一夥流打鬼的傢伙都怕他，也服他管，說不定，那個什麼羅寶的也是他手下的一個角色呢。」

汪汝義膽怯地說：「用這樣的人，恐怕有點不妥吧？」

金海說：「汪汝義，都到什麼時候了，你就莫書生氣十足了，只有這樣的人才能辦成事！」

汪汝義想了想，說：「好吧，就按曾哥說的辦，一定不要鬧出什麼亂子來才是。」

我說：「你放心，絕對不會出什麼亂子的。」

於是，我們三人就一起去找那個叫李洪的黑道頭面人物。

當我們將事情的經過說了一遍後，李洪說：「羅寶呀，是不是一個塊頭蠻大的傢伙？」

汪汝義馬上道：「正是。」

「原來是他在外面胡鬧呀，好吧，我馬上派人去把他喊來，問問他到底是怎麼一回事。」

我說：「李兄，這事就讓你費心了，改日再謝。」說著，就起身告辭。

李洪說：「先莫走，等會羅寶來了，你們就坐在後面屋子聽。若有什麼差錯，也好出來對證。」

「這樣最好。」我說著，就與金海、汪汝義三人留了下來。

約莫一個半小時後，羅寶就被人叫來了，我們馬上躲進後面一間屋子裏。

羅寶一進門就說：「老大這時候找我，肯定有什麼急事吧？」

李洪說：「是的，聽說你要敲詐市政府一個科長三萬元的什麼費用，到底是不是有這麼一回事？」

羅寶說：「原先是想要三萬，後來有兩個熟人來說情，就只要他一萬五了。」

「你幹嘛要人家一萬五？」

「他搞了我的女朋友，一萬五還是少的，要是不講理，我非敲他五萬元不可！」

「人家搞你的女朋友，你捉了現場？」

「現場沒抓住，可看見他們兩個在舞廳裏接吻。」

「既然沒有抓住現場，怎好說人家搞你的女朋友呢？再說呀，舞廳是公共場所，那裏面是能夠隨便接吻的麼？」

「他們利用的是『溫柔十分鐘』。」

李洪故意輕描淡寫地說：「接接吻，算得了什麼？人家外國人一見面，首先就是接吻呢。」

「外國是外國，可咱們是在中國呀。」

「人家跟你女朋友接一個吻，就詐他一萬五，這價格未免也太高了點吧？她還只是你女朋友，要是你妻子，恐怕更不得了吧？再說，你女朋友跟人家接接吻就要收錢，你把你女朋友當成什麼人了？不是自己貶低自己嗎？」

「可是……可是……難道就這樣便宜了那個狗日的不成？」

「你莫開口就罵人呀羅寶，」這時，李洪加大聲音說，「我今天找你來，就是專門跟你說這個事的，那個跟你女朋友接吻的汪科長，是我朋友的一個朋友，我希望你能看在我的面子上，再也不要去找人家的歪了！」

羅寶道：「可是，他總得跟我賠點，哪怕幾千元、幾百元也行，也是這麼一個意思，我也算是討了一個說法，弄了一點公道呀！」

李洪威脅他說：「我要你再不去找人家，你就不用去了！如果你不給我這個面子，硬是要去的話也成，只是你今後出了什麼天災人禍，不來找我就行了。」

沉默。

過了好一會，羅寶才開口道：「好吧，老大不叫咱去，咱就不去了。不過，今後有什麼事，還望老大多多關照關照。」

李洪聞言，聲音頓時由剛變柔：「那自然是。」過了一會，他又說：「好吧，我找你就這事，你現在可以走了。」

羅寶一走，我們就從後屋走了出來。

汪汝義向李洪抱抱拳，一個勁地感恩戴德不已：「李師傅，謝謝你，實在是太謝謝你了！你跟我幫了一個大忙呢！若不是你幫我，後果真是不堪設想。」

李洪不以為然地說：「這點小事，算得了什麼？」

「可對我來說，卻是一樁很大很大的事情呢。李師傅，你跟我幫了大忙，我要好好謝你才是。走，晚上我請客，咱們好好地撮一頓！」

李洪也不推辭，一行人魚貫而出。

剛剛走出大門，汪汝義又說道：「女人真是一坑禍水，沾不得呀，老子今後就是雞巴再癢，心裏再想，也不沾野女人的邊了。」

他一番反省的話不禁逗得我們哈哈大笑起來。

金海說：「也算是玩了一盤遊戲吧，一種不同於打遊戲機的遊戲。」

我調侃道：「就是呀，還是免費的呢。」

37

一段時間，金海的遊戲機生意十分興隆，收入相當可觀，每月都能賺個上萬元。幾個月下來，他不僅將低價購進曹老闆的遊戲機所欠的四千元還了，還在銀行裏又存了個兩萬多元。這兩萬多元他不想亂用，眼看離蔣佑坤第一次借貸的還期已近，得先把欠他的債務解決了再說。

只要照這樣子下去，還做兩個月，再賺個兩萬元，蔣佑坤的借債就可全部還清了。也就是說，一年下來，辛辛苦苦做一場，剛好可以還個借款。他娘的，做來做去，倒是幫蔣佑坤做了一場，他坐在家裏，什麼事也沒做，白得一萬元的利息，這世道也太不公平了！不過呢，話說回來，當初要是沒有蔣佑坤的款子，他也無法下海。近一年來，金海除了賺上十二台遊戲機的固定資產外，似乎什麼都沒有得到。然而，他所經歷的挫折與坎坷，是當教師時無法想像的，難怪蔣佑坤要說生命的意義就在於生命本身的，看來這話還真有幾分道理，包含著深刻的哲理與寓意呢。

日子就這麼一天天地過，只要每天的遊戲機收入平穩可觀，金海的心境就格外地好。加之成立了一個小家庭，再也不必跟以前一樣，像個孤魂野鬼一樣瞎逛了。家庭畢竟是家庭，就是有著一股不可言說的溫馨。除了每天到樂樂遊戲室去跟小田結兩次賬外，其他時間，金海就待在了家裏。看看書，做做飯，洗洗衣，他覺得生活過得蠻有滋味。當然，他也沒有忘記構思長篇小說《世紀滄桑》。林巧巧的肚子日漸顯突，夜晚，他總是甜蜜地撫摸她那圓鼓鼓的肚皮，喃喃說道：「兒子，我的兒子，我就要有兒子了……」

兒子的一天天逼近，同時也給了他另一種強烈的緊迫感。兒子這是他與巧巧的愛情結晶，算得上一件了不起的作品，可是，他那精神的作品、文學的作品呢？似乎還沒有半點影子呢。時間有了，心態不錯，環境也不差，卻沒有優秀的文學作品拿出來，怎麼對得住人呢？當初下海，是為了將拳頭收回來，更有力地再打出去，如今，拳頭早就收回來了，可什麼時候才能打得出去呢？金海呀金海，還在等什麼呀你？

無論如何，是不能再等了！於是，他放下手頭正在閱讀的書籍，將所有家務一古腦地交給林巧巧，然後將自己關在那間書房裏，開始緊張的構思。

一星期後，金海拿出了一份一萬多字的寫作提綱。

有了提綱，就等於施工有了圖紙，可以根據預先的設想破土動工了。金海不覺吁了一口長氣。下面的事，就是「按圖索驥」，揮筆創作了。

要一鼓作氣地將它寫完，先拉出一個初稿再說。可是，林巧巧生產在即，將有一攤子雜務落在他的頭上。怎麼辦？不用發愁，到時候請一個保姆，專門在家侍候巧巧與孩子得啦。他要寫，拼命地寫，時不我待，一定要一口氣寫出了不起的作品才行！

然而，事情的發展總是不以個人的意志為轉移，就在金海發憤創作之時，又一件與遊戲機相關的事情困擾了他，使他不得不陷入其中。

金海在大眾樂園打敗了競爭者，擠走了所有同行，他的遊戲機生意越做越紅火，不由得引起了大眾樂園谷經理的注意與重視。

大眾樂園的生意做得比較廣，有錄影、大炮筒電影、列印複印、廣告製作等方面的業務，谷經理要抓的事情很多，此前對金海的幾台遊戲機根本就沒有放在眼裏。後來，他發現金海的生意做得很活，遠不是他所想像的那麼蕭條，就開始打他的主意，想從他身上榨點「油」出來。

其實，金海每次見著了谷經理，都很客氣，主動地與他打招呼，還將「紅塔山」的香煙一支接一支地往他手裏遞。但是，也就僅僅跟他要幾支煙而已，並沒有其他的表示。

一天，他們兩人又見面了，金海隔老遠就與他打招呼：「谷經理，你好。」

谷經理說：「好，好，大家都好。」

金海遞一支煙過去，谷經理接了，將煙點燃，深深地吸了一口道：「金老闆，聽說你的生意做得很不錯呀！」

金海道：「哪裏哪裏，要說還可以的話，還不是沾谷經理的光。」

「你是一個文化人，肚裏有貨，自然比那些大老粗要高一個檔次，所以他們都不是你的對手。」

「一點小本生意，大家做得都艱難呢。」

「你賺了錢，可莫在我面前哭窮呀！」谷經理一語雙關地說，「哪天，咱要放你的血，讓你請次把客喲。」

「行，我保證好好請谷經理一頓。」

話這麼一說也就過去了，金海並沒有放在心上，也就沒有專門花時間來請谷經理的客。再說，金海並沒有把谷經理看得太重，他想，我只要每月跟你把管理費交齊就行了，咱與大眾樂園，也就只存在這麼一層關係呢。

可是，谷經理卻明裏暗裏來找金海的歪了。

以前，金海的樂樂遊戲室從未斷過電，最近一段時間卻老是停電，每停一次，都要影響不少生意。剛開始，他還以為整個大眾樂園都停了電，後來發現，其他部門沒停，就只他的這間遊戲室停了。這是怎麼回事？難道線路出了什麼問題嗎？他自己找來一支試電筆查來查去，發現線路沒有什麼問題。也許，是自己的電學水準差，沒有查出故障來吧？就又請來一個電工師傅幫忙查找，仍是沒有半點問題。這就怪了，線路沒問題，大家都有電，怎就他一人沒電呢？

他問旁邊放錄影的張老闆，張老闆說對電的東西搞不太清楚，他說：「這事麼，你得找谷經理才成。」

「好吧，我就去找谷經理。」金海說著，正準備外出，張老闆對他招招手，要他湊近一些。待金海走近後，張老闆湊在他耳朵旁邊道：「肯定是谷經理在跟你搗鬼，我以前也遇到過這樣的事。」「後來怎麼解決了？」張老闆做了一個數錢的動作說：「你得跟他打發打發才是。」金海點點頭。

來到谷經理辦公室，金海將停電的情況一五一十地說了，谷經理道：「你說的這個停電的問題，過兩天了，我就找人跟你查一查。」

金海急了：「還要過兩天呀，我的生意怎麼耽誤得起？」

谷經理雙手一攤，做出一副十分為難的樣子：「這兩天，我實在是抽不出空來。」

金海想，看來不「上菜」，還真的不能解決問題呢，好吧，那就準備破費幾個吧。「希望谷經理能儘快抽出空來，幫忙把這停電的問題解決。」他說。

「好的。」谷經理漫不經心地回道。

金海準備告辭了，谷經理又將他叫住說：「金老闆，有一件事，差點忘了通知你。」

「什麼事？」

「管理費的事，」谷經理說，「這個月，你的管理費要增加了呢。」

「統一增加收費嗎？」

「不，就只你一家。」

「為啥？」

「過去，大眾樂園收的是一百多台機子的管理費，而現在，就只收你十二台機子的管理費了。可是，咱們對遊戲機顧客開放的是同樣的地盤，而收費卻只有原來的十分之一了。顯然，按遊戲機數字的收費是不合理的，我們是大大地吃了虧呢。因此呀，從這個月開始，你要按過去的兩倍來交管理費才行。」

「這……這……」金海氣得簡直說不出話來，「怎有這樣的道理？」

谷經理說：「不僅如此，以後每月，還得增交才是。這個月是兩倍，下個月也許就是四倍、五倍甚至更多了，總之是要增加，至於增加多少，根據你的生意好壞而定。」

敲詐，這是敲詐，典型的敲詐！可是，他嘴裏卻不得不求情道：「谷經理，你知道的，我是小本生意，能賺得了幾個錢？管理費要是再一增加，那我真是沒辦法過日子了，這生意也就做不下去了……」

谷經理說：「你不做，咱們這地方總有人來做的，並且，我就是按原來一百多台機子的標準來收費，也有人願意進來的。不信，你就試試看吧！」

這不明顯在趕人嗎？怪只怪當時沒把這位谷經理的話聽進心裏去，真沒想到，他竟是這麼一個陰損的人物。

事已至此，怎麼辦？亡羊補牢，猶為未晚。

於是，金海又敬一支煙給谷經理，並為他點上火：「谷經理，我在大眾樂園做事，還得靠你多多關照關照才行。」

谷經理噴出一口煙，一語雙關地說道：「需要關照的時候，自會為你關照的。」

金海的良好心態給完全破壞了，他躁得不行，這位谷經理，不是明顯地找岔找歪麼？可是，他手中握有這個權力，你半點也不敢得罪他，只得恭恭敬敬、小心謹慎向他求情才是。

咱們這個社會到底怎麼啦？是哪根神經出了毛病？

出了毛病，一時又醫不了它，普通小民怎麼辦？只得以歪就歪、委屈求全才是。

金海不敢怠慢，他弄清谷經理的家庭住址後，當天晚上，便拎著兩條「紅塔山」香煙、兩瓶

「古井貢酒」前來拜訪他。

谷經理不在，開門迎接的是他的夫人。

谷夫人倒是挺熱情的，金海一進門，她就連聲說道：「坐，請坐。」

既然谷經理不在，還有什麼坐頭？「今晚就算了，改日再來坐吧。」金海說著，將拎來的禮品放在桌上。

谷夫人不肯收，兩人推來推去的。

「這是我的一點心意，你一定得收下。」金海說著，又將禮品放回桌上，然後趕緊出門，回頭補充一句道，「別忘了告訴谷經理，我是大眾樂園做遊戲機生意的，姓金。」

第二天，金海滿以為會有電了，還以為要少收他的管理費呢，可萬萬沒有想到，谷經理卻將他昨天晚上送去的那一拎禮品給全部退了回來。

谷經理將禮品往樂樂遊戲室賣票的桌子上一放說：「金老闆，咱們公事公辦，你的管理費，該交多少就得交多少，你交了我要上繳國家的。」

金海道：「這是我的一點小意思，與交管理費沒有關係的，就算是我請你的客呢。」

谷經理一本正經地說：「我一個堂堂正正的國家幹部，是不會收下你這些東西的。」說完，轉身就走。

頓時，金海的臉一陣紅，一陣白，彷彿被人抽打了一頓似的。難道說，是我錯了，真的不該去送什麼禮品嗎？可是，他為什麼不按有關政策原則辦事，來故意找我的歪呢？

一個謎，真是一個難解之謎！

怎樣才能解開這個謎團呢？看來只有再去請教放錄影的張老闆才是。

「張老闆，你說要我跟谷經理打發的，可是，我昨晚送去的東西，他又原封不動地退回來了，你說說看，這到底是怎麼一回事？」金海找到張老闆，一副愁眉苦臉的樣子。

張老闆道：「他又跟你送回來了？這……這怎麼可能呢？」

「千真萬確呢，你要是不信的話，可以到我的遊戲室去看，他退回來了就放在那賣票的桌子上呢。」

張老闆沉吟道：「這就怪了，哪有貓子見到了魚不吃的道理呢？」

「咱們是不是把谷經理看錯了？」

「看錯了？不會，絕對不會的，我每年都要跟他進貢兩次才行呢！哦，我忘了問，你都跟他送了一些什麼東西？」

金海說：「兩條『紅塔山』的煙，還有兩瓶『古井貢酒』。」

「這不就對了嘛，難怪他要給你退回來的。」張老闆恍然大悟地說道。

「怎麼啦？」

「我跟你說，谷經理這人呀，牙齒長得很，你跟他只送兩條煙、兩瓶酒，這麼一點東西，他才看不上眼呢，他的喉嚨可粗著呢。」

「你是說我跟他送少了，他不肯收才退回來的？」金海問。

「正是。」張老闆答。

「那得給他送多少才行呢？」

「至少是千字型大小，你要成千上萬地送給他，他才會收下呢。」

「咱做小本生意的，哪有這多錢來送？」

「你若不送，他就天天找你的歪，搞得你無法做生意。這樣，大家也就只好咬牙破財了。」

「可是，他這樣做，大家就都可以不在大眾樂園這裏做呢。」

「你不在這兒做，還能上哪？常言說得好，天下烏鴉一般黑，哪裏又不是一樣的呢？」

金海一想，張老闆說的話也真有道理，就他本人而言，離開了大眾樂園，又能上哪兒去做呢？到了別處，局面一時難以打開，再說，又有誰能擔保不遇上谷經理這樣喉嚨粗的傢伙呢？那麼，就只有狠狠心，聽憑他宰割了。金海咬咬牙，拿出兩千塊錢，用一個信封裝了，再去找谷經理。

谷經理仍是很客氣，彷彿沒有發生過金海送禮又被他退回一事似的。

金海也就裝聾賣啞，兩人便無話找話、天南海北地隨意聊著。聊了一會，繞了一個圈，金海又轉入正題道：「送電與交管理費的事情，還是一定要請谷經理幫忙費心解決一下哦。」

谷經理說：「你在我這裏做事，自然是要關心幫忙的，況且，也是我這個做經理的職責呢！」

話說到這個份上，金海就準備告辭。他站起身，來到谷經理的辦公桌前，將裝了錢的信封往他面前一放道：「谷經理，這次，就希望你再不要給我難堪了。」

谷經理拿過信封說：「你這是幹什麼？」

金海不回答，只是那麼神秘地笑了一笑說：「你自己打開看吧。」說完這句，就匆匆地退了出來。

回到樂樂遊戲室，金海的心裏在打鼓，他該不會又退回來吧？

半天過去了，谷經理也沒有露面。

是的，他怎麼還會露面退回來呢？他明裏增收管理費，暗裏停止送電，所追求的就是這種效果呢。

錢送了，谷經理收了，效果真靈驗，下午，電就送來了。

此後，谷經理遇見金海，再也不提增收管理費的事情了。

打發了兩千塊錢，問題全部得到解決。可金海的心裏，硬是氣得不行，他真想去告他。可是，上告又能起什麼作用呢？如果上告靈驗的話，人家肯定早就去告了，也就輪不著他金海來做這樣的事了。這就叫啞巴吃黃連有苦說不出，打碎了牙只好往肚裏咽……

一連好多天，金海怎麼也打不起精神，心裏頭只是感到一股深深的悲哀。為自己，為社會，還是為可惡可恨的谷經理？他說不清楚，只是感到這悲哀像一塊巨大的磐石，壓在他的心口，壓得喘不過氣來；又像一張巨網，網住了他的全身，無法動彈；還像漫天白霧，籠罩在他的周圍，眼前一片模糊……

38

谷經理設置的麻煩與岔子得以解決，隨著林巧巧產期的一天天迫近，金海再也沒有良好的心境進行創作了。

他惴惴不安地等待著，等待林巧巧的產期到來，等待寶貝兒子的降臨人世。可林巧巧卻像沒事似的，腆著個肚子，身影仍不時閃現在校園裏、辦公室及講臺上。

這天凌晨，約莫四五點鐘的樣子，金海正在酣睡，突然被一陣「哎喲」、「哎喲」的叫喚聲驚醒。醒來一看，只見林巧巧正疼得在床上打滾，豆大的汗珠從她額角滲了出來。

「巧巧，怎麼啦？」金海大聲問道，「你怎麼啦？」

林巧巧不回答，只是一個勁地直叫喚。

「巧巧，你哪裏不舒服，快點告訴我呀！」

林巧巧雙手捂著肚子，艱難地說道：「我恐怕……恐怕是……發作了……」

聽說林巧巧發作了，金海趕緊翻身起床。「快，快起床！巧巧，快起來，我送你上醫院。」說著就動手拉她。

林巧巧慢慢地爬起床來，金海一把攙住她的左臂。

「走吧，咱們快走，我真擔心去遲了你生在路上。」

林巧巧不言，只是「哎喲」、「哎喲」地叫喚不已。

她弓著個腰，一手被金海攙著，一手摸著肚子不肯放鬆，慢慢往前移動著腳步。不一會，他們就走出宿舍，走在了校園的馬路上。

天光朦朧，此時的校園，空曠而寂靜，一個行人也沒有，就只有他們兩人攙扶著緩緩前行的身影。

林巧巧「哎喲」、「哎喲」的叫聲在減弱，變成了呻吟。

金海問她：「不疼了是不是？」

林巧巧點點頭：「還在疼，不過比剛才好些了。」

「但願咱們能提前趕到醫院。」

「我忍著點，我想我們會提前趕到的。」

金海攙著她的胳膊暗暗在使勁，他希望能減輕林巧巧的負擔，更希望她的腳步變得快一點。早晨的空氣很新鮮，像被濾過似的，格外純淨。金海望望天空，望望四周，貪婪地呼吸著清新的空氣，覺得這真是一個美好而動人的黎明，他深深地感到，生活是美好的！正因為生活美好，所以，又有一個新的生命將要誕生。這樣的想著時，又覺得歲月匆匆，日子過得真快，那時，他與巧巧相互攙著漫步校園，還只是戀愛的花季，如今一晃，已是瓜熟蒂落的時刻了。

走出校園，金海想叫一輛計程車。可是，大街上行人稀少，車輛也少，他們只得繼續緩步前行。又走了一程，終於有一輛計程車從身邊駛過，金海馬上招手叫住。

車門打開，金海扶林巧巧坐了進去。

到了醫院，他將林巧巧送進婦產科。

醫生為林巧巧作了一番檢查，說：「還早著呢，估計明天才能生產。」

明天就要生產了，還早什麼？金海想，既然已來醫院，就沒有必要返回了。於是，他給林巧巧辦了一個入院手續，住了下來。

一切安頓妥當，金海又返回學校，將需要的日常生活用品拎到醫院。

真是無巧不成書，就在金海拎著臉盆、水瓶、碗筷等一大堆物什走進婦產科的走廊時，他突然見到了一張熟悉得不能再熟悉的面孔。

「謝逸！」

「金海！」

他們倆幾乎同時叫道。

「天地真大，世界真小，沒想到會在這兒碰見你。」金海說。

謝逸說：「剛才若不是上廁所，哪有這樣湊巧？」

「咱們真有緣份呢。」

「是有緣份，可惜還是淺了那麼幾分，或者說有緣無份吧。」謝逸說著，又問，「怎麼，金夫人已經發作了？」

「是的，剛才醫生跟她作了檢查，說是明日的產期。」

「沒想到這麼快，你們結婚還只半年多一點呀！」

金海笑了笑：「你不也一樣這麼快麼？」

謝逸也笑：「我跟你們的情況不一樣，還只懷了三個多月。」

「只三個多月，你來婦產科做什麼？」

「一星期前，我摔了一跤，差點流產，我家先生就把我送到醫院來保胎。」

「哦，原來是這麼回事。」

「其實，我早就沒事了，可我家先生硬是不讓我出院。他要我什麼事也不做，就住在醫院保胎，一直住到生產時為止。」

「你找了一個既有錢又能體貼你的好先生，真有福氣呀！」金海半譏諷半心酸地說道。

也不知謝逸沒有聽出這層意思呢，還是故作姿態氣氣金海，只聽她繼續說道：「可是，我早就不想住在醫院裏了。我想上班，想做事情，光是躺著，什麼事也不做，每天只是吃喝，半點意思都沒有。」

金海道：「謝逸呀，就這麼站著，我拎得好累，你住幾號房？我有空去找你。」

「也成，」謝逸朝前一指道，「就前面那個門，看清了吧？」

「看清了。」

「我住裏面的十三號床位。」

「你怎就住十三號呢？十三這個數字有點不吉利。」

「我來時就只剩這個空位了，不住又有什麼辦法？十三是西方人的忌諱，我一個地道的中國人，它就是不吉利，拿我也沒有辦法的。再說，我什麼也不怕，我的心，早已死過一次了。」

謝逸說得很淒然，金海聽著心裏很不是滋味，他趕緊側身往前走，邊走邊說：「謝逸，我有空就會找你的。」

「好的，我等著你。」

見了謝逸，又把金海心中的往事勾了出來，他與謝逸相處時的一幕幕甜蜜情景立時如浮雕般地凸現在眼前。往事不堪回首，金海越想越淒然，鼻子陣陣發酸，身子輕飄飄的，如薄紙般在空氣中飄拂著，而手中拎著的沉重物什，那像灌了鉛似的雙腿，又讓他感受著難以承受的生命之重。是的，這是一種欲叫無聲、欲哭無淚、無可奈何的生命之重，絕對不是米蘭．昆德拉的所謂生命之輕。

他每往前挪動一步，都有一種如夢似幻的感覺。

進到預產房，林巧巧一見他，不由得關切地問道：「金海，你怎麼啦？臉色這麼灰暗，出了什麼事情？」

金海覺出了自己的失態，趕緊調整心境與情緒，盡可能地擠出一絲笑容道：「沒，沒，我可高興呢！要做父親了，我怎能不高興呢？只是東西太多，拎得我腰酸背疼、疲累不堪。」

金海解釋得很圓滿，沒有引起林巧巧任何其他懷疑。這時，她的肚子已經不疼了，興致變得很高，她說：「海，你相不相信咱們會生一個兒子呢？」

「怎麼不相信呢？做了B超的。」

「B超也有弄錯的時候呀。」

「弄錯的時候畢竟少。」

「我也希望是個兒子。」

「沒想到你還有重男輕女的思想呢。」

「這不是重男輕女，只是呀……我想咱們一輩子只能生一個小孩，我還想生小孩要吃很多很多的苦，那麼，生一回就生一個男孩吧，這樣才對得住自己。」

「難道生女孩就對不住自己了？」

「我自己就是一個女孩，當然想生一個男孩呀。」

「說來說去，還是重男輕女呢。」

「好吧，就算是吧，難道你就沒有？」

「要說有也有，要說沒有也沒有，反正生什麼就算什麼，我就喜歡什麼。」

「最好是個男孩，不然的話，你這遊戲機生意還沒有人接班呢。」

「難道咱就做一個遊戲世家不成？」金海說到這裏，又問巧巧，「馬上就要生產了，你還有心思開玩笑？」

「哪裏喲，我心裏才害怕呢。」

「怕什麼？」

「怕……怕生不好。」

金海不覺笑了：「我還以為你怕痛呢，沒想到你是怕生不好，看來你生兒子的責任心還真強呢，畢竟是做母親的，不簡單！」

兩人就這樣隨意地聊著，心裏充滿了一股不可言說的喜悅。

看看到了中午，金海說：「我去買飯吧。」

「好的。」

於是，金海就拿了飯碗出門。打謝逸房間路過時，到底忍耐不住，還是走了進去。

謝逸躺在十三號床鋪上，正呆呆地朝窗外望著什麼。

「謝逸！」金海一聲叫。

「哦，」聽見叫聲，謝逸馬上回過頭來，「金海，是你呀，坐，快，快請坐。」

金海將飯碗放在凳子上，身子坐在床沿上。

「獨自一人，在幹些什麼？」金海問。

「什麼也沒幹，無聊得很。」謝逸說。

「你怎麼不看書？怎麼不構思？」

「往事已成追憶。」

「到底怎麼啦，你？」

「什麼事也沒有發生，不知怎麼，我突然對那些什麼文學呀、藝術呀之類的玩藝兒失去了興趣。這一切，好像就是在一夜之間發生的，這恐怕與我快要做母親了有一定的關係吧。」

「你真的不想看書了？」

「真的不想，我似乎對什麼都提不起興趣來了，我也不知道這是怎麼一回事，一天到晚，動不動就發呆，再就是打瞌睡。」

「可是，你不是反對我下海的麼，不是希望我在文學方面有所造詣的麼？我已經將長篇小說《世紀滄桑》的詳細提綱寫出來了，你想不想看？」

「不想看，我剛才不是說過嗎，我什麼也不想看，何況你的東西還只是一個提綱呢？」謝逸露出一副疲憊淡漠的神情說道，「站在今天回想過去，唉，當時我也是太固執了一點。其實呀，下海經商，也並不是一件壞事，有些話，你說得還是有一定的道理……咳，不說了，不說了，還說這些幹什麼？過去的一切，離我已經很遙遠很遙遠了，恍若隔世……」

真沒想到，謝逸會變成現在這個樣子，金海不知該說些什麼的好。一時間，他的心裏又湧過一股無名的悲哀，頓時感到胸口發悶、喉嚨發澀。

「你夫人肚裏懷的是男孩還是女孩？」謝逸問道。

「大概是個男孩吧，也不知B超做得準不準。」金海回道。

「一般來說是準的。」

「你的呢？」金海問。

「暫時還不知道。」

「也可以做個B超嘛。」

「孩子還小，做不出性別來。」

「噢，我真糊塗，忘了這起碼的常識呢。」

「不過，我有一種預感。」

「什麼預感？」

「覺得肚裏懷的是一個女孩。」

「男孩女孩都一樣。」

「並且，我希望是一個女孩。」

「為什麼？」

「你的男孩，我的女孩，咱們就可以給他們開『搖窩親』了。」

「你這不是太封建了麼？下代自有他們的道路和選擇，咱們做父母的，是無法為他們預設什麼的。」

「那自然，只是，上輩留了個遺憾，總希望能在下一代身上得到彌補。」

「也許，這一切都是命運與天意吧。」說到這裏，金海起身告辭。

謝逸沒有挽留，雙方也沒有說聲「再見」，相互間只是那麼深深地望了一眼。

金海感到一股騰竄的火苗灼傷了他的心口，他趕緊轉過身子，逃也似的離開了。

39

林巧巧果真生了一個兒子，胖乎乎的。

兒子，我也有了兒子！不知不覺間就做上了父親，沒想到做父親是一件這麼容易的事情呢！金海抱著用一塊布片包著的兒子，逗著，高興地走來走去，嘴裏說道：「這可是我創作的第一件成功作品呢。」

林巧巧躺在床上，臉上露出天使般的母愛之情，望著金海的幸福沉醉道：「做了父親，責任可重著呢。」

「是啊，我這做父親的還在稀裏糊塗地過日子，沒想到兒子就鑽出來了，這可怎生是好？」

「我只希望他將來能有大的出息。」

「肯定要比我強，一代勝過一代，這是歷史發展的必然規律呢。」

正說著，兒子突然「哇」地一聲哭了起來。

金海說：「這傢伙，一說他，就以為自己真的不得了啦，就不甘寂寞要湊熱鬧了。」

林巧巧說：「來，給我吧。」

金海將兒子遞了過去。

巧巧接過，在他身上拍了幾拍，嘴裏哄著，兒子的哭聲就小了。

「挺聽話的呢，真是一個乖兒子。」巧巧說著，掀開衣衫，露出一隻豐碩的乳房，一個勁地往他嘴裏塞。

兒子銜了乳房，哭聲頓止，開始有滋有味地吮吸起來。

吸過乳汁，林巧巧又將兒子遞給金海。

金海重新接在手中，在他身上輕輕拍了兩下，逗道：「兒子，吃飽了肚子，給爸爸笑一個，快，快笑一個給老子看。」

這時，兒子果真就露出了一個笑容。

金海見狀，高興極了：「真乖，兒子真乖，你他娘的真是一個乖寶寶，是爸爸媽媽的一個好寶寶。」

金海逗了一會，就將他放回了產房的嬰兒室。

兒子誕生了，該給他取個名字才是。取什麼為好呢？父親是大海，兒子應該比大海更加廣闊才是。記得一位哲人說過，比大海更廣闊的是天空，比天空更廣闊的是人的心靈。金海希望兒子有大的超越，有大的造就，希望他無限廣闊，那麼，就叫金心好啦！

金心，金心，窄聽起來，這名字還有一股禪宗的意味呢。

金心金心，金子般的心靈，比大海、天空更加廣闊的心胸，博大而閃光，好，這名字取得好！

三天後，林巧巧出院。

金海想再見見謝逸，跟她道聲再見，轉念一想，有這個必要嗎？兩條不同的軌跡，相交於一點，然後各走各的路，只會越離越遠呢。往事已待成追憶，過去的就永遠過去了。生命的重要在於經歷，而不在於擁有。曾經有過，經歷過，感受過，這就夠了！這麼一想，就毅然決然地打消了去見她的念頭。

回家時，金海租了一輛三輪車，為的是放鞭炮十分方便。

那天凌晨送林巧巧上醫院時，他們還只有兩人。如今，已是父母兒子三人一同把家還了。

鞭炮一路炸響，震耳欲聾。

「劈劈啪啪」的聲音，嚇得金心發出洪亮的哭聲。

金海說：「金心，莫哭呀你，男子漢，膽子只管放大一些才是呢！」

金海買足了好幾掛萬字鞭，沿途一路炸來。生了兒子，心裏高興呵，也想讓大家分享分享他的喜悅。這幾天，江城正在作著禁鞭的宣傳，還過些時，就是想放也不能放了呢。他要盡情地放，放它個夠。他娘的，兒子生得還真是時候呢，要是晚生一些日子，就連鞭炮也炸不成了，那多沒意思呀！看來謝逸兒子出生，是連鞭炮也放不成了的，不過她放不放都無所謂，反正是個丫頭呢。丫頭怎麼啦？丫頭就不是人？唉，金海呀金海，你怎麼老念著謝逸呢？妻子、兒子就在眼前，你應該多想想他們，多想想一家人未來的生活才是呀！

鞭炮一路炸到崇文小學，學校正在上課，校園一片寂靜。

林巧巧說：「校園裏就不要炸了，正在上課呢。」

金海說：「炸，要不間斷地炸，不過幾分鐘就到了，不會有蠻大的影響呢。」

三輪車駛到家門口，金海就將鞭炮從醫院一直炸到了家門口。

後來，金海跟我談起這事時，不禁得意地說道：「那回老子真是玩足了味，過足了癮。」

不久，金海就請了一個保姆在家，做飯洗衣，掃地抹桌，照看孩子。

方華聽說金海生了兒子，前來他家祝賀。

金海留他吃飯，方華也不客氣，半點推辭都沒有。

金海從書房裏拖出一箱啤酒說：「方兄，我批發了好幾箱啤酒在家，今天，咱們就一人一瓶地幹，來它個一醉方休。」

方華說：「喝啤酒，一般來說是醉不了的，只是肚子撐得慌。」

「那就喝它個痛痛快快吧！」

方華爽快地說：「要得。」

於是，一人抱了一瓶啤酒，像兩台抽水機一樣開抽。

方華問：「這段時間，你生意還好吧？」

金海說：「還好，一直很平穩，銀行裏也存了幾個錢，還債是沒得問題的了。」又問：「你呢？」

方華說：「我的生意趕不上你，大眾樂園就只你一家在做，生意當然是不錯的。可文化宮自上次集中後，做遊戲機生意的就多了，後來雖然走了一部分，現在仍有一二十家呢。」

「那你也得想想辦法才是。」

「是的，我的腦筋一直在轉動，想把生意搞好一些。」說到這裏，方華壓低聲音道，「這幾天，我又看準了一個項目。」

「一個什麼項目？」

「我今天來，一是祝賀你兒子出生，二是來跟你商量這事的。」

「你說吧，看到底行不行。」

「近段時間，武漢遊戲機市場又開始流行起一種水果機來了。」

「什麼樣的水果機？」

「跟過去的馬機一樣，是一種新型的賭機，說得好聽一點，就叫有獎遊戲機。」

一聽「賭機」二字，金海的頭皮就發麻：「方兄，我對什麼馬機、賭機之類的半點興趣都沒了。」

方華笑道：「還是上次在派出所關了一夜，把你關怕了吧？」

金海說：「一旦遭蛇咬，十年怕草繩，這話還真有一點道理呢。」

「可做生意就不能這樣，小心翼翼的，能幹個什麼？」

「我想還是穩一點好，前幾次折騰，真夠嗆的，我都心有餘悸了。」

「蛇咬了你，你應該把蛇制服才是。」

金海不語。

方華說：「要說膽小，我比你的膽子肯定小多了；要講穩，我是一個最講求穩妥的人。就拿上次做馬機生意來說吧，一旦發現勢頭不對，我馬上就改回來做普通遊戲機，雖然賠了本，但只算得上滑了一跤。我記得當時還勸了你的，而你因為請了兩個保鏢捨不得往回改，結果栽了一個大跟頭。這次，我也是考慮了好多天，才作出的這一決定。」

金海問：「難道水果機就蠻好？」

「也不是說蠻好，它跟馬機是一樣的原理，以前的賭機，畫面上是駿馬，而現在，則變成了一些水果。內容還是賭，只不過形式變了一下，為的是讓人們接受。」

「這水果機生意當然不是不能做，我就怕做不了幾天，上面又嚴令禁止。」

「一般來說，上面是不會禁的。即使禁，咱們最先做，等到開始禁時，我們的口袋已經賺飽了。」

金海說：「有道理，咱們開風氣之先，生意必定好得不得了，就會把其他顧客全都拉攏到身邊來，營業額將相當可觀。等到大家一哄而上時，咱們就及時將水果機吐出去。」

「對，我就是這麼一個意思。」

「這樣吧，咱們明天到武漢去考察考察怎麼樣？」

「我前天去過一趟，都看了，肯定有搞頭，你怎麼還是不放心？」

「不是不放心，而是要有的放矢才行。」

「那麼，我明天還陪你到武漢去走一趟吧。」

「這樣最好。」

第二天，他們就去了武漢，專門考察開辦水果遊戲機的可行性。

從武漢剛回江城，金海就來找我，豪情滿懷地說道：「看準了，曾哥，我這回真的看準了！從下海到如今，我已經做了一年的遊戲機生意，一年啦，現在也該好好地發一發了！」

我不無擔憂地說：「金海，你做遊戲機生意這一年來，我發現，只要求穩，你就能賺。一旦冒進呢，就會栽跟頭。我的意思，還是希望你能穩一點，剛賺了幾個錢，又要賠進去，那多划不來！」

金海態度堅決地說道：「不，這次我真的是看準了，要好好地賭它一次！說到底，人生不就是一場賭博麼?!再說，就是輸了，對我來說也沒有什麼，就當是玩了一場遊戲麼。我反正是個窮光蛋，反正一無所有，不存在患得患失的問題。可是，如果我贏了呢？這是極有可能的呀，曾哥，那我可就真正地發了啊！」

仔細想來，金海的話也不無道理。

金海點上一支煙，又慢慢地對我說：「曾哥呀，這一年來，我真的總結出好多好多經驗呢，我想我是再也不會栽多大的跟頭了的。這次下決心做水果機生意，表面上看來，又是冒進，可實際上，是穩紮穩打呢。普通遊戲機生意，我還要繼續做，不能像上次那樣，一改賭機，就發了瘋似的將普通遊戲機全部賣掉，孤注一擲。現在，我變得乖些了，我要堅持兩條腿走路的原則，既做普通遊戲機，又做水果機，二者同時並舉。」

我點點頭道：「嗯，你這樣決策，倒還真有點頭腦。」

「這幾個月，我做普通遊戲機，摸出了不少道道呢。過去改革失敗，是因為板的問題不能解決。現在，我在板上也摸出經驗來了。一般來說，我再也不會輕易換板了，板換得快不一定就能吸引顧客，關鍵在於內容要豐富，搭配要合理。我發現，顧客最喜歡打的板是《街霸三號》，另外，《名將》、《三國志》、《九三快打》這幾種板也算得上「常青板」。一塊板就是一兩千塊，只要不經常換板，賺的錢就全裝在了口袋裏。所以說呀，我現在做普通遊戲機是穩賺不虧的了，要能在水果機上再撈一把，那時候呀，哈哈哈，曾哥，你就看我的吧！」金海說到得意之時，禁不住哈哈大笑起來。

為了將事情做得穩妥一些，金海吸取上次教訓，又去找了大眾樂園的谷經理。自從送過兩千元的信封之後，谷經理對金海格外關照，電一次沒有停過，管理費一分也沒有增加。並且，兩人只要一見面，谷經理就顯得十分地親熱。兩人寒喧幾句，金海切入正題道：「谷經理，我想最近把生意還擴大一點，不知上級領導同不同意？」

「同意，同意！」谷經理滿口答應，「我們大眾樂園的領導，就是希望你們把生意做大，做得越大越好。金老闆，你有能力擴大經營，這是一件大好事，我將全力以赴地支持你！」

「謝謝，謝謝，」金海連連說道，「我想從武漢弄幾台水果機回來，以滿足顧客的需求，還望谷經理多多關照關照才是。」

「沒問題！」

「以後一定要感謝你的。」

「咱們倆還說什麼感謝之類的話呀，能幫你辦點什麼，也是我的份內之責呢。」

與谷經理道別時，兩人緊緊地握了握手。

見過谷經理，金海彷彿吃了一顆定心丸，信心更足了。可就在這關口，蔣佑坤找他來了。

老蔣找金海時，把我拉在了一起。

「金老闆，生意好哇！」一見面，老蔣就主動地跟金海打招呼。

金海說：「我曉得你這幾天要來找我的，你就是不來，我也會去找你的。」

「你曉得就好，我還生怕你忘了呢。」

「忘不了的，一個兩萬，再一個兩萬，一共四萬元錢的借款，怎就忘得了呢？」

蔣佑坤說：「第一筆借款今天已經到期了。」

「所以你還把擔保人曾哥也拉在了一起。」

「是的，」老蔣說，「當初借錢時小曾既是擔保人，也是介紹人，他具有雙重身分呢。今天這還款，當然也得有他在場才是。」

金海說：「老蔣，實不相瞞，我在銀行裏存了三萬元，可是，這錢我今天還不能還給你。」

蔣佑坤急了：「你怎麼今天不還？不是說好一年還的麼，你為什麼有錢不還？」

金海說：「老蔣你別急，聽我慢慢把話說完麼。」

「好，我就不急，你說吧。」

「因為我想把生意擴大，準備從武漢再搞一批水果機回來，所以想續借一年，不知你同不同意？」

「這……」蔣佑坤猶豫不決。

金海說：「還是按每年25%的利息，我先付你五千塊錢的息錢。老蔣，你就放心好啦，你的錢，我一定會還的。一年後，我就是沒有賺到錢，起碼還有這批固定資產，哪怕用它們來抵債，我也還得了你的欠款呀！」

蔣佑坤待在原地想了好半天，終於開口道：「好吧，我就再借你一年吧。」

金海聞言，當好從口袋裏掏出一遝鈔票遞給他：「這是五千元的利息，你數數吧。」

老蔣接過，嘩啦啦地數了起來。

金海說：「老蔣，這一年來，我做遊戲機生意，似乎什麼也沒有得到，什麼也沒有失去，做來做去，倒是跟你做了一場。」

「此話怎講？」

「就給你賺了幾個利息錢。」

「我說小金呀，你怎能說出這樣的話來呢？」蔣佑坤語重心長地說道，「我是跟你幫忙，才借錢給你呢！若非朋友，我才不願往外借錢呢，存在銀行裏拿利息，雖說少一點，可要多安穩就有多安穩，半點風險也不擔呢！」

「當然，我得感謝你才是，不是你借錢給我，我還不一定能下海呢。」

「你這才是說了一句真正的大實話。」蔣佑坤將錢數過，掏出一張紙條說，「小金，這是你一年前打的借條，還麻煩你再寫一張新的。」

「好的，」金海說著，就將老蔣遞過來的借條撕了，又刷刷刷地重新寫了一張。

我問老蔣：「還要不要寫上我這個擔保人的名字？」

老蔣說：「大家雖然是朋友，可這借錢的事嘛，最好是將你的名字也寫上。」

我二話沒說，接過新的借條，工工整整地寫上「擔保人：曾紀鑫」幾個字樣。

老蔣接過，小心地裝進口袋，然後問金海：「你不穩著點，還要擴大生意，不怕又栽跟頭嗎？」

「不怕，我什麼也不怕！就到底，關鍵還是你的一句話給了我很大的啟發。」

「我的一句什麼話？」

「你說生命的意義不在於別的，就在於生命本身，在於生命那展開的過程之中。所以，我現在既不患得，也不患失，只要很好地生活過，奮鬥過，追求過，這就夠了。至於得到了什麼，又失去了什麼，我覺得就像一場遊戲，倒是一件無所謂的事情。」

「是的，我參了一輩子，就參透了這麼一句話。」蔣佑坤說，「我們實在是太渺小了，何必要去追尋什麼生命的終極意義呢？只要把握當下，過好每一分鐘，也就活出了品質，活出了意義。」

「說得太好了，」我不由得大聲叫道，「我要把你們的對話作為我正在創作的一部長篇小說的結尾。」

老蔣問：「你在創作一部長篇小說？」

金海搶著說：「就以我下海開遊戲機為素材呢。」

「叫什麼名字？」蔣佑坤又問。

「《深度遊戲》。」我一字一頓地答道。

釀小說36　PG1113

深度遊戲

作　　者	曾紀鑫
主　　編	蔡登山
責任編輯	林泰宏
圖文排版	姚宜婷
封面設計	秦禎翊

出版策劃	釀出版
製作發行	秀威資訊科技股份有限公司 114 台北市內湖區瑞光路76巷65號1樓 電話：+886-2-2796-3638　傳真：+886-2-2796-1377 服務信箱：service@showwe.com.tw http://www.showwe.com.tw
郵政劃撥	19563868　戶名：秀威資訊科技股份有限公司
展售門市	國家書店【松江門市】 104 台北市中山區松江路209號1樓 電話：+886-2-2518-0207　傳真：+886-2-2518-0778
網路訂購	秀威網路書店：http://www.bodbooks.com.tw 國家網路書店：http://www.govbooks.com.tw
法律顧問	毛國樑　律師
總 經 銷	聯合發行股份有限公司 231新北市新店區寶橋路235巷6弄6號4F 電話：+886-2-2917-8022　傳真：+886-2-2915-6275

出版日期	2014年1月　BOD一版
定　　價	400元

國家圖書館出版品預行編目

深度遊戲 / 曾紀鑫著. -- 一版. -- 臺北市 : 釀出版,
2014. 01
面 ; 公分. -- (釀小說 ; PG1113)
BOD版
ISBN 978-986-5871-90-1 (平裝)

857.7 103000280

讀者回函卡

感謝您購買本書，為提升服務品質，請填妥以下資料，將讀者回函卡直接寄回或傳真本公司，收到您的寶貴意見後，我們會收藏記錄及檢討，謝謝！如您需要了解本公司最新出版書目、購書優惠或企劃活動，歡迎您上網查詢或下載相關資料：http:// www.showwe.com.tw

您購買的書名：________________________

出生日期：________年________月________日

學歷：□高中（含）以下　□大專　□研究所（含）以上

職業：□製造業　□金融業　□資訊業　□軍警　□傳播業　□自由業

□服務業　□公務員　□教職　□學生　□家管　□其它____

購書地點：□網路書店　□實體書店　□書展　□郵購　□贈閱　□其他

您從何得知本書的消息？

□網路書店　□實體書店　□網路搜尋　□電子報　□書訊　□雜誌

□傳播媒體　□親友推薦　□網站推薦　□部落格　□其他________

您對本書的評價：（請填代號　1.非常滿意　2.滿意　3.尚可　4.再改進）

封面設計____　版面編排____　內容____　文／譯筆____　價格____

讀完書後您覺得：

□很有收穫　□有收穫　□收穫不多　□沒收穫

對我們的建議：________________________

____

____

____

請貼
郵票

11466
台北市內湖區瑞光路 76 巷 65 號 1 樓
秀威資訊科技股份有限公司 收
BOD 數位出版事業部

（請沿線對折寄回，謝謝！）

姓　　名：＿＿＿＿＿＿＿＿＿＿　年齡：＿＿＿＿　性別：□女　□男

郵遞區號：□□□□□

地　　址：＿＿＿＿＿＿＿＿＿＿＿＿＿＿＿＿＿＿＿＿＿＿＿＿＿＿＿＿

聯絡電話：(日) ＿＿＿＿＿＿＿＿＿＿＿＿ (夜) ＿＿＿＿＿＿＿＿＿＿＿＿

E-mail：＿＿＿＿＿＿＿＿＿＿＿＿＿＿＿＿＿＿＿＿＿＿＿＿＿＿＿＿